Un défilé de robots

ISAAC ASIMOV | *ŒUVRES*

FONDATION	
SECONDE FONDATION	
FONDATION ET EMPIRE	
FONDATION FOUDROYÉE	
LES CAVERNES D'ACIER	*J'ai Lu* 404***
FACE AUX FEUX DU SOLEIL	*J'ai Lu* 468**
LES ROBOTS	*J'ai Lu* 453***
UN DÉFILÉ DE ROBOTS	*J'ai Lu* 542***
LES COURANTS DE L'ESPACE	
UNE BOUFFÉE DE MORT	
CAILLOUX DANS LE CIEL	*J'ai Lu* 552***
LA FIN DE L'ÉTERNITÉ	
HISTOIRES MYSTÉRIEUSES	
QUAND LES TÉNÈBRES VIENDRONT	
L'AMOUR, VOUS CONNAISSEZ?	
LES DIEUX EUX-MÊMES	
LA MÈRE DES MONDES	
CHRONO-MINETS	
NOËL SUR GANYMÈDE	
DANGEREUSES CALLISTO	
TYRANN	*J'ai Lu* 484***
LA VOIE MARTIENNE	*J'ai Lu* 870***
L'AVENIR COMMENCE DEMAIN	
JUSQU'À LA QUATRIÈME GÉNÉRATION	
CHER JUPITER	
CIVILISATIONS EXTRATERRESTRES	
LA CONQUÊTE DU SAVOIR	
ESPACE VITAL	
FLÛTE, FLÛTE, ET FLÛTES	
L'HOMME BICENTENAIRE	
MUTATIONS	
NIGHT FALL (3 vol.)	
TROUS NOIRS	
LES ROBOTS DE L'AUBE - 1	*J'ai Lu* 1602***
LES ROBOTS DE L'AUBE - 2	*J'ai Lu* 1603***
LE VOYAGE FANTASTIQUE	*J'ai Lu* 1635***
LES ROBOTS ET L'EMPIRE - 1	*J'ai Lu* 1996**** *(mai 86)*
LES ROBOTS ET L'EMPIRE - 2	*J'ai Lu* 1997**** *(mai 86)*

ISAAC ASIMOV

Un défilé de robots

TRADUIT DE L'AMÉRICAIN
PAR PIERRE BILLON

ÉDITIONS J'AI LU

Ce recueil a paru sous le titre original :

THE REST OF THE ROBOTS

PRÉFACE DE L'AUTEUR

Vous avez peut-être lu *Les robots* (1), recueil où furent rassemblées en 1950 huit des plus anciennes histoires de robots que j'aie composées, dont *Robbie*, qui fut ma toute première.

Robbie traitait d'un modèle de robot assez primitif qui n'était pas doué de la parole. Il avait été conçu pour remplir le rôle de bonne d'enfant et le remplir admirablement. Loin de constituer une menace pour les humains ou de vouloir détruire son créateur ou encore de s'emparer du monde, il ne s'attachait qu'à l'accomplissement de la fonction pour laquelle il avait été construit. (Une automobile s'aviserait-elle par hasard d'avoir des envies de voler? Une lampe électrique de taper à la machine?)

Les autres récits avaient été composés entre 1941 et 1958.

Mes histoires de robots positroniques se divisent en deux groupes : celles où apparaît le Dr Susan

(1) Dans la collection *J'ai Lu*, 453 ***.

5

Calvin et les autres. Ces dernières mettent souvent en scène Gregory Powell et Mike Donovan, qui passent leur temps à essayer des robots expérimentaux sur le terrain, robots qui ne manquent pas de présenter une défectuosité quelconque. En effet, il subsiste juste assez d'ambiguïté dans les Trois Lois de la Robotique pour susciter les conflits et les incertitudes nécessaires à l'élaboration de nouvelles trames de récits. En fait, à mon grand soulagement, il est toujours possible de prendre sous un nouvel angle les cinq douzaines de mots composant les Trois Lois et leur implication.

Quatre histoires des *Robots* traitaient de Powell et Donovan. Je n'en écrivis plus qu'une seule du même genre par la suite : *Première Loi*, et encore Donovan seul y paraissait-il. Une nouvelle fois j'essayais de faire sourire aux dépens de mes robots; d'ailleurs, ce n'était plus moi le narrateur mais Donovan, et par conséquent je lui laisserai prendre plus loin la responsabilité de ses propos.

Mes raisonnables robots anti-méphistophéliens n'étaient pas, à dire vrai, une véritable nouveauté. Des robots de ce type avaient occasionnellement vu le jour avant 1940. Il est en effet possible de trouver des robots conçus pour remplir un office raisonnable, sans complications ni danger, en remontant jusqu'à l'*Iliade*. Au livre XVIII de cette épopée, Thétis rend visite au dieu-forgeron Héphaïstos, afin d'obtenir pour son fils Achille une armure forgée par une main divine. Héphaïstos est boiteux et marche difficilement. Voici le passage qui décrit comment il se porta à la rencontre de Thétis :

« *Alors... il sortit en clopinant, appuyé sur un bâton épais et soutenu par deux jeunes filles. Ces dernières étaient faites en or à l'exacte ressemblance de filles vivantes; elles étaient douées de raison, elles pouvaient parler et faire usage de leurs muscles, filer et accomplir les besognes de leur état... »*

En un mot, c'étaient des robots.

Et bien que je ne fusse pas le premier — à 2 500 ans près — à me lancer dans cette voie, je parvins à donner suffisamment de substance à mes imaginations pour conquérir la réputation de l'homme-qui-a-créé-l'histoire-du-robot-moderne.

Graduellement, histoire par histoire, je développais mes conceptions sur le sujet. Mes robots possédaient des cerveaux faits d'une texture spongieuse en alliage de platine-iridium et les « empreintes cérébrales » étaient déterminées par la production et la destruction de positrons. (Ne me demandez pas de vous expliquer le processus!...) En conséquence, c'est sous le nom de robots positroniques que mes créatures connurent la notoriété.

L'établissement des cerveaux positroniques de mes robots nécessitait une immense et complexe branche nouvelle de la technologie à laquelle je donnai le nom de « robotique ». Le mot me semblait aussi naturel que « physique » ou « mécanique ». Pourtant, à ma grande surprise, il s'agissait d'un néologisme dont je ne trouvai aucune trace ni dans la seconde ni dans la troisième édition du Webster non abrégé.

Et, ce qu'il y avait de plus important, je fis usage de ce que j'appelai les « Trois Lois de la Robotique », qui avaient pour but de formuler la conception fondamentale qui présidait à la construction des cerveaux des robots, conception à laquelle tout le reste était subordonné.

Apparemment, ce sont ces lois (formulées explicitement pour la première fois dans *Cycle fermé*) qui ont fait le plus changer la nature des histoires de robots dans la science-fiction moderne. Il est rare qu'un robot à l'ancienne mode : qui-se-retourne-contre-son-créateur, apparaisse dans les pages des meilleurs magazines de science-fiction, pour la simple raison que ce serait une violation de la Première Loi. Nombre d'écrivains, sans citer les dites lois, les tiennent pour acquises et s'attendent à ce que leurs lecteurs fassent de même.

En fait, je me suis laissé dire que si dans les années futures on se souvient encore de moi, ce sera à cause de ces Trois Lois de la Robotique. D'une certaine manière, ce fait ne laisse pas de me préoccuper; j'ai en effet pris l'habitude de me considérer comme un homme de science, et laisser un nom pour avoir établi les bases inexistantes d'une science inexistante me cause, je l'avoue, quelque embarras, sinon de la déception. Pourtant si la robotique parvenait jamais aux sommets de perfection décrits dans mes histoires, il se peut qu'un concept se rapprochant plus ou moins de mes Trois Lois connaisse réellement le jour, et dans ce cas, je connaîtrais un triomphe assez rare (bien que, hélas, posthume...).

Je dois cependant l'avouer, les histoires de robots qui m'intéressaient le plus étaient celles mettant en scène le Dr Susan Calvin, robopsychologue. Un robopsychologue n'étant pas, bien entendu, un robot doué de facultés qui font de lui un psychologue, mais un psychologue doublé d'un roboticien. Le mot est un peu ambigu, je le crains, mais je n'ai pu en trouver de meilleur et il m'était indispensable.

A mesure que le temps passait, je devenais de plus en plus amoureux du Dr Calvin. C'était une créature à la séduction nulle, en vérité, et plus conforme à l'idée que l'on se fait généralement d'un robot qu'aucune de mes créations positroniques, mais cela ne m'empêchait pas de l'adorer.

Elle servait de lien aux diverses histoires composant *Les robots* et jouait un rôle de premier plan dans quatre d'entre elles. Ce livre contient un bref épilogue relatant la mort du Dr Calvin à un âge avancé, mais je n'ai pu m'empêcher par la suite de la ressusciter, et j'écrivis donc quatre nouvelles histoires gravitant plus ou moins autour d'elle.

La plus longue nouvelle, et la dernière, présentant Susan Calvin — *Le correcteur* — parut dans le numéro de décembre 1957 de *Galaxy*. De toutes les histoires se rattachant au cycle de Susan Calvin, c'est celle que je préfère. Je ne sais si je pourrais fournir une raison valable pour justifier cette préférence, mais je suppose que, comme tout un chacun, l'écrivain a le droit de faire valoir ses goûts et ses dégoûts, aussi déraisonnables qu'ils puissent être.

LES TROIS LOIS DE LA ROBOTIQUE

Première loi

UN ROBOT NE PEUT PORTER ATTEINTE A UN ÊTRE HUMAIN NI, RESTANT PASSIF, LAISSER CET ÊTRE HUMAIN EXPOSÉ AU DANGER.

Deuxième loi

UN ROBOT DOIT OBÉIR AUX ORDRES DONNÉS PAR LES ÊTRES HUMAINS, SAUF SI DE TELS ORDRES SONT EN CONTRADICTION AVEC LA PREMIÈRE LOI.

Troisième loi

UN ROBOT DOIT PROTÉGER SON EXISTENCE DANS LA MESURE OÙ CETTE PROTECTION N'EST PAS EN CONTRADICTION AVEC LA PREMIÈRE OU LA DEUXIÈME LOI.

Manuel de la robotique
58e édition (2058 ap. J.-C.)

1

LE ROBOT AL-76 PERD LA BOUSSOLE

Les yeux de Jonathan Quell se plissaient d'inquiétude derrière leurs verres sans monture tandis qu'il franchissait en coup de vent la porte marquée « Directeur Général ».

Il jeta sur la table le papier plié qu'il tenait à la main.

— Regardez un peu, patron! haleta-t-il.

Sam Tobe fit passer son cigare d'un côté à l'autre de sa bouche et obéit. Sa main se porta sur sa joue mal rasée qu'elle parcourut en produisant un bruit de râpe.

— Bon sang! explosa-t-il. Que viennent-ils nous raconter là?

— Ils prétendent que nous n'avons envoyé que cinq robots types A L, expliqua Quell sans aucune nécessité.

— Ils étaient au nombre de six, dit Tobe.

— Six, bien sûr! Mais ils n'en ont reçu que cinq à l'autre bout. Ils nous ont fait parvenir les numéros de série et l'A L-76 est porté manquant.

Tobe renversa sa chaise en levant brusquement son énorme masse et franchit la porte comme en glissant sur des roues bien huilées.

Cinq heures après — lorsque l'usine eut été démantelée depuis les ateliers d'assemblage jusqu'aux chambres à vide, que les deux cents employés de l'établissement eurent été soumis à l'interrogatoire au troisième degré —, un Tobe en sueur, échevelé, lança un message d'urgence à l'usine centrale de Schenectady.

A l'usine centrale, ce fut soudain comme une explosion de panique. Pour la première fois dans l'histoire de l'United States Robots, un robot s'était échappé dans le monde extérieur. Le plus important n'était pas la loi interdisant la présence de tout robot sur la Terre en dehors des usines autorisées de la société. Il existe toujours des accommodements avec la loi. Mais la déclaration faite par l'un des mathématiciens de la recherche avait beaucoup plus de portée :

— Ce robot a été conçu pour diriger un Disinto sur la Lune. Son cerveau positronique a été équipé en fonction d'un environnement lunaire. Sur Terre, il va recevoir des milliards d'impressions sensorielles auxquelles il n'est pas préparé. Dieu seul sait quelles vont être ses réactions !

Dans l'heure qui suivit, un avion stratosphérique avait décollé en direction de l'usine de Virginia. Les instructions qu'il emportait étaient simples :

— Retrouvez ce robot et retrouvez-le vite !

A L-76 se trouvait en pleine confusion ! A vrai dire, cette confusion était la seule impression qu'enregistrait son délicat cerveau positronique. Tout avait commencé lorsqu'il s'était trouvé dans cet environnement étrange. Comment était-ce arrivé? Il ne le savait plus. Tout était complètement embrouillé.

Il y avait du vert sous ses pieds, et des tiges brunes s'érigeaient tout autour de lui avec encore du vert à leur sommet. Et le ciel était bleu, là où il aurait dû être noir. Le soleil était tout à fait correct, rond, jaune et chaud... mais où se trouvait la lave pulvérulente qui aurait dû se trouver sous ses pas, où se trouvaient les murailles en falaise entourant les cratères?

Il n'y avait que le vert par-dessous et le bleu par-dessus. Les sons qui lui parvenaient étaient tous étranges. Il avait franchi une eau courante qui lui était montée jusqu'à la ceinture. Elle était bleue, elle était froide, elle était « humide ». Et lorsqu'il rencontrait des gens, ce qui lui arrivait de temps en temps, ils n'étaient pas revêtus des tenues spatiales qu'ils auraient dû porter. Dès qu'ils l'apercevaient, ils poussaient des cris et prenaient la fuite.

Un homme avait braqué son fusil sur lui et la balle avait sifflé par-dessus sa tête... puis le tireur s'était enfui à son tour.

Il n'avait pas la moindre idée du temps qui s'était écoulé depuis qu'il errait à l'aventure, lorsqu'il tomba finalement sur la cabane de Randolph Payne, au milieu des bois, à une distance de trois kilomètres de la ville de Hannaford. Randolph Payne lui-même — un tournevis dans une main, une pipe dans l'autre, et un aspirateur détraqué entre les genoux — était accroupi sur le seuil.

Payne fredonnait à ce moment, car il était d'un naturel joyeux lorsqu'il se trouvait dans sa cabane. Il possédait un immeuble plus respectable à Hannaford, mais cet immeuble-là était largement occupé par sa femme — ce qu'il regrettait sincèrement mais silencieusement.

Peut-être éprouvait-il un sentiment de soulagement et de liberté lorsqu'il trouvait un moment pour se retirer dans sa « niche à chien de luxe » où il pouvait fumer tranquillement sa pipe en se livrant avec délices à la réparation des appareils électro-ménagers défaillants.

C'était un violon d'Ingres ni très raffiné ni très intellectuel, mais on lui apportait parfois un appareil de radio ou un réveille-matin, et l'argent qu'il gagnait à en faire l'autopsie était le seul qu'il pût obtenir sans que les mains rapaces de sa femme ne s'y taillent au passage la part du lion.

Cet aspirateur, par exemple, lui rapporterait un petit pécule aisément gagné.

Cette pensée lui fit monter aux lèvres un refrain. Il leva les yeux et une sueur froide le gagna. Le refrain s'étrangla dans sa gorge, ses yeux s'écarquillèrent, et la sueur redoubla de plus belle. Il tenta de se lever — afin de prendre ses jambes à son cou — mais elles refusèrent de le soutenir.

Alors A L-76 s'accroupit à ses côtés :

— Dites donc, pourquoi tous les autres détalent-ils comme des lapins?

Payne savait fort bien pourquoi, mais le gargouillement qui sortait de sa gorge aurait pu laisser des doutes là-dessus. Il tenta de s'écarter du robot.

— L'un d'eux m'a même tiré dessus, continua A L-76 d'une voix navrée. Deux centimètres plus bas et il aurait éraflé ma plaque d'épaule.

— Il... devait... sans doute... être... un peu... fou, bégaya Payne.

— C'est très possible. (La voix du robot se fit plus

16

confidentielle.) Dites-moi, tout a l'air sens dessus dessous. Qu'est-ce qui se passe?

Payne regarda rapidement autour de lui. Il était surpris d'entendre le robot s'exprimer d'une voix si douce pour un être à l'apparence si lourde et si brutalement métallique. Il lui semblait également avoir entendu quelque part que les robots étaient mentalement incapables de causer le moindre dommage aux êtres humains. Il se sentit quelque peu rassuré.

— Il ne se passe rien d'anormal.

— Vraiment? (A L-76 le fixa d'un air accusateur.) Vous êtes complètement anormal. Où se trouve votre tenue spatiale?

— Je n'en ai pas.

— Dans ce cas, pourquoi n'êtes-vous pas mort?

La question prit Payne de court :

— Ma foi, je n'en sais rien.

— Vous voyez! s'écria le robot d'un air triomphant. Tout est à l'envers. Où se trouve le Mont-Copernic? Où est la Station Lunaire 17? Et où se trouve mon Disinto? Je veux me mettre au travail, comprenez-vous. (Il semblait troublé et sa voix tremblait lorsqu'il reprit :) Il y a trois heures que j'erre dans l'espoir de trouver quelqu'un qui puisse me dire où se trouve mon Disinto, mais ils prennent tous la fuite. Je suis déjà probablement en retard sur mon programme, et le chef de section va être fou furieux. Me voilà dans de beaux draps!

Lentement, Payne remit un peu d'ordre dans la bouillie informe qui s'agitait sous son crâne :

— Ecoutez, comment vous appelle-t-on?

— Mon numéro de série est A L-76.

— Très bien, Al me suffira. Maintenant, Al, si vous cherchez la Station Lunaire 17, c'est sur la Lune qu'elle se trouve.

A L-76 hocha pesamment la tête :

— Sans doute, mais j'ai beau faire, je ne parviens pas à la trouver...

— Mais je vous dis qu'elle se trouve sur la Lune et nous ne sommes pas sur la Lune.

Ce fut le tour du robot d'être perplexe. Il observa Payne un moment d'un air songeur.

— Que me racontez-vous là? dit-il lentement. Pas sur la Lune? Naturellement nous sommes sur la Lune, car si ce n'est pas la Lune, qu'est-ce que c'est? Ah!

Payne fit sortir un son bizarre de sa gorge et aspira l'air profondément. Il pointa un doigt sur le robot et l'agita :

— Ecoutez, dit-il.

A ce moment, lui vint l'idée la plus brillante du siècle, et il termina par un cri étranglé.

A L-76 le considéra d'un œil critique :

— Ce n'est pas une réponse. Je vous ai posé une question polie. Vous pourriez me répondre poliment, il me semble.

Payne ne l'écoutait plus. Il s'émerveillait de sa présence d'esprit. C'était clair comme le jour. Ce robot construit pour la Lune s'était égaré sur Terre. Et naturellement il nageait en pleine confusion, car son cerveau positronique avait été imprégné exclusivement pour un environnement lunaire, si bien que le paysage terrestre lui paraissait entièrement dépourvu de sens.

Et maintenant, si seulement il pouvait retenir le robot sur place, jusqu'au moment où il pourrait entrer en contact avec les gens de la manufacture à Petersboro! Les robots valaient très cher. On n'en trouvait pas à moins de 50 000 dollars, lui avait-on dit, et certains d'entre eux atteignaient des millions.

La récompense serait sûrement à l'avenant! Quelle récompense, et qui tomberait intégralement dans sa poche. Pas le quart de la moitié du tiers d'un centime pour Mirandy!

Il finit enfin par se lever.

— Al, dit-il, vous et moi sommes des copains! Je vous aime comme un frère. (Il lui tendit la main :) Topez là!

Le robot engloutit la main offerte dans sa vaste patte métallique et la pressa doucement. Il ne comprenait pas très bien :

— Entendez-vous par là que vous allez me conduire à la Station Lunaire 17?

Payne se sentit quelque peu déconcerté :

— Non. Pas exactement. A vrai dire, vous me plaisez tellement que j'aimerais vous voir demeurer quelque temps en ma compagnie.

— Oh! non, cela m'est impossible. Il faut que je me mette au travail. (Il secoua la tête.) Que diriez-vous si vous preniez du retard sur votre quota, heure par heure, minute par minute? J'ai envie de travailler, il faut que je travaille.

Payne pensa amèrement que tous les goûts sont dans la nature.

— Très bien, dit-il, dans ce cas, je vais vous expliquer quelque chose, car je vois que vous êtes intelligent. J'ai reçu des ordres de votre Chef de Section, et il m'a demandé de vous garder ici pendant quelque temps. Jusqu'au moment où il vous fera chercher, en fait.

— Pourquoi? demanda A L-76 d'un ton soupçonneux.

— Je n'en sais rien. Il s'agit d'un secret d'Etat.

Payne priait mentalement avec ferveur que le robot voulût bien avaler cette couleuvre. Certains

19

robots étaient fort malins, il le savait, mais celui qui se trouvait devant lui paraissait d'un type assez ancien.

Tandis que Payne priait, A L-76 réfléchissait. Le cerveau du robot, prévu pour la direction d'un Disinto sur la Lune, n'était pas très à son aise lorsqu'il s'agissait de se débrouiller parmi des idées abstraites; néanmoins, depuis le moment où il s'était égaré, A L-76 avait senti le cours de ses pensées devenir de plus en plus étrange. L'environnement insolite agissait sur lui.

Sa remarque suivante ne manquait pas de perspicacité :

— Quel est le nom de mon Chef de Section? demanda-t-il.

Payne sentit sa gorge se contracter et réfléchit rapidement.

— Al, dit-il d'un ton peiné, vos soupçons me causent du chagrin. Je ne puis vous dire son nom. Les arbres ont des oreilles.

A L-76 examina l'arbre qui se trouvait le plus proche de lui :

— Ce n'est pas vrai.

— Je sais. Je voulais dire par là que nous sommes environnés d'espions.

— D'espions?

— Oui. Des gens malveillants qui veulent détruire la Station Lunaire 17.

— Pour quoi faire?

— Parce qu'ils sont mauvais. Et ils veulent vous détruire vous-même, et c'est pourquoi vous devrez demeurer ici pendant quelque temps afin qu'ils ne puissent pas vous trouver.

— Mais il faut que je me procure un Disinto. Je ne dois pas prendre de retard sur mon programme.

— On vous en trouvera. On vous en trouvera, promit Payne avec sérieux, et avec non moins de sérieux il maudit l'idée fixe du robot. Dès demain ils enverront quelqu'un. Oui, dès demain. (Cela lui laisserait tout le temps nécessaire pour prévenir les gens de l'usine et collecter une jolie liasse de billets de cent dollars.)

Mais AL-76 ne devint que plus obstiné sous l'influence déconcertante du monde étrange qui affectait son mécanisme de pensée.

— Non, dit-il, il me faut un Disinto immédiatement. (Il se leva avec raideur.) Mieux vaut que je poursuive encore un peu mes recherches.

Payne se précipita sur ses traces et empoigna un coude froid et dur.

— Il faut que vous restiez! dit-il.

Un déclic se produisit alors dans le cerveau du robot. Toute l'étrangeté dont il était environné se concentra en un seul globule qui explosa, laissant ensuite son cerveau fonctionner avec une efficacité curieusement accrue. Il se retourna vers Payne :

— Je vais vous dire... Je peux construire un Disinto ici même — et ensuite je le ferai fonctionner.

Payne demeura perplexe.

— Moi, en tout cas, je ne saurais pas comment m'y prendre.

— Ne vous faites pas de soucis.

AL-76 sentit presque les empreintes positroniques de son cerveau se disposer suivant un nouveau schéma, tandis que montait en lui un curieux enjouement :

— J'y arriverai bien seul. (Il inspecta l'intérieur de la cabane :) Vous avez là tout le matériel dont j'ai besoin.

Randolph Payne considéra le bric-à-brac dont son domaine était rempli : des postes de radio éventrés, un réfrigérateur décapité, des moteurs d'automobiles envahis par la rouille, un fourneau à gaz démoli, des kilomètres de fils plus ou moins entortillés, soit quelque cinquante tonnes de ferrailles diverses composant la masse la plus hétéroclite sur laquelle brocanteur ait jamais laissé tomber un regard de dédain.

— Vraiment? dit-il d'une voix faible.

Deux heures plus tard, deux événements presque simultanés se produisirent.

Tout d'abord, Sam Tobe, appartenant à la branche de Petersboro de l'United States Robots, reçut un appel par visiphone d'un certain Randolph Payne de Hannaford. Cet appel concernait le robot disparu; Tobe, avec un profond rugissement, interrompit la communication et donna incontinent l'ordre de transmettre désormais les communications de ce genre au sixième vice-président adjoint, dont c'était le rôle de s'occuper de ces vétilles.

Ce n'était pas un geste entièrement déraisonnable de la part de Tobe. Au cours de la semaine passée, si A L-76 avait complètement disparu de la circulation, les rapports signalant sa présence n'avaient cessé d'affluer de tous les coins du pays. On en recevait quotidiennement jusqu'à quatorze, provenant en général de quatorze différents Etats.

Tobe en avait littéralement par-dessus la tête et, sur le plan des principes généraux, il se sentait devenir enragé. On parlait déjà d'une enquête du Congrès, bien que tous les roboticiens et physiciens-mathématiciens de quelque réputation jurassent leurs grands dieux que le robot était entièrement inoffensif.

22

Vu cet état d'esprit, il n'était pas étonnant que le directeur général ait eu besoin de trois heures pour recouvrer une certaine lucidité, ce qui lui permit de se demander pour quelle raison Payne était informé de l'affectation du robot à la Station Lunaire 17, et à la suite de quelles circonstances il avait appris que son numéro de série était A L-76. Car ces détails n'avaient pas été révélés par la compagnie.

Ces cogitations exigèrent environ une minute et demie, à la suite de quoi il se précipita tête baissée dans l'action.

Cependant, durant l'intervalle de trois heures qui s'écoula entre l'appel et le déclenchement de l'action, se produisit le second événement. Randolph Payne, ayant correctement diagnostiqué que la brusque interruption de son appel était due au scepticisme de son interlocuteur, revint à sa cabane muni d'un appareil photographique. Il serait difficile à ces messieurs de contester l'authenticité d'une photo et il courait le risque de se faire « rouler » s'il leur montrait la pièce à conviction avant d'avoir vu la couleur de leur argent.

Quant au robot, il s'affairait à des travaux personnels. La moitié du bric-à-brac de Payne était éparpillée sur deux arpents de terrain; accroupi au milieu de ce chantier, A L-76 bricolait des lampes de radio, des bouts de ferraille, de fil de cuivre et toutes sortes de déchets. Il ne s'occupait pas le moins du monde de Payne qui, étendu à plat ventre, braquait sur lui son appareil photo pour prendre un superbe cliché.

C'est à ce moment précis que Lemuel Olivier Cooper apparut au détour du chemin. Il se pétrifia sur place en apercevant le tableau. La raison originelle de sa visite était un grille-pain électrique défectueux qui avait brusquement pris la regrettable habitude de faire voler des fragments de tartines dans toutes les directions avant même qu'ils eussent pris la moindre couleur dorée. La raison de sa volte-face fut plus évidente. Il était venu d'un pas non-chalant, dans la douce langueur d'une belle matinée de printemps. Il repartit avec une vitesse qui eût laissé pantois un entraîneur spécialiste de la course à pied.

Cette vitesse ne se ralentit pas sensiblement jusqu'au moment où Cooper fit irruption dans le bureau du shérif Saunder, moins son chapeau et son grille-pain, et alla brutalement s'aplatir contre le mur.

Des mains secourables vinrent le soutenir, et pendant une demi-minute il fit de vains efforts pour parler; lorsqu'il se fut enfin quelque peu calmé, ce fut tout juste pour recouvrer sa respiration, mais sans autre résultat appréciable.

On lui fit avaler du whisky, on l'éventa et lorsqu'il parvint enfin à parler, ce fut à mots entre-coupés :

— ... monstre... haut de deux mètres cinquante... toute la cabane mise en pièces... pauvre vieux Payne...

Petit à petit, ils obtinrent de lui un récit à peu près cohérent : un gigantesque monstre de métal, haut de deux mètres cinquante, si ce n'est pas davantage, se trouvait devant la cabane de Payne; quant au malheureux Randolph Payne lui-même, il était étendu sur le ventre mais ce n'était plus qu'un « cadavre désarticulé et sanglant ». Le monstre était occupé à détruire la cabane de fond en comble dans un accès de frénésie destructrice; là-dessus il s'était précipité sur Lemuel Olivier Cooper, lequel avait réussi à lui échapper de justesse.

Le shérif Saunder resserra sa ceinture d'un cran sur sa confortable bedaine :

— Il s'agit de l'homme-machine qui s'est échappé de l'usine Petersboro. Nous avons reçu l'avertissement samedi dernier. Jake, vous allez me convoquer tous les hommes du comté de Hannaford en état de porter les armes. Qu'ils soient tous à mon bureau à midi. Mais avant cela, faites un saut jusqu'à la maison de la veuve Payne et annoncez-lui la nouvelle avec les ménagements d'usage.

On rapporte que Mirandy Payne, en apprenant la fatale nouvelle, prit juste le temps de s'assurer que la police d'assurance de son mari était en règle, déplorant au passage de n'avoir pas doublé le capital, avant de pousser un cri de douleur aussi poignant que prolongé et digne en tout point de la plus éplorée des veuves.

Quelques heures plus tard, Randolph Payne — dans l'ignorance la plus complète des affreuses mutilations qu'il avait subies et de sa mort consécutive — examinait avec satisfaction les négatifs de ses clichés. Pour une série de photos montrant un robot au travail, elles ne laissaient rien à l'imagination. On aurait pu les intituler : « Robot examinant pensivement un tube à vide », « Robot connectant deux fils », « Robot maniant un tournevis », « Robot mettant un réfrigérateur en pièces avec violence », et ainsi de suite.

En attendant de tirer les épreuves elles-mêmes, il se glissa sous le rideau fermant sa chambre noire improvisée et sortit pour fumer une cigarette et faire un brin de causette avec A L-76.

Ce faisant, il ne se doutait pas que les bois voisins grouillaient de fermiers nerveux, armés d'un véritable arsenal allant de la vieille arquebuse coloniale à la mitraillette du shérif. Il ignorait de même qu'une demi-douzaine de roboticiens, sous la conduite de Sam Tobe, descendaient à tombeau ouvert la grand-route de Petersboro à plus de cent quatre-vingt-dix kilomètres à l'heure pour le seul plaisir de faire sa connaissance.

Donc, tandis que le drame allait atteindre son point culminant, Randolph Payne, poussant un soupir de satisfaction, craqua une allumette sur le fond de son pantalon, alluma sa pipe et considéra A L-76 d'un air amusé.

Il lui était apparu depuis un moment que le robot était plus que légèrement excentrique. Randolph Payne était lui-même un expert en bricolages, pour en avoir commis un certain nombre qu'il n'aurait pu exposer à la lumière du jour sans provoquer des convulsions chez les spectateurs; mais, de sa vie, il n'avait conçu un engin qui approchât, même de loin, la monstruosité qu'A L-76 était en train d'élaborer.

Elle aurait fait pâlir d'envie les partisans les plus fanatiques de l'art abstrait. Elle eût tari le lait dans les mamelles des vaches à un kilomètre à la ronde.

En réalité, elle était immonde!

D'une base massive et pleine de rouille, qui rappelait vaguement un outil agricole que Payne avait vu un jour attelé à un tracteur d'occasion, s'élevait en projections échevelées un incroyable fouillis de fils, de roues, de tubes et d'horreurs sans nom, qui se terminait par une sorte de mégaphone d'aspect sinistre.

Payne éprouva la tentation de jeter un coup d'œil

26

dans ce mégaphone, mais il se retint. Il lui était arrivé de voir des machines construites avec autrement de logique exploser soudain avec violence.

— Hé, Al! dit-il.

Le robot leva la tête. Il était étendu à plat ventre et s'efforçait de mettre en place une mince barre de métal.

— Que voulez-vous, Payne?

— Qu'est-ce que c'est que ça? demanda l'homme comme s'il parlait de quelque masse répugnante en pleine décomposition, suspendue en équilibre instable entre deux poteaux hauts de trois mètres.

— C'est un Disinto que je suis en train de fabriquer afin de pouvoir me mettre au travail. C'est un perfectionnement du modèle de série.

Le robot se leva, épousseta ses genoux avec fracas et considéra son œuvre avec fierté.

Payne frissonna. Un « perfectionnement »! Pas étonnant qu'on dût les cacher à l'intérieur de cavernes situées sur la Lune. Pauvre satellite défunt! Il avait toujours désiré savoir en quoi consistait un destin pire que la mort. A présent, il était fixé.

— Et vous pensez que ça marchera?

— Sans aucun doute.

— Comment le savez-vous?

— Il le faudra bien. C'est moi qui l'ai fabriqué, non? Il ne me manque plus qu'une chose maintenant. Auriez-vous une lampe-torche?

— Je pense.

Payne disparut dans la cabane et revint presque aussitôt.

Le robot dévissa le fond du boîtier et se mit au travail. En cinq minutes, il eut terminé. Il fit quelques pas en arrière.

— Tout est paré, dit-il. A présent je vais me

mettre au travail. Vous pouvez regarder si vous voulez.

Il y eut un temps au cours duquel Payne s'efforça d'apprécier la générosité de cette proposition.

— Ce n'est pas dangereux?

— Un jeu d'enfant!

— Oh! (Payne sourit faiblement et alla se réfugier derrière l'arbre le plus épais qu'il put trouver dans le voisinage.) Allez-y, dit-il, j'ai la plus grande confiance en vous.

AL-76 pointa la lame vers le tas de ferraille pareil à un cauchemar de plombier. Ses doigts se mirent en action...

La ligne de bataille des fermiers de Hannaford se refermait sur la cabane de Payne suivant un cercle sans cesse rétréci. Le sang des héroïques pionniers qu'avaient été leurs ancêtres battait tumultueusement dans leurs veines — et leur peau se hérissait en chair de poule — tandis qu'ils rampaient d'arbre en arbre.

Le shérif Saunders transmit un ordre :

— Ouvrez le feu lorsque j'en donnerai le signal... et visez les yeux!

Jacob Linker — Lank Jake pour ses amis — se rapprocha :

— A votre avis, cet homme-machine n'a-t-il pas pris la fuite?

Il ne réussit pas à dissimuler complètement la note d'espoir mélancolique qui transparaissait dans sa voix.

— Je n'en sais rien, grommela le shérif. Je ne pense pas. Dans ce cas, nous l'aurions bien rencontré dans les bois, ce qui ne s'est pas produit.

28

— Pourtant on n'entend pas un bruit, et il me semble que nous ne sommes plus bien loin de la cabane de Payne.

Ce rappel était superflu. Le shérif avait dans la gorge un nœud d'une telle taille qu'il dut s'y reprendre à trois fois pour l'avaler.

— Retournez à votre poste, ordonna-t-il, et gardez votre doigt sur la détente!

Ils avaient atteint le bord de la clairière à présent et le shérif Saunders, fermant un œil, glissa l'autre avec d'infinies précautions à l'extérieur de l'arbre qui lui servait d'abri. Ne voyant rien, il prit un temps et recommença l'expérience, les deux yeux ouverts cette fois.

Les résultats furent meilleurs, bien entendu.

Pour être exact, il aperçut un gigantesque homme-machine, de dos, qui se penchait sur un prodigieux bricolage à vous cailler le sang, dont l'origine était des plus incertaines et l'usage encore plus incertain. Il ne manquait au tableau que la silhouette tremblante de Randolph Payne, lequel embrassait étroitement le quatrième arbre dans la direction nord-nord-ouest.

Le shérif Saunders marcha à découvert et leva sa mitraillette. Le robot, qui lui présentait toujours son large dos de métal, dit à haute voix, en s'adressant à des personnes connues ou inconnues :

— Regardez!

Et au moment où le shérif ouvrait la bouche pour crier : « Feu à volonté, » les doigts de métal pressèrent un bouton.

Il est impossible de décrire ce qui se produisit ensuite, en dépit de la présence sur les lieux de soixante-dix témoins oculaires. Au cours des jours, des mois et des années qui suivirent, pas un seul de ces soixante-dix hommes ne trouva un mot à dire à ce propos. Lorsqu'on les interrogeait, ils tournaient simplement au vert pomme et s'éloignaient en titubant.

Pourtant, si l'on s'en rapporte strictement aux faits, voici succinctement ce qui se produisit :

Le shérif Saunders ouvrit la bouche; AL-76 pressa un bouton. Le Disinto entra en action et soixante-dix arbres, deux granges, trois vaches et les trois quarts de la cime du mont Duckbill se volatilisèrent dans l'atmosphère raréfiée. En un mot, ces différents articles s'en furent, si l'on peut s'exprimer ainsi, rejoindre les neiges d'antan.

La bouche du shérif Saunders demeura ouverte durant un temps indéfini, mais il n'en sortit ni ordre d'ouvrir le feu ni rien d'autre. Et alors...

Alors, il y eut dans l'air comme un remue-ménage, des chuintements multiples, une série de traînées pourpres concentriques barrant l'atmosphère à partir de la cabane de Payne, mais de la vaillante phalange du shérif, pas le moindre signe.

Des fusils de différents modèles étaient éparpillés dans le voisinage, y compris la mitraillette brevetée en ferronickel, à tir ultra-rapide, garantie contre tout enrayage. On y trouvait également une cinquantaine de chapeaux, quelques cigares à demi consumés et largement « mâchouillés », et quelques autres articles de bric et de broc qui s'étaient décrochés dans le feu de l'action, mais d'humains, point.

A l'exception de Land Jake, aucun de ces êtres de chair et de sang ne fut aperçu de trois jours, et encore notre homme ne connut-il cette insigne faveur du destin qu'en raison de l'arrivée impromptue sur les lieux des six hommes de l'usine de Petersboro, animés eux-mêmes d'une vitesse fort honorable et qui interrompirent sa trajectoire de comète.

Ce fut Sam Tobe qui stoppa sa course en plaçant adroitement son estomac sur l'orbite décrite par la tête de Land Jake. Lorsqu'il eut recouvré son souffle, Tobe lui demanda :

— Où se trouve la cabane de Randolph Payne?

Land Jake permit à ses yeux de perdre pour un instant leur aspect vitreux :

— Mon vieux, dit-il, vous n'avez qu'à suivre la direction exactement opposée à la mienne.

Ayant dit, il disparut, miraculeusement. Puis un point qui allait sans cesse se rétrécissant fila entre les arbres à l'horizon. Sam Tobe pensa qu'il s'agissait de l'homme avec qui il venait de faire une brève rencontre, mais il n'aurait pu en jurer.

Voilà pour la glorieuse phalange; mais reste encore Randolph Payne, dont les réactions prirent une forme quelque peu différente.

Pour Randolph Payne, l'intervalle de cinq secondes séparant le moment où le robot avait pressé le bouton et la disparition du mont Duckbill avait constitué un vide total. Au début de l'opération, il glissait un œil à travers l'épais taillis qui poussait aux pieds des arbres, et à la fin il se balançait follement à l'une des plus hautes branches de ces derniers. La même impulsion qui avait repoussé horizontalement la phalange des représentants de la loi avait exercé sur lui une action de bas en haut.

Comment avait-il effectué le parcours vertical de quinze mètres qui séparait le sol de sa position présente? Avait-il grimpé, bondi, volé? Il n'en avait pas la moindre idée et s'en souciait d'ailleurs comme d'une guigne.

Ce qu'il savait, en revanche, c'est qu'une certaine propriété avait été détruite par un robot qui se trouvait temporairement en sa possession. Tous les espoirs de récompense s'évanouirent pour laisser la place à un cauchemar peuplé de foules hostiles au point de vouloir le lyncher, des poursuites judiciaires, d'inculpations de meurtre et de la crainte de ce que Mirandy Payne allait lui dire. Surtout de la crainte de ce que Mirandy Payne allait lui dire.

— Hé, vous, le robot! hurlait-il à tue-tête d'une voix graillonneuse, détruisez-moi cet engin, vous entendez? Réduisez-le en poussière! Oubliez que j'ai été mêlé à cette histoire. Je ne vous connais pas, c'est bien compris? N'en dites pas un mot à qui que ce soit. Oubliez tout cela, vous m'entendez?

Il n'attendait aucun résultat de ses injonctions, qui n'étaient chez lui qu'un simple réflexe. Ce qu'il ignorait, c'est qu'un robot obéit toujours à un ordre humain à moins que celui-ci ne présente un danger pour un autre humain.

En conséquence, A L-76 se mit en devoir de démolir son Disinto avec calme et méthode.

Au moment précis où il piétinait les derniers restes survint Sam Tobe et sa troupe; Randolph Payne, sentant que les véritables propriétaires du robot étaient arrivés, se laissa tomber la tête la première et s'enfuit dans la nature, sans attendre sa récompense.

Austin Wilde, ingénieur en Robotique, se tourna vers Sam Tobe :

— Avez-vous pu tirer quelque chose du robot?

Tobe secoua la tête :

— Rien, absolument rien. Il a oublié tout ce

qui s'est passé depuis le moment où il a quitté l'usine. On a dû lui donner l'ordre d'oublier, sinon sa mémoire ne serait pas aussi totalement vide. A quoi rimait le tas de ferraille autour duquel il s'affairait?

— Vous l'avez dit, ce n'était qu'un tas de ferraille. Mais ce devait être un Disinto avant qu'il se soit avisé de le détruire, et j'aimerais tuer de mes propres mains l'individu qui s'est permis de lui donner l'ordre de le démolir... je le soumettrais à la torture, je le ferais mourir à petit feu. Regardez-moi ça!

Ils se trouvaient à mi-pente de ce qui avait été le mont Duckbill — plus précisément à l'endroit où le sommet avait été littéralement scalpé; Wilde posa la main sur la surface parfaitement plane formée par le sol et les rochers.

— Quel Disinto! dit-il. Il a coupé la montagne comme au rasoir!

— Qu'est-ce qui lui a pris de le construire?

Wilde haussa les épaules.

— Je n'en sais rien. Un élément quelconque de son environnement, impossible à déterminer, a réagi sur son cerveau positronique de type lunaire et l'a conduit à fabriquer un Disinto à partir de vieilles ferrailles. Nous avons une chance sur un milliard de retomber sur cet élément, à présent que le robot a tout oublié. Jamais nous ne pourrons reproduire ce Disinto.

— Tant pis. Ce qui importe, c'est que nous ayons retrouvé le robot.

— Vous ne savez pas ce que vous dites. (La voix de Wilde était imprégnée d'un regret poignant :) Sans doute n'avez-vous jamais eu affaire aux Disintos sur la Lune? Ils dévorent l'énergie comme autant de porcs électroniques, et se refusent même à fonctionner si peu que ce soit tant qu'on ne leur a pas fourni un potentiel dépassant un million de volts. Mais le Disinto qui nous occupe fonctionnait différemment. J'ai examiné les restes au microscope, et voulez-vous voir la seule source d'énergie que j'ai pu découvrir?

— En quoi consistait-elle?

— Simplement en ceci. Et nous ne saurons jamais comment il a réussi ce tour de force.

Et Austin Wilde tendit à son compagnon la source d'énergie qui avait permis à un Disinto de volatiliser la moitié d'une montagne en une demi-seconde : *deux piles de lampe de poche!*

2

VICTOIRE PAR INADVERTANCE

Le vaisseau spatial fuyait comme une passoire.

Il était prévu pour cela. En fait, c'est sur ce principe que reposait toute l'idée.

Résultat, durant le voyage de Ganymède à Jupiter, le vaisseau était bourré à craquer du vide spatial le plus rigoureux. Et puisque le navire ne comportait aucun dispositif de chauffage, ce vide spatial se trouvait à température normale, c'est-à-dire une fraction de degré au-dessus du zéro absolu.

Ce fait était également conforme au plan. De petits détails comme l'absence de chaleur et d'air n'étaient la cause d'aucune incommodité pour les occupants de ce vaisseau spatial particulier.

Les premières vapeurs de l'atmosphère jovienne, fort proches encore du vide, commencèrent à s'immiscer dans le vaisseau à plusieurs centaines de kilomètres au-dessus de la surface de la planète. Elle était composée d'hydrogène dans sa presque totalité, bien qu'une analyse minutieuse eût peut-être révélé quelques traces d'hélium dans sa composition. Les manomètres commencèrent à monter.

Cette progression se poursuivit à un rythme accéléré, à mesure que le vaisseau perdait de la hauteur en décrivant une spirale autour de Jupiter. Les aiguilles des manomètres successifs, dont chacun était destiné à des pressions de plus en plus fortes, s'élevèrent jusqu'aux environs d'un million d'atmosphères, point où les chiffres perdaient toute signification. La température enregistrée par les thermocouples s'éleva lentement et de façon erratique, pour se stabiliser finalement aux alentours de soixante-dix degrés centigrades au-dessous de zéro.

Le vaisseau se déplaçait lentement vers son but, se frayant lourdement un chemin dans un brouillard de molécules gazeuses tellement rapprochées les unes des autres que l'hydrogène lui-même était comprimé à la densité d'un liquide. Des vapeurs d'ammoniaque, issues d'océans d'une immensité incroyable de ce même élément, saturaient cette horrible atmosphère. Le vent, qui avait commencé à quelque quinze cents kilomètres plus haut, avait atteint une violence telle que pour le désigner le mot d'ouragan constituerait encore un euphémisme.

Il devint tout à fait clair, longtemps avant que le vaisseau se fût posé sur l'île jovienne de belles dimensions, sept fois plus grande que l'Asie au bas mot, que Jupiter n'était pas un monde très agréable.

Et pourtant les trois membres de l'équipage étaient convaincus du contraire. Mais aussi il convient de dire que les trois membres de l'équipage n'étaient pas exactement humains. Ils n'étaient pas davantage joviens.

Ils étaient simplement des robots, conçus sur Terre pour être utilisés sur Jupiter.

— L'endroit me paraît plutôt désert, dit Z Z-Trois.

Z Z-Deux vint le rejoindre et considéra d'un air sombre le paysage fouetté par le vent.

— J'aperçois dans le lointain des structures, dit-il, qui sont évidemment artificielles. A mon avis, il conviendrait d'attendre que les habitants se portent à notre rencontre.

A l'autre bout de la pièce, Z Z-Un avait écouté la remarque mais il s'abstint de répondre. Des trois, il était le premier construit et avait servi en quelque sorte de prototype. C'est pourquoi il prenait la parole moins fréquemment que ses compagnons.

L'attente ne se prolongea guère. Un vaisseau aérien d'un dessin bizarre apparut au-dessus de leurs têtes. D'autres suivirent. Puis une ligne de véhicules tous terrains s'approcha, prit position et dégorgea des organismes. En même temps que ces organismes, débarquèrent des accessoires inanimés qui étaient peut-être des armes. Quelques-uns de ces derniers étaient portés par un simple Jovien, d'autres par plusieurs, et enfin une troisième catégorie progressait par ses propres moyens, avec peut-être des Joviens à l'intérieur.

Les robots étaient incapables de le deviner.

— Ils nous entourent maintenant, dit Z Z-Trois. Le geste de paix le plus logique serait de sortir à découvert. D'accord?

Les autres en convinrent et Z Z-Un ouvrit la lourde porte, qui n'était pas double ni d'ailleurs particulièrement étanche.

Leur apparition sur le seuil fut le signal de mouvements divers parmi les Joviens. On s'affaira autour d'un certain nombre des accessoires inanimés les plus importants et Z Z-Trois devint conscient d'une hausse de température dans l'enveloppe extérieure de son corps en bronze-béryllium-iridium.

Il jeta un regard à Z Z-Deux.

— Avez-vous senti? Ils dirigent sur nous un faisceau d'énergie calorifique, je crois.

Z Z-Deux manifesta quelque surprise.

— Je me demande pourquoi.

— Il s'agit sans aucun doute d'un rayon calorifique. Regardez!

L'un des rayons avait été sorti de l'alignement pour une cause indiscernable, et sa trajectoire vint en contact avec un ruisseau d'ammoniaque pure qui entra promptement en ébullition violente.

Trois se tourna vers Z Z-Un.

— Prenez-en bonne note, Un, voulez-vous?

— Certainement.

C'était à Z Z-Un qu'incombait le secrétariat, et sa méthode pour prendre des notes consistait à effectuer une addition mentale qui venait s'inscrire avec précision dans sa mémoire. Il avait déjà enregistré heure par heure toutes les indications des instruments les plus importants durant le voyage du vaisseau jusqu'à Jupiter.

— Quelle raison donnerai-je à la réaction? Les maîtres humains seraient probablement heureux de la connaître, ajouta-t-il aimablement.

— Aucune raison. Ou mieux, corrigea Trois, aucune raison apparente. Vous pourriez dire que la température maximale du rayon était d'environ plus trente degrés centigrades.

— Essaierons-nous d'entrer en communication?

— Ce serait une perte de temps, dit Trois. Seuls quelques rares Joviens peuvent connaître le code radio qui a été mis au point entre Jupiter et Ganymède. Ils feront quérir l'un d'eux, et lorsqu'il sera sur place, il établira le contact assez tôt. Dans l'intervalle, observons-les. Je ne comprends rien à leurs actes, je vous l'avoue franchement.

Cet état de choses ne s'améliora guère durant les instants qui suivirent. Les radiations calorifiques prirent fin et d'autres instruments entrèrent en action. Plusieurs capsules vinrent tomber aux pieds des robots, après une chute rapide sous l'action gravifique de Jupiter. Elles s'écrasèrent en laissant échapper un liquide bleu, formant des flaques qui se résorbèrent rapidement par évaporation.

Le vent de cauchemar emportait les vapeurs et les Joviens s'écartaient sur leur passage. L'un d'eux fut trop lent, se débattit follement et demeura étendu, complètement flasque et immobile.

Z Z-Deux se baissa, plongea un doigt dans l'une des flaques et considéra le liquide qui ruisselait sur sa phalange métallique.

— Je crois qu'il s'agit d'oxygène, dit-il.

— C'est bien de l'oxygène, approuva Trois. Cela devient de plus en plus étrange. Ce doit certainement être une opération dangereuse, car j'ai l'impression que l'oxygène est un poison pour ces créatures. L'une d'elles en est morte!

Il y eut un instant de silence; alors Z Z-Un, que sa plus grande simplicité de construction conduisait parfois à exprimer sa pensée plus directement, dit avec une certaine lourdeur :

— On dirait que ces créatures étranges cherchent à nous détruire d'une manière plutôt puérile.

Et Deux, frappé par cette suggestion, de répondre :

— Je crois que vous avez raison, Un!

Un bref arrêt s'était produit dans l'activité jovienne et l'on apporta bientôt une nouvelle structure. Elle était munie d'une tige mince qui pointait en direction du ciel, à travers l'impénétrable crasse jovienne. Elle résistait au vent incroyable avec une fermeté indiquant une remarquable résistance. De son extrémité sortit un craquement puis un éclair qui illumina les profondeurs de l'atmosphère, la faisant apparaître comme un brouillard gris.

Durant un moment, les robots furent baignés dans une iridescence éclatante.

— De l'électricité à haute tension! dit pensivement Trois. Et d'une puissance respectable, d'ailleurs! Je crois que vous avez raison, Un. Après tout, les maîtres humains nous ont dit que ces créatures cherchent à détruire toute l'humanité, et des organismes qui possèdent suffisamment de méchanceté pour vouloir du mal à un être humain... (cette seule pensée faisait trembler sa voix) n'éprouveraient aucun scrupule à tenter de nous détruire.

— C'est une honte que de posséder des cerveaux aussi malfaisants, s'écria Z Z-Un. Les pauvres diables!

— Oui, c'est en effet assez triste, avoua Deux. Rentrons au vaisseau. Nous en avons vu assez pour l'instant.

Ainsi firent-ils et ils s'installèrent pour attendre. Comme le disait Z Z-Trois, Jupiter était une planète vaste, et il faudrait peut-être du temps au service des transports joviens pour amener un expert en code radio jusqu'au vaisseau. Cependant la patience ne coûte guère aux robots.

En fait, Jupiter accomplit trois révolutions sur son axe, suivant le chronomètre, avant l'arrivée de l'expert en question. Le lever et le coucher du soleil passaient inaperçus, bien entendu, au fond de cet abîme de gaz aussi dense qu'un liquide, profond de cinq mille kilomètres. Mais ni les robots ni les Joviens n'avaient besoin, pour voir, des radiations visibles et ils ne s'en souciaient guère, par conséquent.

Durant cet intervalle de trente-quatre heures, les Joviens qui entouraient le vaisseau poursuivirent leurs attaques avec une patience et une ténacité au sujet desquelles Z Z-Un prit un bon nombre de notes mentales. Le navire fut assailli par autant de forces différentes qu'il y avait d'heures, et les robots observaient attentivement chaque attaque, analysant les armes qu'ils reconnaissaient. Il s'avéra qu'ils les reconnurent toutes.

Mais les maîtres humains avaient fait du bon travail. Il avait fallu quinze ans pour construire le vaisseau et les robots, et l'on pouvait résumer en peu de mots leur qualité essentielle : une résistance à toute épreuve. Les attaques se déployaient en pure perte et ni le navire ni les robots ne s'en trouvaient plus mal.

— Cette atmosphère les met en état d'infériorité, dit Trois. Ils ne peuvent avoir recours à des explosifs atomiques sous peine de creuser dans cette purée de pois un trou par où ils seraient aspirés.

— Ils n'ont pas utilisé davantage des explosifs à grande puissance, dit Deux, ce qui est heureux. Ils ne nous auraient pas fait grand mal, naturellement, mais nous aurions été quelque peu bousculés.

— Les explosifs à grande puissance sont hors de question. On ne peut concevoir un explosif sans expansion de gaz, et les gaz ne peuvent absolument pas se répandre dans cette atmosphère.

— C'est une atmosphère excellente, murmura Un. Elle me plaît beaucoup !

Ce qui était naturel, puisqu'il était construit en conséquence. Les robots Z Z étaient les premiers construits par l'United States Robots dont l'apparence ne rappelât en rien l'être humain. Ils étaient bas et ramassés, et leur centre de gravité se trouvait à moins de trente centimètres au-dessus du sol. Ils étaient pourvus chacun de six jambes épaisses et courtes, conçues pour soulever des tonnes dans une pesanteur qui atteignait deux fois et demie la pesanteur terrestre. Leurs réflexes étaient beaucoup plus rapides que ceux que l'on adoptait normalement pour la Terre, afin de compenser la gravité accrue. Et ils étaient faits d'un alliage de bronze-béryllium-iridium à l'épreuve de tous les agents corrosifs connus, de même que de tous agents destructeurs inférieurs à une désintégration atomique de mille mégatonnes, et cela en toutes circonstances.

Pour résumer, ils étaient indestructibles, et leur puissance était à ce point impressionnante qu'ils étaient les seuls robots jamais construits que les roboticiens de la compagnie n'eussent pas eu le cran d'affubler d'un surnom correspondant plus ou moins au numéro de série. Un brillant jeune homme avait suggéré Sissy-Un, Deux et Trois (1)... mais assez timidement, et sa suggestion ne fut jamais renouvelée.

Les dernières heures de l'attente furent consacrées à une discussion embarrassée, dont l'objet était de trouver des termes pour décrire un Jovien. Z Z-Un avait remarqué qu'ils possédaient des tentacules et avait noté leur symétrie radiale... puis il était resté coi. Deux et Trois avaient fait de leur mieux, mais sans grand résultat.

— Il est pratiquement impossible de décrire quoi que ce soit, déclara Trois finalement, si l'on ne dispose pas d'un objet de référence. Ces créatures ne ressemblent à rien que je connaisse... elles sont

(1) *Sissy* : mauviette, femmelette. *(N.D.T.)*

complètement étrangères aux réseaux positroniques de mon cerveau. C'est comme si on tentait de décrire la lumière gamma à un robot non équipé pour la capter.

C'est à cet instant précis que le tir des armes à l'extérieur s'interrompit une nouvelle fois. Les robots tournèrent leur attention vers ce qui se passait hors du vaisseau.

Un groupe de Joviens s'avançait d'une façon curieusement cahotante, mais l'observation la plus pénétrante ne permettait pas de déterminer la méthode exacte qu'ils utilisaient pour leur locomotion. Comment ils se servaient de leurs tentacules? Mystère. Par instants, les organismes exécutaient une sorte de glissement et se déplaçaient alors à grande vitesse, en profitant peut-être de la poussée du vent, qui soufflait dans le sens de leur progression.

Les robots sortirent pour se porter à la rencontre des Joviens, qui firent halte à trois mètres de distance. Des deux côtés, on garda l'immobilité et le silence.

— Ils doivent nous observer, dit Z Z-Deux, mais comment? L'un de vous deux aperçoit-il des organes photo-sensibles?

— Je ne pourrais le dire, grommela Trois. Je ne vois en eux rien de particulièrement sensé.

Un cliquetis métallique se fit soudain entendre dans le groupe jovien.

— C'est le code radio, dit Z Z-Un, l'air ravi. L'expert en communication se trouve parmi eux.

C'était exact. Le complexe système morse laborieusement mis au point durant une période de vingt-cinq années par les êtres de Jupiter et les Terriens de Ganymède, et transformé en un moyen de communication d'une remarquable souplesse, allait enfin être mis en pratique à courte distance.

L'un des Joviens était demeuré sur place, les autres ayant battu en retraite. C'était lui qui parlait.

— D'où venez-vous? demanda le cliquetis.

Z Z-Trois, qui était le plus évolué du point de vue mental, assuma naturellement la fonction de porte-parole du groupe.

— Nous venons de Ganymède, le satellite de Jupiter.

— Que désirez-vous? poursuivit le Jovien.

— Des renseignements. Nous sommes venus pour étudier votre monde et rapporter nos observations à notre point de départ. Si nous pouvions obtenir votre bienveillante collaboration...

Le cliquetis jovien l'interrompit :

— Vous devez être détruits!

Z Z-Trois prit un temps.

— C'est exactement l'attitude qu'avaient prévue les maîtres humains, dit-il en aparté à ses compagnons. Ils ne sont vraiment pas ordinaires.

Reprenant son cliquetis, il demanda simplement :

— Pourquoi?

Le Jovien estimait évidemment que certaines questions étaient trop odieuses pour qu'il fût nécessaire d'y répondre :

— Si vous partez d'ici une période de rotation, vous serez épargnés... du moins jusqu'au moment où nous sortirons de notre monde pour détruire la vermine qui infeste Ganymède.

— Je voudrais vous faire remarquer, dit Trois, que nous autres de Ganymède et des planètes intérieures...

— Notre astronomie ne connaît que le Soleil et nos quatre satellites. Il n'existe aucune planète intérieure, interrompit le Jovien.

— Alors, nous autres de Ganymède, concéda Z Z-Trois, nous ne nourrissons aucun dessein sur

44

Jupiter. Nous sommes prêts à vous offrir notre amitié. Depuis vingt-cinq ans, votre peuple a communiqué librement avec les êtres humains résidant sur Ganymède. Existe-t-il une raison pour déclarer subitement la guerre aux hommes?

— Pendant vingt-cinq ans, nous avons pris les habitants de Ganymède pour des Joviens, répondit l'autre froidement. Lorsque nous avons découvert qu'il n'en était rien et que nous avions traité des animaux inférieurs sur le même plan que l'intelligence jovienne, nous ne pouvions faire autrement que de prendre des mesures pour effacer ce déshonneur. (Et il conclut :) Nous autres de Jupiter ne souffrirons l'existence d'aucune vermine sur Ganymède!

Le Jovien se retirait, luttant contre le vent, et l'entrevue était évidemment terminée.

Les robots se concertèrent à l'intérieur du vaisseau.

— La situation paraît bien mauvaise, n'est-ce pas? dit Z Z-Deux. C'est bien comme le disaient les maîtres humains, continua-t-il d'un ton pensif. Ils possèdent un complexe de supériorité anormalement développé, en même temps qu'une intolérance extrême à l'égard de quiconque prétend mettre en doute cette prétendue supériorité.

— L'intolérance, observa Trois, est la conséquence naturelle du complexe. Le malheur est que leur intolérance a des dents. Ils possèdent des armes et leur science est fort étendue.

— Je ne suis pas surpris à présent, éclata Z Z-Un, qu'on nous ait donné des instructions formelles pour ne pas obéir aux ordres des Joviens. Ce sont des êtres horribles, intolérants et imbus de leur pseudo-supériorité! (Il ajouta avec emphase, avec

une loyauté et une fidélité typiquement robotiques :)
Aucun maître humain ne pourrait leur ressembler.

— C'est vrai, mais en dehors du sujet, dit Trois.
Le fait demeure que les maîtres humains courent un
terrible danger. Jupiter est un monde gigantesque;
ses ressources naturelles sont cent fois plus importantes et ses habitants cent fois plus nombreux que
ceux que recèle l'empire terrestre tout entier. S'ils
peuvent réaliser un champ de force au point de
l'utiliser comme une coque de navire spatial, comme
l'ont déjà fait les maîtres humains, ils s'empareront
du système entier dès qu'ils le voudront. Reste à
savoir à quel point ils sont parvenus dans ce domaine
particulier, quelles sont les autres armes dont ils disposent, les préparatifs auxquels ils se livrent et ainsi
de suite. Notre devoir est de rapporter de telles
informations à notre base, et il serait temps de décider quelle action il convient d'envisager à présent.

— Notre tâche sera peut-être difficile, dit Deux.
Les Joviens ne nous aideront pas.

C'était le moins qu'on pût dire, pour le moment.

Trois réfléchit un instant.

— Apparemment, il nous suffira d'attendre, remarqua-t-il. Voilà trente heures qu'ils s'efforcent de
nous détruire et ils n'y sont pas encore parvenus.
Ils ont pourtant fait de leur mieux. Or, un complexe de supériorité implique la nécessité éternelle
de sauver la face, et l'ultimatum que nous venons
de recevoir en donne la preuve dans le cas présent.
Jamais ils ne nous permettraient de partir s'ils
étaient capables de nous anéantir. Mais si nous ne
quittons pas les lieux, plutôt que d'avouer qu'ils
sont impuissants à nous expulser, ils feindront de
trouver des avantages à notre présence.

Et l'attente reprit. Le jour s'écoula. Le tir de

rayons et projectiles divers se poursuivit sans désemparer. Les robots tinrent bon. Et, une fois de plus, ils se trouvèrent en présence de l'expert jovien en code radio.

Si les modèles Z Z avaient été pourvus d'un sens de l'humour par les ingénieurs qui avaient présidé à leur construction, ils se seraient amusés comme des petits fous. Mais ils étaient simplement pénétrés d'un sentiment de satisfaction solennelle.

— Nous avons décidé de vous permettre de prolonger votre séjour pour une période très brève, dit le Jovien, afin que vous puissiez constater par vous-mêmes notre puissance. Vous retournerez ensuite sur Ganymède, afin d'informer cette vermine dont vous êtes un échantillon de la catastrophe qui fondra sur elle en moins d'une révolution solaire.

Z Z-Un nota mentalement qu'une révolution jovienne correspondait à douze années terrestres.

— Merci, répondit Trois sans s'émouvoir. Nous permettrez-vous de vous accompagner jusqu'à la ville la plus proche? Il y a des choses que nous aimerions bien connaître. Bien entendu, il ne faudra pas toucher à notre vaisseau, ajouta-t-il.

Cette dernière recommandation était présentée sous forme de requête sans aucune arrière-pensée de menace, car les modèles Z Z étaient dépourvus de toute agressivité. De par leur construction, ils étaient totalement incapables d'éprouver de l'humeur. Quand il s'agissait de robots d'une puissance aussi prodigieuse que les Z Z, il était indispensable de les pourvoir d'une inaltérable bienveillance durant la période des essais terrestres.

— Nous ne nous intéressons nullement à votre pouilleux vaisseau. Pas un Jovien ne consentirait à se souiller en l'approchant, dit le Jovien. Vous pouvez nous accompagner, mais n'espérez pas vous approcher à moins de trois mètres de l'un d'entre nous, sinon vous serez instantanément détruits.

— Butés comme des mules, hein? remarqua Deux dans un murmure tandis qu'ils luttaient contre le vent.

La ville était en réalité un port construit sur les rives d'un incroyable lac d'ammoniaque. Le vent furieux soulevait des vagues écumantes qui couraient sur la surface liquide avec une vitesse dont la pesanteur accrue augmentait encore le caractère sporadique. Le port lui-même n'était ni vaste ni impressionnant, et il semblait évident que la plupart des constructions étaient souterraines.

— Quelle est la population de cette ville? s'enquit Trois.

— C'est une petite ville de dix millions d'habitants, répondit le Jovien.

— Je vois. Prenez note, Z Z-Un.

Z Z-Un obéit mécaniquement puis se tourna une fois de plus vers le lac qu'il contemplait d'un regard fasciné. Il toucha le coude de Trois :

— A votre avis, ce lac contient-il du poisson?

— Qu'est-ce que cela peut bien vous faire?

— Nous devrions le savoir, il me semble. Les maîtres humains nous ont donné l'ordre de rassembler le plus d'informations possible.

Des trois robots, Un était le plus simple, et par conséquent, c'était lui qui prenait le plus les ordres au pied de la lettre.

— Qu'il aille s'en assurer par lui-même, s'il le désire, dit Deux. Laissons l'enfant s'amuser; cela ne peut faire de mal à personne.

— Très bien. Je n'y vois pas d'objection à condition qu'il ne nous fasse pas perdre notre temps.

Nous ne sommes pas venus sur Jupiter pour nous occuper des poissons... Mais puisque vous en mourez d'envie, ne vous gênez pas!

Z Z-Un partit tout excité et se dirigea rapidement vers la berge; il plongea dans l'ammoniaque dans un rejaillissement d'écume. Les Joviens l'observaient attentivement. Naturellement ils n'avaient rien compris à la conversation précédente.

L'expert en code radio cliqueta :

— Apparemment, votre compagnon, désespéré par le spectacle de notre grandeur, a décidé de renoncer à la vie.

— Vous vous trompez, répondit Trois avec surprise, il désire simplement observer les organismes vivants qui pourraient éventuellement se trouver dans le lac. (Il ajouta en manière d'excuse :) Notre ami manifeste parfois un comportement curieux, car il est beaucoup moins intelligent que nous, malheureusement pour lui. Mais nous savons le comprendre et nous nous efforçons de satisfaire ses fantaisies chaque fois que nous le pouvons.

Suivit un long silence.

— Il va se noyer, remarqua enfin le Jovien.

— Pas de danger, répliqua Trois d'un ton égal. Ce mot n'a pas de sens pour nous. Pourrons-nous pénétrer dans la ville dès son retour?

A ce moment, un geyser surgit à quelques centaines de mètres du rivage. Il s'éleva à une certaine hauteur pour retomber bientôt en brouillard rapidement emporté par le vent. Le premier geyser fut suivi d'un second, puis d'un troisième, et enfin d'un furieux bouillonnement d'écume qui forma un sillage en direction de la berge et allait en s'apaisant à mesure qu'il s'en approchait.

Les deux robots observaient la scène avec surprise, et l'absence de tout mouvement de la part des Joviens montrait qu'ils étaient également absorbés par le spectacle.

Puis la tête de Z Z-Un émergea du liquide et on le vit progresser lentement vers la terre ferme. Mais quelque chose le suivit! Un organisme d'une taille gigantesque qui semblait entièrement fait de crocs, de griffes, de pinces, d'épines. Puis ils s'aperçurent qu'il ne suivait pas le robot de son propre gré, mais qu'il était traîné sur la berge par Z Z-Un. Sa masse avait une flaccidité significative.

Z Z-Un s'approcha avec une certaine timidité et se chargea personnellement de la communication. Il transmit au Jovien un message qui trahissait une agitation manifeste :

— Je regrette sincèrement ce qui vient d'arriver, mais cet organisme m'a attaqué. Je voulais simplement l'observer en prenant des notes. J'ose espérer que la créature n'offre pas une trop grande valeur.

On ne lui répondit pas immédiatement car, à la première apparition de la créature, de larges vides s'étaient produits dans les rangs des Joviens. Ils se comblèrent avec lenteur, et une observation prudente ayant démontré que la créature était bien morte, l'ordre se trouva bientôt restauré. Quelques-uns parmi les plus téméraires palpaient déjà le corps inerte.

— J'espère que vous voudrez bien pardonner à notre ami, dit humblement Z Z-Trois. Il se montre parfois maladroit. Nous n'avions absolument aucune intention de faire du mal à un animal jovien.

— C'est lui qui m'a attaqué, expliqua Un. Il m'a mordu sans aucune provocation de ma part. Voyez! (Il exhiba un croc long de soixante centimètres dont la pointe était ébréchée.) Il l'a cassé sur mon épaule, qu'il a bien failli érafler. Je lui ai donné une petite tape pour l'inviter à s'écarter... mais il en est mort. Je suis désolé!

Le Jovien finit par reprendre la parole et son cliquetis était quelque peu désordonné.

— C'est une créature très sauvage que l'on trouve rarement aussi près de la berge. Mais il est vrai que le lac est profond à cet endroit.

— Si vous pouviez vous en servir pour la consommation, nous ne serions que trop heureux... dit Trois anxieusement.

— Non, nous pouvons nous procurer de la nourriture sans le secours de verm... sans le secours de qui que ce soit. Mangez-le vous-mêmes.

Sur quoi Z Z-Un souleva la créature et la rejeta à la mer d'un geste nonchalant du bras.

— Merci de votre offre bienveillante, dit Z Z-Trois sans s'émouvoir, mais nous n'avons que faire de cette créature, puisque nous ne mangeons pas, bien entendu.

Escortés par quelque deux cents Joviens armés, les robots suivirent une série de rampes menant à la cité souterraine. Si, à la surface, celle-ci avait paru insignifiante, vue de l'intérieur elle prenait l'aspect d'une vaste métropole.

On les fit monter dans des véhicules dirigés à distance — car nul Jovien respectable n'aurait voulu compromettre sa supériorité en prenant place dans la même voiture qu'une vermine — et ils furent conduits à une vitesse terrifiante jusqu'au centre de la ville. Ils en virent suffisamment pour estimer qu'elle avait au moins quatre-vingts kilomètres de large et qu'elle s'enfonçait de près de douze kilomètres dans l'intérieur de la planète.

— Si ce n'est qu'un simple spécimen de la civilisation jovienne, dit Z Z-Deux d'un air sombre, nous ne pourrons présenter un rapport très prometteur à nos maîtres humains. Surtout que nous nous sommes posés au hasard sur la vaste surface de Jupiter, et que nous n'avions guère plus d'une chance sur mille d'atterrir à proximité d'un grand centre de population. Comme le dit l'expert en code, ç'est là une « simple » ville.

— Dix millions de Joviens, dit Trois pensivement. La population totale doit se monter à des centaines de milliards d'habitants, ce qui est considérable, même pour Jupiter. Ils possèdent probablement une civilisation urbaine complète, ce qui signifie que leur développement scientifique doit être prodigieux. S'ils disposent de champs de force...

Trois n'avait pas de cou, car, pour obtenir plus de résistance, les têtes des modèles Z Z étaient solidement rivées au torse, cependant que le délicat cerveau positronique était protégé par trois couches superposées en alliage d'iridium de deux centimètres et demi d'épaisseur. En eût-il possédé un qu'il aurait secoué la tête tristement.

Ils s'étaient à présent arrêtés dans un espace dégagé. Partout autour d'eux, ils apercevaient des avenues et des structures grouillantes de Joviens faisant preuve d'une curiosité qui ne le cédait en rien à celle qu'aurait manifestée une foule terrestre en pareille circonstance.

L'expert en radio s'approcha d'eux :

— Il est maintenant temps de me retirer jusqu'à la prochaine période d'activité. Nous avons pris la peine de vous préparer des quartiers d'habitation à notre grand détriment, et comme de juste, les structures devront être abattues et reconstruites après votre départ. Néanmoins il vous sera permis de dormir quelque temps.

Z Z-Trois agita l'un de ses bras en signe de dénégation et répondit en code :

— Mille grâces, mais ne vous dérangez pas pour nous. Nous pouvons très bien demeurer où nous sommes. Si vous voulez dormir et vous reposer, ne vous gênez pas. Nous vous attendrons. Quant à nous, nous ignorons le sommeil!

Le Jovien ne répondit pas, mais il eût été intéressant d'observer son expression, s'il avait possédé un visage. Il s'en fut et les robots demeurèrent dans la voiture, avec des escouades de Joviens bien armés et fréquemment relevés montant la garde autour d'eux.

Des heures s'écoulèrent avant que les rangs de ces sentinelles s'écartent pour laisser passage à l'expert radio. Il était accompagné d'autres Joviens qu'il présenta aux robots.

— Voici deux fonctionnaires du gouvernement central qui ont gracieusement consenti à vous parler.

L'un des personnages officiels connaissait évidemment le code, car son cliquetis interrompit brusquement celui de l'expert.

— Vermines, sortez de ce véhicule, que nous puissions vous examiner, dit-il en s'adressant aux robots.

Les robots n'étaient que trop heureux de le satisfaire, aussi, tandis que Trois et Deux sortaient par le côté droit de la voiture, Z Z-Un mettait pied à terre par le côté gauche. Malheureusement, il avait négligé d'actionner le mécanisme qui permettait d'ouvrir ce qui servait de portière, si bien qu'il emporta dans son élan le panneau entier en même temps que deux roues et un axe. La voiture s'effondra sur place et Z Z-Un demeura figé sur place à contempler le désastre dans un silence plein d'embarras.

Il finit enfin par cliqueter doucement :

— Je suis vraiment désolé. J'ose espérer qu'il ne s'agit pas d'une voiture de grand prix.

— Notre compagnon est souvent maladroit, ajouta Z Z-Deux pour l'excuser. Nous vous prions de lui pardonner.

Et Z Z-Trois fit une tentative peu convaincante pour remettre l'engin dans son état primitif.

— Le matériau dont la voiture est faite est assez fragile, reprit Z Z-Un dans un nouvel effort pour amoindrir sa faute. Tenez...

Il saisit un panneau en plastique d'un mètre carré sur huit centimètres d'épaisseur entre ses deux mains, exerça une légère pression. Aussitôt le panneau se rompit en deux parties.

— J'aurais dû me méfier, avoua-t-il.

L'officiel jovien répondit d'un ton légèrement moins acerbe :

— Il aurait fallu détruire le véhicule de toute façon, puisqu'il avait été pollué par votre présence. (Il prit un temps, puis :) Créatures! Nous autres, Joviens, n'éprouvons aucune curiosité vulgaire envers les espèces animales inférieures, mais nos savants ont besoin de documentation.

— Parfaitement d'accord avec vous sur ce point, répliqua joyeusement Trois. Nous aussi nous cherchons à nous documenter!

Le Jovien l'ignora :

— Il vous manque l'organe sensoriel de masse, du moins apparemment. Comment se fait-il que vous détectiez la présence d'objets éloignés?

Trois sentit son intérêt s'éveiller :

— Vous voulez dire que vous êtes directement sensibles aux masses?

— Je ne suis pas ici pour répondre à vos questions impudentes sur notre anatomie.

— J'en déduis que des objets possédant une faible masse spécifique vous feraient l'effet d'être transparents, même en l'absence de toute radiation. (Il se tourna vers Z Z-Deux :) C'est de cette façon qu'ils voient. Leur atmosphère leur semble aussi transparente que l'espace.

Le Jovien reprit une fois de plus son cliquetis :

— Répondez immédiatement à ma première question si vous ne voulez pas que je perde patience et que je vous fasse détruire sans plus attendre.

— Nous sommes sensibles à l'énergie, Jovien, répondit Trois du tac au tac. Nous pouvons nous ajuster à volonté à l'échelle électromagnétique tout entière. A présent, notre vue à longue distance est obtenue grâce à des ondes radio que nous émettons nous-mêmes, et à courte distance nous voyons par... (Il s'interrompit pour s'adresser à Deux :) Il n'existe en code aucun mot pour désigner les rayons gamma, n'est-ce pas?

— Pas que je sache, répondit Deux.

Trois se tourna derechef vers le Jovien :

— A courte distance, nous voyons par le truchement de radiations pour lesquelles il n'existe pas de mot code.

— De quoi est composé votre corps? demanda le Jovien.

— Il pose probablement cette question, chuchota Deux, parce que son organe sensoriel de masse ne peut franchir notre peau. Question de haute densité, vous savez bien. Faut-il lui dire?

— Nos maîtres humains ne nous ont pas recommandé de garder le secret sur quoi que ce soit, répondit Trois d'un ton incertain. (Puis s'adressant au Jovien en code radio :) Nous sommes en grande partie composés d'iridium et pour le reste de cuivre, d'étain, d'un peu de béryllium, et quelques autres substances en faibles quantités.

Les Joviens se retirèrent un peu à l'écart, et par un tortillement obscur de diverses parties de leurs corps, d'ailleurs totalement indescriptible, donnèrent l'impression de se livrer à une conversation animée quoique silencieuse.

Puis le personnage officiel revint :

— Etres de Ganymède! Nous avons décidé de vous montrer quelques-unes de nos usines afin que vous puissiez juger de notre haut degré d'évolution technologique. Nous vous permettrons ensuite de rentrer chez vous pour jeter le désespoir parmi les autres verm... les autres êtres du monde extérieur.

— Prenez note de cette particulairté de leur psychologie, dit Trois en s'adressant à Deux. Il leur faut à tout prix nous convaincre de leur supériorité. C'est une façon comme une autre de sauver la face. (Et en code radio :) Nous vous remercions infiniment de votre complaisance.

Mais pour sauver ladite face, on prit les grands moyens comme les robots s'en aperçurent bientôt. La démonstration devint une visite et la visite une exhibition à grande échelle. Les Joviens étalèrent tout, expliquèrent tout, répondirent avec empressement à toutes les questions, et Z Z-Un prit des notes par centaines.

Le potentiel de guerre de cette prétendue ville sans importance était plusieurs fois supérieur à celui de Ganymède tout entier. Dix villes de même grandeur auraient dépassé en production l'Empire

56

Terrestre. Et pourtant dix villes semblables ne constituaient encore qu'une infime partie de la puissance dont Jupiter pouvait disposer.

Z Z-Un donna un coup de coude à Z Z-Trois.

— Qu'y a-t-il? demanda celui-ci.

— S'ils disposent de champs de force, les maîtres humains sont perdus? dit Z Z-Un avec le plus grand sérieux.

— Je le crains. Pourquoi cette question?

— Parce que les Joviens s'abstiennent de nous montrer l'aile droite de cette usine. C'est peut-être qu'on y met au point les champs de force. Dans ce cas, ils ne manqueraient pas de garder le secret. Il faut que nous sachions la vérité. C'est le point essentiel.

— Vous avez peut-être raison, dit Trois d'un air sombre. Il vaut mieux tout savoir.

Ils venaient de pénétrer dans un gigantesque laminoir d'acier, où des poutres longues de trente mètres en alliage d'acier-silicone, inattaquable par l'ammoniaque, étaient produites au rythme de vingt unités à la seconde.

— Que contient cette aile? demanda Trois sans avoir l'air d'y toucher.

Le personnage officiel posa la question aux cadres de l'usine et expliqua :

— C'est la section des hautes températures. Divers processus exigent des températures que la vie ne peut supporter, et ils doivent être opérés à distance.

Il conduisit les robots jusqu'à une cloison qui irradiait de la chaleur et indiqua une petite surface d'un matériau transparent. Elle faisait partie d'une rangée de fenêtres semblables, à travers lesquelles on distinguait dans l'atmosphère épaisse les lumières rouges de séries de creusets flamboyants.

Z Z-Un posa un regard soupçonneux sur le Jovien et lui demanda en morse :

— Me permettez-vous d'aller voir cela de plus près? Je m'intéresse énormément à ce genre de travaux.

— Vous faites l'enfant, Z Z-Un, dit Trois. Ils ne mentent pas. Oh! et puis, après tout, faites comme vous l'entendrez. Mais ne soyez pas trop long; la visite continue.

— Vous n'avez aucune idée des températures qui règnent en cet endroit. Vous allez périr carbonisé, dit le Jovien.

— Pas de danger, répondit Un d'un ton indifférent. La chaleur ne nous incommode pas.

Une conférence jovienne se tint aussitôt, puis une scène de précipitation confuse tandis qu'on modifiait la vie de l'usine pour la préparer à cette opération insolite. Des écrans en matériaux imperméables à la chaleur furent dressés, puis une porte s'abaissa, qui n'avait jamais fonctionné depuis l'inauguration de l'usine. Z Z-Un la franchit et la porte se referma derrière lui. Les officiels joviens s'assemblèrent devant les fenêtres pour suivre ses mouvements.

Z Z-Un se dirigea vers le plus proche creuset et le tapota de l'extérieur. Puisque sa taille était trop réduite pour lui permettre d'y jeter commodément un regard, il inclina le creuset de manière que le métal en fusion affleurât le bord du récipient. Il l'examina curieusement, y trempa la main et agita le liquide pour éprouver sa consistance. Cela fait, il retira sa main, secoua les quelques gouttes brûlantes de métal fondu et s'essuya sur l'une de ses six cuisses. Il parcourut lentement la rangée de creusets, puis signifia son désir de quitter les lieux.

Les Joviens se retirèrent à une grande distance à sa sortie et l'arrosèrent d'un jet d'ammoniaque qui siffla, bouillonna et fuma jusqu'au moment où il eut retrouvé une température normale.

Z Z-Un se souciait comme d'une guigne de la douche d'ammoniaque.

— Ils ne mentaient pas, dit-il. Pas le moindre champ de force.

— Voyez-vous... commença Trois.

Mais Un l'interrompit avec impatience :

— Inutile d'atermoyer. Les maîtres humains nous ont donné l'ordre de tout découvrir. Il n'y a donc rien d'autre à faire.

Il se tourna vers le Jovien et lui demanda en morse, sans la moindre hésitation :

— Ecoutez-moi, la science jovienne a-t-elle découvert les champs de force?

Ces manières sans artifice étaient bien entendu la conséquence des pouvoirs mentaux moins développés de Z Z-Un. Deux et Trois connaissaient cette particularité, aussi s'abstinrent-ils d'exprimer leur désapprobation.

L'officiel jovien perdit lentement la curieuse raideur d'attitude qui avait donné l'impression qu'il fixait stupidement la main de Z Z-Un — celle qu'il avait plongée dans le métal en fusion.

— Des champs de force? répéta lentement le Jovien. Serait-ce donc là l'objet principal de votre curiosité?

— Oui! répondit Z Z-Un avec emphase.

Le Jovien parut retrouver soudain un nouveau regain de confiance, car son cliquetis se fit plus dynamique.

— Dans ce cas, suivez-moi, vermine!

— Nous voilà redevenus de la vermine, confia

Trois à Deux, ce qui signifie que nous allons apprendre de mauvaises nouvelles.

Et Deux acquiesça lugubrement.

C'est aux confins mêmes de la ville qu'on les conduisait à présent — ce que sur Terre on aurait appelé la banlieue — pour les faire pénétrer dans une série de structures étroitement intégrées, qui auraient pu vaguement correspondre à une université terrestre.

On ne leur proposa cependant aucune explication, et ils s'abstinrent de poser des questions. L'officiel jovien avançait rapidement en tête du cortège et les robots suivaient, persuadés qu'ils allaient affronter le pire.

Ce fut Z Z-Un qui s'arrêta devant une ouverture percée dans un mur lorsque tous les autres furent passés.

— Qu'est-ce là? s'enquit-il.

La pièce était garnie de bancs longs et étroits, sur lesquels des Joviens manipulaient des rangées de dispositifs étranges, dont des électro-aimants longs de trois centimètres formaient la partie principale.

— Qu'est-ce là? demanda une seconde fois Z Z-Un.

Le Jovien se retourna en manifestant une certaine impatience :

— C'est un laboratoire de biologie à l'usage des étudiants. Rien qui puisse vous intéresser.

— Mais que font-ils?

— Ils étudient la vie microscopique. N'avez-vous donc jamais vu un microscope?

— Si, intervint Z Z-Trois, mais pas de ce modèle. Nos microscopes sont conçus pour des organes sensibles à l'énergie et fonctionnent par réfraction de l'énergie radiée. Vos microscopes fonctionnent évidemment sur la base de l'expansion massique. Très ingénieux.

— Pourrais-je examiner l'un de vos spécimens? damanda Z Z-Un.

— A quoi bon? Vous ne pouvez vous servir de nos microscopes en raison de vos limitations sensorielles, et nous serions obligés de rejeter les spécimens que vous auriez approchés sans raison valable.

— Mais je n'ai nullement besoin d'un microscope, s'exclama Un tout surpris. Rien ne m'est plus facile que de régler mes organes à la vision microscopique.

Il se dirigea vers le banc le plus proche tandis que les étudiants se rassemblaient dans un coin pour éviter d'être contaminés. Z Z-Un écarta un microscope et examina attentivement le spécimen. Il recula perplexe, tenta une seconde expérience... une troisième... une quatrième.

Il se retourna à l'entrée et s'adressant au Jovien :

— Ils sont censés être vivants, n'est-ce pas? Je veux parler de ces organismes vermiculaires?

— Certainement, dit le Jovien.

— C'est curieux... Dès que je les regarde, ils meurent!

Trois poussa une brusque exclamation et dit à ses compagnons :

— Nous avions oublié nos rayons gamma. Sortons d'ici, Z Z-Un, sinon il ne restera plus un seul organisme vivant dans la pièce.

Il se tourna vers le Jovien :

— Je crains que notre présence ne soit fatale aux formes les plus fragiles de la vie. Nous allons quitter ce lieu. J'espère qu'il ne vous sera pas trop difficile de remplacer ces spécimens. Et pendant que j'y pense, ne vous approchez pas trop de nous, sinon les radiations émises par notre organisme pourraient également vous nuire. Votre santé ne vous paraît pas avoir souffert jusqu'à présent, j'espère? s'enquit-il.

Le Jovien reprit la tête du cortège dans un silence plein de dignité, mais désormais, il maintint entre les robots et lui-même une distance double de ce qu'elle était précédemment.

La visite se poursuivit en silence jusqu'au moment où les robots eurent pénétré dans une vaste salle. Au centre de celle-ci, d'énormes lingots de métal demeuraient suspendus dans l'espace — du moins n'apercevait-on aucun support visible — en dépit de la considérable pesanteur jovienne.

— Voici, dit le Jovien, notre champ de force sous sa forme ultime et tel qu'il résulte des tout derniers perfectionnements. A l'intérieur de cette bulle se trouve un espace vide qui supporte le poids entier de notre atmosphère en même temps qu'une quantité de métal suffisante pour construire deux grands vaisseaux de l'espace. Qu'en dites-vous?

— Que les voyages dans l'espace sont, dès à présent, à votre portée, répondit Z Z-Trois.

— Parfaitement exact. Nul métal, nul plastique ne possède la résistance suffisante pour contenir notre atmosphère dans le vide, mais un champ de force permet d'atteindre ce résultat — et une bulle réalisée par un champ de force constituera notre vaisseau. Dans le courant de l'année, nous en produirons déjà par centaines de milliers. A ce moment, nous fondrons sur Ganymède en essaims innombrables pour détruire ces misérables vermines soi-disant douées d'intelligence qui voudraient nous disputer la maîtrise de l'univers.

— Les êtres humains de Ganymède n'ont jamais

eu la moindre intention... commença Z Z-Trois.

— Silence! coupa le Jovien. Retournez à présent d'où vous êtes venus et racontez à vos pareils ce que vous avez vu. Leurs dérisoires champs de force — tels que ceux dont votre navire est équipé — n'existeront pas devant les nôtres, car le plus petit de nos vaisseaux possédera cent fois la taille et la puissance des vôtres.

— Dans ce cas, en effet, répondit Trois, nous n'avons plus rien à faire ici et nous allons rentrer, comme vous le dites, en rapportant cette nouvelle. Si vous voulez bien nous reconduire à notre vaisseau, nous vous ferons nos adieux. Mais, en guise d'échange de bons procédés, je dois vous avertir que vous faites erreur. Les humains de Ganymède disposent, bien entendu, de champs de force, mais notre vaisseau n'en possède pas. Nous n'en avons nul besoin.

Le robot fit volte-face et fit signe à ses compagnons de le suivre. Ils demeurèrent silencieux un moment, puis Z Z-Un murmura avec découragement :

— Ne pourrions-nous tenter de détruire cette usine?

— A quoi cela nous avancerait-il? répondit Trois. Ils nous écraseraient sous le nombre. Inutile de résister. Dans une dizaine d'années, les maîtres humains seront anéantis. Il est impossible de lutter contre Jupiter. C'est un monde trop gigantesque. Tant que les Joviens ne pouvaient quitter sa surface, les humains se trouvaient en sécurité. Mais à présent qu'ils disposent de champs de force... nous ne pouvons rien faire d'autre que d'annoncer la nouvelle. En préparant des cachettes, quelques humains réussiront à survivre durant une courte période.

La ville se trouvait à présent derrière eux. Ils avançaient en terrain découvert près du lac, leur vaisseau se profilant à l'horizon sous la forme d'un point noir.

— Créatures, dit soudain le Jovien, vous dites que vous ne possédez pas de champ de force?

— Nous n'en avons pas besoin, répondit Trois sans manifester d'intérêt.

— Comment se fait-il alors que votre vaisseau puisse supporter le vide régnant dans l'espace sans exploser du fait de la pression atmosphérique régnant à l'intérieur de la coque?

Et, d'un geste de l'un de ses tentacules, il désigna l'atmosphère jovienne qui pesait sur eux de quelque seize cents tonnes au centimètre carré.

— C'est très simple, expliqua Trois. Notre vaisseau n'est pas étanche. La pression s'équilibre entre l'intérieur et l'extérieur.

— Même dans l'espace? Le vide dans votre vaisseau? Vous mentez!

— Nous vous invitons volontiers à visiter notre navire. Il ne possède pas de champ de force et il n'est pas étanche. Qu'y a-t-il là de si extraordinaire? Nous ne respirons pas. Nous tirons directement notre énergie de l'atome. La présence ou l'absence de pression atmosphérique nous importe peu et nous nous trouvons parfaitement à l'aise dans le vide.

— Mais le zéro absolu!

— Il ne nous concerne pas. Nous réglons nous-mêmes notre température interne. Celles qui règnent à l'extérieur ne nous intéressent pas le moins du monde. (Il prit un temps :) A présent, nous pouvons regagner notre vaisseau par nos propres moyens. Adieu. Nous transmettrons votre message aux humains... Guerre jusqu'au bout!

Mais le Jovien s'écria :

— Attendez, je vais revenir!

Il se retourna et prit de nouveau le chemin de la ville.

Les robots ouvrirent des yeux ronds, puis attendirent en silence.

Trois heures s'étaient écoulées lorsque le Jovien reparut, progressant avec précipitation. Il s'arrêta à la limite des trois mètres réglementaires, puis il se remit en marche, et toute son attitude exprimait une curieuse humilité. Il ne prit la parole que lorsque sa peau grise et caoutchouteuse fut proche des robots à les toucher, et à ce moment le cliquetis de son morse se fit soumis, respectueux.

— Très honorés émissaires, je me suis mis en relation avec le chef du gouvernement central, qui se trouve à présent en possession de tous les faits, et je puis vous assurer que Jupiter ne désire que la paix.

— Je vous demande pardon? dit Z Z-Trois interloqué.

— Nous sommes prêts à reprendre les communications avec Ganymède, poursuivit rapidement le Jovien, et nous vous donnerons volontiers l'assurance que nous ne procéderons à aucune tentative pour nous lancer dans l'espace. Notre champ de force sera uniquement utilisé sur la surface de Jupiter.

— Mais... commença Trois.

— Notre gouvernement ne sera que trop heureux de recevoir tous représentants que nos honorables frères humains de Ganymède seront disposés à envoyer près de nous. Si Vos Honneurs veulent bien condescendre à faire le serment de maintenir la paix...

Un tentacule écailleux se tendit vers eux et Z Z-Trois, éberlué, le saisit. Deux et Trois firent de même et leurs mains furent étreintes par deux nouveaux tentacules.

— Je déclare une paix éternelle entre Jupiter et Ganymède, dit solennellement le Jovien.

Le vaisseau spatial qui fuyait comme une passoire avait de nouveau repris l'espace. La pression et la température se trouvaient une fois de plus à zéro, et les robots regardaient s'éloigner l'énorme globe qui était Jupiter.

— Leur sincérité ne fait aucun doute, dit Z Z-Deux, et cette volte-face complète est des plus réjouissantes, mais quant à la comprendre, c'est une autre affaire.

— A mon avis, observa Z Z-Un, les Joviens ont retrouvé la raison juste à temps et se sont rendu compte de l'action abominable qu'ils s'apprêtaient à commettre en faisant du mal aux maîtres humains. C'est d'ailleurs bien naturel!

Z Z-Trois soupira :

— Tout cela n'est qu'une affaire de psychologie. Ces Joviens souffraient d'un complexe de supériorité épais d'un kilomètre, et puisqu'ils n'étaient pas parvenus à nous détruire, il leur fallait bien sauver la face. Toutes leurs exhibitions, toutes leurs explications n'étaient qu'une sorte de forfanterie destinée à nous donner le sentiment de notre insignifiance devant leur pouvoir et leur supériorité.

— Je comprends tout cela, intervint Deux, mais...

— Mais leurs manœuvres ont eu le résultat contraire, continua Z Z-Trois. Ils n'ont réussi qu'à établir eux-mêmes la preuve que nous étions plus résistants, plus forts qu'eux, que nous ne pouvions nous noyer, que nous ne mangions ni ne dormions, que le métal en fusion n'entamait pas notre carcasse. Notre seule présence même était fatale à la vie jovienne. Leur dernière carte était le champ de force. Mais lorsqu'ils se sont aperçus que nous n'en avions pas besoin le moins du monde, que nous pouvions vivre dans le vide intégral et à la température du zéro absolu, ils se sont effondrés. (Il prit un temps et ajouta philosophiquement :) Lorsqu'un tel complexe de supériorité s'effondre, c'est l'écroulement total.

Les deux autres considérèrent un instant cette remarque.

— Pourtant je ne vois toujours pas la logique de leur attitude, dit Z Z-Deux. Que leur importe après tout que nous puissions faire ceci ou cela? Nous ne sommes que des robots. Ce n'est pas nous qu'ils devaient combattre.

— C'est justement là toute la question, dit Trois doucement. C'est seulement après avoir quitté Jupiter que je me suis avisé de ce détail. Savez-vous que, par inadvertance, nous avons complètement négligé de les avertir que nous n'étions que des robots?

— Ils ne nous ont jamais posé la question, dit Un.

— Exactement, et c'est pourquoi ils nous ont pris pour des êtres humains et se sont imaginés que tous les êtres humains étaient pareils à nous!

Il jeta un nouveau regard pensif du côté de Jupiter.

— Pas étonnant qu'ils aient décidé de s'avouer vaincus!

3

PREMIÈRE LOI

Mike Donovan considéra sa chope de bière vide, sentit l'ennui l'envahir et décida qu'il avait écouté pendant assez longtemps.

— Si nous mettons la question des robots extra-ordinaires sur le tapis, s'écria-t-il, j'en sais au moins un qui a désobéi à la Première Loi.

Comme cette éventualité était complètement impossible, chacun se tut et se tourna vers Donovan.

Aussitôt notre gaillard regretta d'avoir eu la langue trop longue et changea de sujet de conversation :

— J'en ai entendu une bien bonne hier soir, dit-il sur le ton de la conversation. Il s'agissait...

— Vous connaissez, dites-vous, un robot qui a causé du tort à un être humain? intervint MacFarlane, qui se trouvait sur le siège voisin de Donovan. C'est cela que signifie la désobéissance à la Première Loi, vous le savez aussi bien que moi.

— En un certain sens, dit Donovan. Je dis que j'ai entendu...

— Racontez-nous cela, ordonna MacFarlane.

Quelques-uns des membres de l'assistance reposèrent bruyamment leurs chopes sur la table.

— Cela se passait sur Titan, il y a quelque dix ans, dit Donovan en réfléchissant rapidement. Oui, c'était en 25. Nous venions de recevoir une expédition de trois robots d'un nouveau modèle, spécialement conçus pour Titan. C'étaient les premiers des modèles M A. Nous les appelions Emma Un, Deux et Trois.

Il fit claquer ses doigts pour commander une autre bière.

— J'ai passé la moitié de ma vie dans la robotique, dit MacFarlane, et je n'ai jamais entendu parler d'une production en série des modèles M A.

— C'est parce qu'ils ont été retirés des chaînes de fabrication après... après ce que je vais vous raconter. Vous ne vous rappelez pas ?

— Non.

— Nous avions mis les robots immédiatement au travail, poursuivit rapidement Donovan. Jusqu'à ce moment-là, voyez-vous, la base avait été entièrement inutilisée durant la saison des tempêtes, qui dure pendant quatre-vingts pour cent de la révolution de Titan autour de Saturne. Durant les terribles chutes de neige, on ne pouvait pas retrouver la Base à cent mètres de distance. Les boussoles ne servent à rien, puisque Titan ne possède aucun champ magnétique.

» L'intérêt de ces robots M A résidait cependant en ceci qu'ils étaient équipés de vibro-détecteurs d'une conception nouvelle, qui leur permettaient de se diriger en ligne droite sur la Base en dépit de tous les obstacles, et qu'ainsi les travaux de mine pourraient désormais se poursuivre durant la révo-

lution entière. Ne dites pas un mot, Mac. Les vibro-
détecteurs furent également retirés du marché, et
c'est la raison pour laquelle vous n'en avez pas
entendu parler. (Donovan fit entendre une petite
toux.) Secret militaire, vous comprenez.

» Les robots, continua-t-il, travaillèrent à merveille
pendant la première saison des tempêtes, puis, au
début de la saison calme, Emma-Deux se mit à
faire des siennes. Elle ne cessait d'aller se perdre
dans les coins, de se cacher sous les balles et il
fallait la faire sortir de sa retraite à force de cajo-
leries. Finalement elle disparut un beau jour de la
Base et ne revint plus. Nous conclûmes qu'elle
comportait un vice de construction et nous pour-
suivîmes les travaux avec les deux robots restants.
Cependant nous souffrions d'un manque de main-
d'œuvre et, lorsque, vers la fin de la saison calme, il
fut question de se rendre à Kornsk, je me portai
volontaire pour effectuer le voyage sans robot. Je
ne risquais apparemment pas grand-chose, les tempêtes n'étaient pas attendues avant deux jours et je
comptais rentrer avant moins de vingt-quatre heures.

» J'étais sur le chemin du retour — à quinze bons
kilomètres de la Base — lorsque le vent commença
à souffler et que l'air s'épaissit. Je posai mon véhicule aérien immédiatement avant que l'ouragan
ait pu le briser, mis le cap sur la Base et commençai
à courir. Dans la pesanteur réduite, je pouvais fort
bien parcourir toute la distance au pas gymnastique,
mais me serait-il possible de me déplacer en ligne
droite? C'était toute la question. Ma provision d'air
était largement suffisante et mes enroulements de
chauffage fonctionnaient de façon satisfaisante,
mais quinze kilomètres dans un ouragan « titanesque » n'ont rien d'un jeu d'enfant.

70

» Puis, lorsque les rafales de neige changèrent le paysage en un crépuscule fantomatique, que Saturne devint à peine visible et que le soleil lui-même fut réduit à l'état de pâle reflet, je dus m'arrêter le dos tourné au vent. Un petit objet noir se trouvait droit devant moi; je pouvais à peine le distinguer, mais je l'avais identifié. C'était un chien des tempêtes, l'être le plus féroce qui puisse exister au monde. Je savais que ma tenue spatiale ne pourrait me protéger une fois qu'il bondirait sur moi, et dans la lumière insuffisante je ne devais tirer qu'à bout portant ou pas du tout. Si par malheur je manquais mon coup, mon sort serait définitivement réglé.

» Je battis lentement en retraite et l'ombre de l'animal me suivit. Elle se rapprocha et déjà je levais mon pistolet en murmurant une prière, lorsqu'une ombre plus vaste surgit inopinément au-dessus de moi et me fit hurler de soulagement. C'était Emma-Deux, le robot M A disparu. Je ne pris pas le temps de m'inquiéter des raisons de sa disparition. Je me contentai de hurler à tue-tête : « Emma, fillette, attrapez-moi ce chien des tempêtes et ensuite vous me ramènerez à la Base. »

» Elle se contenta de me regarder comme si elle ne m'avait pas entendu et s'écria : « Maître, ne tirez pas, ne tirez pas. »

» Puis elle se précipita à toute allure vers le chien des tempêtes.

» Je criai de nouveau : « Attrapez ce sale chien, Emma! » Elle le ramassa bien... mais continua sa course. Je hurlai à me rendre aphone, mais elle ne revint pas. Elle me laissait mourir dans la tempête.

Donovan fit une pause dramatique.

— Bien entendu, vous connaissez la Première Loi : un robot ne peut porter atteinte à un être humain ni, restant passif, laisser cet être humain exposé au danger! Eh bien, Emma s'enfuit avec son chien des tempêtes et m'abandonna à mon sort. Elle avait donc enfreint la Première Loi.

» Fort heureusement pour moi, je me tirai sans dommage de l'aventure. Une demi-heure plus tard, la tempête tomba. C'était un déchaînement prématuré et temporaire. Cela arrive quelquefois. Je rentrai à la Base en toute hâte et la tempête commença pour de bon le lendemain. Emma-Deux rentra deux heures après moi. Le mystère fut éclairci et les modèles M A retirés immédiatement du marché.

— Et l'explication, demanda MacFarlane, en quoi consistait-elle au juste?

Donovan le considéra d'un air sérieux.

— J'étais effectivement un être humain en danger de mort, Mac, mais pour ce robot, quelque chose prenait le pas même sur moi, même sur la Première Loi. N'oubliez pas que ces robots faisaient partie de la série M A et que celui-ci en particulier s'était mis à la recherche de petits coins bien tranquilles quelque temps avant de disparaître. C'est comme s'il s'attendait à un événement très spécial et tout à fait personnel. Et cet événement s'était effectivement produit.

Donovan tourna les yeux vers le plafond avec componction et acheva :

— Ce chien des tempêtes n'était pas un chien des tempêtes. Nous le baptisâmes Emma-Junior lorsque Emma-Deux le ramena à la Base. Emma-Deux se devait de le protéger contre mon pistolet. Que sont les injonctions de la Première Loi, comparées aux liens sacrés de l'amour maternel?

4

ASSEMBLONS-NOUS

Une certaine forme de paix s'était prolongée durant un siècle et les gens avaient oublié à quoi ressemblait tout le reste. Ils n'auraient pas trop su de quelle façon réagir s'ils avaient découvert qu'une certaine forme de guerre venait finalement de se déclencher.

A coup sûr, Elias Lynn, chef du Bureau de la Robotique, ne savait trop de quelle façon réagir lorsqu'il découvrit finalement la vérité. Le Bureau de la Robotique avait son quartier général à Cheyenne, conformément à la tendance à la décentralisation qui se manifestait depuis un siècle, et Lynn contemplait d'un air indécis le jeune officier de Sécurité qui lui apportait la nouvelle de Washington.

Elias Lynn était un homme de vastes proportions, aux traits banals mais non dénués de charme, avec des yeux bleu pâle légèrement proéminents. Les hommes ne se sentaient pas généralement très à leur aise sous le regard de ces yeux, mais l'officier de Sécurité demeurait imperturbable.

Lynn décida que sa première réaction aurait dû être un sentiment d'incrédulité. Tonnerre, c'était bien

73

de l'incrédulité! Il lui était impossible d'y croire!

Il se renversa dans son fauteuil.

— Dans quelle mesure est-on certain de cette information? demanda-t-il.

L'officier de Sécurité, qui s'était présenté sous le nom de Ralph G. Breckenridge, avec pièces d'identité à l'appui, portait sur ses traits la douceur de la jeunesse : lèvres pleines, joues rebondies qui rougissaient facilement, yeux candides. Ses vêtements détonnaient à Cheyenne, mais convenaient parfaitement à l'atmosphère conditionnée qui régnait à Washington, où la Sécurité demeurait, en dépit de tout, centralisée.

— Il ne peut y avoir aucun doute à ce sujet, dit Breckenridge en devenant rouge comme une pivoine.

— Sans doute n'ignorez-vous rien d'Eux, dit Lynn, incapable d'empêcher une trace de sarcasme de filtrer dans sa voix.

Il n'était pas particulièrement conscient de mettre l'accent sur le pronom par lequel il désignait l'ennemi, ce qui aurait équivalu à l'écrire en capitales. C'était une habitude de langage propre à sa génération et à la précédente. Nul ne parlait plus de l'« Est », des « Soviets » ou des « Russes ». Cela aurait provoqué trop de confusion, puisque certains d'entre Eux n'appartenaient pas à l'Est, n'étaient ni Rouges ni Soviétiques, encore moins Russes. Il était beaucoup plus simple de dire Nous et Eux, et infiniment plus précis.

Les voyageurs avaient fréquemment rapporté qu'Ils faisaient de même en sens contraire. Dans leur camp, Ils étaient « Nous » (dans la langue appropriée) et Nous étions « Eux ».

Rares étaient ceux qui se préoccupaient dorénavant de pareilles vétilles. Tout était normal et facile.

La haine elle-même n'existait pas. Au début, cela s'était appelé la guerre froide. A présent c'était devenu un jeu, un jeu bon enfant pourrait-on dire, avec des règles tacites et une certaine honnêteté.

— Pourquoi désireraient-ils troubler la situation? demanda Lynn brusquement.

Il se leva et vint se planter devant une carte murale du monde, divisée en deux régions par des délimitations de couleur pâle. Une partie irrégulière, sur la gauche de la carte, était cernée de vert clair. Une autre partie non moins irrégulière, à droite, était entourée par un rose délavé. Nous et Eux.

La carte n'avait guère changé au cours d'un siècle. La perte de Formose et le gain de l'Allemagne de l'Est, quatre-vingts ans auparavant, avaient été les dernières modifications territoriales de quelque importance.

Un autre changement était cependant intervenu, relativement significatif, mais qui, lui, intéressait les couleurs. Deux générations auparavant, Leur territoire se signalait par un rouge sanglant, le Nôtre par un blanc immaculé. Aujourd'hui, les couleurs avaient pris une teinte neutre. Lynn avait vu Leurs cartes, et il en était de même de Leur côté.

— Ils ne feraient pas cela, dit-il.

— Ils sont en train de le faire, répondit Breckenridge, et vous feriez bien de vous y habituer. Bien sûr, monsieur, je comprends qu'il ne soit pas agréable de penser qu'Ils aient pris une telle avance sur nous en robotique.

Ses yeux demeurèrent aussi candides que jamais, mais le tranchant caché des mots taillait profondément, et Lynn frémit sous l'impact.

Bien entendu, cela expliquait pourquoi le chef de la Robotique avait appris la nouvelle de façon aussi tardive et par la bouche d'un officier de Sécurité, par-dessus le marché. Il avait éprouvé une perte de prestige aux yeux du gouvernement; si le département de la robotique avait été vaincu dans le combat, Lynn ne devait espérer aucune miséricorde politique.

— A supposer que ce que vous dites soit vrai, Ils n'ont pas une telle avance sur nous, dit Lynn avec lassitude. Nous sommes capables de construire des robots humanoïdes.

— L'avons-nous fait, monsieur?

— Effectivement, nous avons construit quelques modèles dans un but expérimental.

— Ils en fabriquaient déjà il y a dix ans. En dix ans, ils ont eu le temps de faire des progrès.

Lynn se sentait troublé. Il se demandait si son incrédulité à propos de toute cette affaire ne prenait pas sa source dans son orgueil offensé, dans la crainte de perdre son poste et de voir sa réputation compromise. Il ressentait de la gêne à l'idée qu'il pût en être ainsi et néanmoins il se trouvait contraint à la défensive.

— Ecoutez, jeune homme, l'équilibre entre Eux et Nous n'a jamais été parfait dans les moindres détails. Ils ont toujours possédé de l'avance sur un point ou sur un autre et, réciproquement, nous avions l'avantage dans d'autres domaines. S'Ils nous dominent en ce moment en robotique, c'est qu'Ils ont davantage concentré leurs efforts sur cette technique. Cela signifie que de notre côté, nous avons poussé nos recherches avec plus d'activité dans une autre branche de la science. Qui vous dit que nous ne soyons pas en tête en ce qui concerne les champs de force ou l'énergie hyperatomique?

Etre contraint d'admettre que l'équilibre n'était

pas parfait entre les deux puissances lui causait un certain malaise. C'était pourtant la vérité, mais c'était le seul grand danger qui menaçât le monde. La paix du monde reposait sur un équilibre aussi parfait que possible entre les deux puissances. Si le plateau de la balance avait tendance à pencher un peu trop d'un côté...

Presque au début de la guerre froide, les deux parties en présence avaient simultanément mis au point les armes thermonucléaires, et la guerre était devenue inconcevable. La compétition avait passé du plan militaire au plan économique et psychologique et s'y était maintenue depuis ce moment.

Néanmoins, de part et d'autre, on s'était efforcé avec acharnement de rompre cet équilibre, de prévoir une parade contre toutes les bottes possibles, de découvrir une botte que l'adversaire ne pourrait parer à temps — en un mot, de susciter un fait nouveau qui rendrait la guerre possible une fois de plus. Ce n'est pas que l'un et l'autre camp fussent tellement avides de se lancer dans la guerre, mais parce qu'ils craignaient respectivement que le voisin d'en face fût le premier à effectuer la découverte cruciale.

Cent années durant, la lutte était demeurée égale. Et dans le processus, la paix avait été maintenue pendant un siècle, cependant que les recherches intensives menées sans désemparer avaient fait naître comme sous-produits les champs de force, l'utilisation de l'énergie solaire, le contrôle des insectes et les robots. Chacun des camps commençait à comprendre la « mentallique », qui était le nom bizarre donné à la biochimie et à la biophysique de la pensée. L'une et l'autre puissances possédaient leurs avant-postes sur la Lune et sur Mars. L'humanité avançait à pas de géant, mue par l'aiguillon qu'enfonçait dans ses flancs cette implacable rivalité.

L'une et l'autre partie se voyaient même contraintes de se comporter avec humanité et une certaine générosité dans les limites de leurs frontières respectives, de peur que la cruauté et la tyrannie ne suscitent des sympathies pour l'autre camp.

Il était inconcevable que l'équilibre fût aujourd'hui rompu et la guerre imminente.

— Il faut que je consulte l'un de mes hommes, dit Lynn. Je voudrais connaître son opinion.

— Est-il digne de confiance?

Le visage de Lynn prit une expression d'écœurement.

— Juste ciel, qui donc, parmi les gens de la robotique, n'a pas été passé au crible, examiné sous toutes les coutures par les fonctionnaires de la Sécurité? Oui, je me porte garant pour lui. Si vous ne pouvez faire confiance à un homme tel que Humphrey Carl Laszlo, alors nous ne sommes pas en état de faire face à une attaque du genre de celle dont vous parlez, quoi que nous fassions par ailleurs.

— J'ai entendu parler de Laszlo, dit Breckenridge.

— Fort bien. A-t-il votre caution?

— Oui.

— Dans ce cas, je vais le convoquer et nous saurons ce qu'il pense de l'éventualité d'une invasion des U.S.A. par les robots.

— Pas exactement, dit Breckenridge. Vous n'avez pas encore admis la vérité entière. Il s'agit de savoir ce qu'il pense du fait que les robots ont *déjà* envahi les U.S.A.

Laszlo était le petit-fils d'un Hongrois qui avait franchi ce que l'on appelait autrefois le rideau de fer, et, à cause de ce fait, il éprouvait le sentiment rassurant d'être au-dessus de tout soupçon. Il était corpulent, perdait ses cheveux, son visage légèrement camard était toujours empreint d'une expression batailleuse, mais son accent était du pur Harvard et il s'exprimait avec une douceur que d'aucuns auraient jugée excessive.

Aux yeux de Lynn qui, après des années d'administration, avait conscience de n'être plus très expert dans les différents domaines de la robotique, Laszlo constituait un réceptacle confortable pour la science complète. La seule présence de l'autre lui faisait du bien.

— Quelle est votre opinion? demanda Lynn.

Un pli féroce barra le front de Laszlo :

— Absolument incroyable qu'Ils aient pu prendre une telle avance sur Nous. Cela signifierait qu'Ils aient fabriqué des humanoïdes qu'on ne pourrait distinguer des hommes à un mètre de distance. Cela signifierait un progrès prodigieux en robomentallique.

— Votre responsabilité se trouve personnellement engagée, dit Breckenridge froidement. Votre orgueil professionnel mis à part, dites-moi exactement pour quelle raison il est impossible qu'ils soient en avance sur Nous.

Laszlo haussa les épaules.

— Je suis parfaitement au courant de Leur littérature dans le domaine de la robotique, je puis vous l'assurer. Je sais approximativement où Ils en sont.

— Vous savez approximativement où Ils veulent

vous faire croire qu'Ils sont rendus, c'est sans doute ce que vous voulez dire, corrigea Breckenridge. Avez-vous jamais visité l'autre camp?

— Jamais, répondit brièvement Laszlo.

— Ni vous, docteur Lynn?

— Moi non plus, répondit l'interpellé.

— Aucun expert en robotique a-t-il visité l'autre camp au cours des vingt-cinq dernières années? demanda Breckenridge, et le ton de sa voix indiquait nettement qu'il connaissait déjà la réponse.

Durant quelques secondes, une atmosphère lourde de réflexions plana dans la pièce. Le large visage de Laszlo trahit une certaine gêne :

— A dire le vrai, il y a fort longtemps qu'Ils n'ont pas organisé de congrès sur la robotique.

— Depuis vingt-cinq ans, dit Breckenridge. N'est-ce pas significatif?

— Peut-être, dit Laszlo avec réticence. Un autre fait m'inquiète, cependant. Jamais un seul d'entre Eux n'est venu assister à Nos conférences sur la robotique, du moins autant qu'il m'en souvienne.

— Ont-ils été invités? demanda Breckenridge.

— Evidemment! s'interposa aussitôt Lynn d'un air inquiet et ennuyé.

— Refusent-Ils d'assister à tous les autres genres de conférences scientifiques que Nous organisons? poursuivit Breckenridge.

— Je n'en sais rien, répondit Laszlo. (Il arpentait à présent le plancher.) Je ne me souviens pas qu'on ait jamais signalé Leur présence en de telles occasions. Et vous, chef?

— Ni moi non plus, dit Lynn.

— On pourrait dire en somme qu'Ils ne voulaient pas se trouver dans l'obligation de vous rendre une telle invitation? demanda Breckenridge. Ou qu'Ils craignaient de voir Leurs représentants lâcher des paroles imprudentes?

C'était précisément ce qu'il semblait, et Lynn se sentit envahir par l'accablante conviction que l'hypothèse émise par la Sécurité correspondait à la réalité.

Sinon, pourquoi cette absence de contacts entre roboticiens des deux camps? Un fertile chassé-croisé de chercheurs s'était instauré à l'époque de Khrouchtchev et de Eisenhower, qui s'était poursuivi pendant des années, strictement sur la base d'un échange homme pour homme. Il existait de nombreux motifs à cela : une appréciation honnête du caractère supranational de la science; des sentiments d'amitié réciproques qui sont difficiles à effacer complètement chez l'être humain; le désir de bénéficier d'une optique nouvelle et intéressante et de voir vos points de vue, à vos yeux légèrement périmés, accueillis par d'autres comme des innovations pleines d'intérêt.

Les gouvernements eux-mêmes étaient désireux de voir ces échanges se poursuivre. Ils pensaient évidemment qu'en apprenant le plus possible et en donnant le minimum en échange, leur camp pourrait bénéficier de ces rencontres.

Mais pas dans le cas de la robotique.

Il suffisait d'un détail aussi mince pour entraîner la conviction. Et le plus fort, c'est qu'ils le connaissaient depuis toujours. *Nous avons choisi le chemin le plus facile*, pensa Lynn sombrement.

Du fait que l'autre camp n'avait rien accompli publiquement en matière de robotique, il avait été tentant de dormir sur ses deux oreilles avec la conscience satisfaite de sa propre supériorité. Pourquoi ne leur était-il pas venu à l'esprit d'envisager que les gens d'en face tenaient dans leur manche une meilleure carte, un atout qu'ils se réservaient de sortir à bon escient?

— Qu'allons-nous faire? demanda Laszlo fébrilement. (Il était évident que le même fil de pensées avait abouti chez lui à la même conviction.)

— Faire? répéta Lynn.

Il était difficile de penser à autre chose qu'à l'horreur totale qu'entraînait obligatoirement cette conviction. Dix robots humanoïdes se trouvaient quelque part sur le territoire des Etats-Unis, dont chacun portait une pièce de la bombe CT.

CT! La course à l'horreur apocalyptique avait abouti là. CT! Conversion Totale! Le soleil n'était plus désormais un synonyme dont on pût faire usage. La Conversion Totale faisait du Soleil une chandelle à deux sous.

Dix humanoïdes, dont chacun était totalement inoffensif séparément, pouvaient, par le seul fait de s'assembler, dépasser la masse critique, et alors...

Lynn se leva lourdement; les poches sombres qu'il avait sous les yeux, et qui donnaient ordinairement à son visage laid un aspect assez sinistre, étaient plus proéminentes que jamais :

— Il nous appartient désormais de trouver le moyen de distinguer un humanoïde d'un homme, et ensuite de découvrir ces humanoïdes.

— Dans quel délai? murmura Laszlo.

— Au moins cinq minutes avant qu'ils s'assemblent, rugit Lynn. Quant à vous dire à quel moment cet événement se produira...

— Je suis heureux que vous partagiez notre point de vue à présent, monsieur. Je dois vous ramener à Washington pour assister à une conférence, dit Breckenridge.

Lynn leva les sourcils :

— Entendu.

Il se demanda s'il n'aurait pas été remplacé sur l'heure, eût-il tardé plus longtemps à se laisser convaincre — si quelque autre chef du Bureau de la Robotique n'aurait pas pris sa place à la conférence de Washington. Il regretta soudain avec véhémence que le cas ne se fût pas produit.

Le premier Assistant à la Présidence était présent, ainsi que le Secrétaire d'Etat à la Science, le Secrétaire d'Etat à la Sécurité, Lynn lui-même et enfin Breckenridge. Tous les cinq étaient assis autour d'une table dans les « donjons » d'une forteresse souterraine, près de Washington.

L'Assistant Jeffreys était un homme d'aspect impressionnant, beau comme on peut l'être lorsqu'on a les cheveux blancs et les joues un tantinet trop pleines, solide, réfléchi et aussi discret que peut l'être, sur le plan politique, un Assistant à la Présidence digne de ce nom.

— Trois questions se posent à nous, il me semble, dit-il d'une voix incisive. Primo, comment les humanoïdes vont-ils s'assembler? Secundo, quand vont-ils s'assembler? Tertio, comment ferons-nous pour les appréhender avant qu'ils s'assemblent?

Le Secrétaire d'Etat à la Science, Amberley, hocha vivement la tête. Avant d'être nommé au poste qu'il occupait aujourd'hui, il avait été le Doyen de la Northwestern Engineering. Il était mince, avec des traits aigus, et visiblement nerveux. Son index traçait de lentes circonférences sur la table.

— Pour ce qui est du moment où ils se rejoindront, dit-il, je suppose que cela demandera encore un certain temps.

83

— Pourquoi dites-vous cela? demanda vivement Lynn.

— Ils se trouvent déjà aux U.S.A. depuis au moins un mois. C'est du moins ce qu'affirme la Sécurité.

Lynn se tourna automatiquement vers Brecken-ridge, et le Secrétaire d'Etat à la Sécurité, Macalaster, intercepta son regard.

— Cette information est digne de foi, dit Macalaster. Ne vous laissez pas abuser par l'apparente jeunesse de Breckenridge, docteur Lynn. Ce trait fait partie de sa valeur à nos yeux. Il a en réalité trente-quatre ans et fait partie du département depuis dix ans. Il a séjourné près d'un an à Moscou, et sans lui, nous ne saurions rien de ce terrible danger. La plus grande partie des détails se trouvent en notre possession.

— Justement pas les plus cruciaux, dit Lynn.

Macalaster eut un sourire glacial. Son menton lourd et ses yeux rapprochés étaient bien connus du public, mais on ne savait pratiquement rien d'autre sur lui :

— Nous ne sommes tous que des hommes et, comme tels, nos pouvoirs sont limités, docteur Lynn. L'agent Breckenridge a accompli une tâche importante.

— Disons que nous disposons d'un certain temps, intervint l'Assistant Jeffreys. Si une action instantanée était nécessaire, le pire se serait déjà produit. Il paraît probable qu'Ils attendent une occasion déterminée. Si nous connaissions l'endroit, le moment pourrait peut-être se déduire automatiquement.

» S'Ils doivent faire exploser leur engin sur un objectif déterminé, Ils voudront obtenir le maximum de rendement, et l'on peut supposer que Leur choix

84

se porterait sur une ville de première importance. En tout cas, une grande métropole est le seul objectif digne d'une bombe CT. Je crois que les possibilités se restreignent à quatre cités : Washington comme grand centre administratif; New York comme centre financier; Detroit et Pittsburgh comme centres industriels principaux.

— Je porte mon choix sur New York, dit Macalaster. L'administration et l'industrie ont été à ce point décentralisées que la destruction d'une ville particulière n'empêcherait pas une riposte immédiate.

— Dans ce cas, pourquoi New York? demanda Amberley, peut-être avec plus de vivacité qu'il ne l'aurait voulu. La finance a été également décentralisée.

— C'est une question de moral. Il se peut qu'Ils veuillent détruire notre volonté de résistance, obtenir la capitulation par l'horreur même, du premier coup. Les plus grandes destructions de vies humaines se produiraient dans la région métropolitaine de New York...

— Cela demanderait un certain cynisme, murmura Lynn.

— Je sais, dit Macalaster, mais Ils en sont bien capables s'Ils escomptent une victoire après une attaque unique. Ne serions-nous pas...

L'Assistant Jeffreys repoussa en arrière sa toison blanche :

— Envisageons le pire. Supposons que New York soit détruit à un certain moment, au cours de l'hiver de préférence, immédiatement après une sérieuse tempête de neige, au moment où les communications sont le plus difficiles et où le chaos introduit dans les services publics et le ravitaillement dans les régions périphériques aura les plus sévères répercussions sur la situation générale. Comment ferons-nous pour les appréhender?

— Découvrir dix hommes parmi deux cent vingt millions d'habitants, dit Amberley, c'est chercher une aiguille prodigieusement petite dans une meule de foin de proportions colossales.

Jeffreys secoua la tête :

— Vous faites erreur. Dix humanoïdes parmi deux cent vingt millions d'hommes.

— Je ne vois pas la différence, dit Amberley. Nous ignorons si l'on peut distinguer un humanoïde d'un homme à première vue. Il est probable que non.

Il tourna son regard vers Lynn. Tous les autres l'imitèrent.

— Pour notre part, dit pesamment Lynn, nous ne pourrions en construire à Cheyenne qui pourraient passer pour des hommes, du moins en plein jour.

— Eux en tout cas le peuvent, dit Macalaster, et pas seulement physiquement. Nous sommes certains de ce fait. Leurs procédés « mentalliques » sont avancés au point qu'ils peuvent relever le « patron » micro-électronique du cerveau et le reporter sur les réseaux positroniques du robot.

Lynn ouvrit des yeux ronds :

— Prétendez-vous qu'Ils puissent créer la réplique complète d'un être humain sans qu'il y manque la personnalité et la mémoire?

— En effet.

— D'êtres humains spécifiques?

— Parfaitement.

— Ces informations sont-elles fondées sur les rapports de l'agent Breckenridge?

— Oui. Il est impossible de les mettre en doute.

Lynn baissa la tête et réfléchit un moment :

— Dans ce cas, dix hommes se promènent aux Etats-Unis, qui ne sont pas des hommes mais des humanoïdes. Pourtant, les originaux, il a bien fallu qu'Ils se les procurent. Ce ne pouvaient être des Orientaux, trop faciles à repérer. Il faut donc que ce soient des Européens de l'Est. Par quel moyen a-t-on pu les introduire dans notre pays? Avec le réseau radar qui couvre toute la frontière mondiale, comment ont-Ils pu introduire un individu, homme ou humanoïde, sans que nous en fussions avertis?

— L'opération n'a rien d'impossible, répondit Macalaster. Des fuites se produisent normalement à travers la frontière. Hommes d'affaires, pilotes, voire touristes. On les surveille, évidemment, de part et d'autre. Cependant dix d'entre eux peuvent fort bien avoir été enlevés pour servir de modèles à des humanoïdes. Les humanoïdes seraient ensuite renvoyés à leur place. Puisque nous serions à cent lieues de nous douter d'une pareille substitution, le passage se ferait sans aucune difficulté. Si les intéressés étaient de nationalité américaine, ils n'auraient aucune peine à s'introduire dans le pays. C'est aussi simple que cela.

— Et leurs familles et connaissances seraient incapables de déceler la supercherie?

— Il nous faut bien le supposer. Croyez-moi, nous sommes aux aguets pour tout rapport signalant de soudaines attaques d'amnésie ou de suspectes altérations de la personnalité. Nous avons procédé à des milliers de vérifications.

Amberley considéra le bout de ses doigts :

— J'estime que des mesures ordinaires ne donneront rien. L'attaque doit être lancée par le Bureau de la Robotique et je dépends du chef de ce Bureau.

De nouveau les yeux se tournèrent vers Lynn.

Celui-ci sentit l'amertume monter en lui. Il avait l'impression que tel était l'aboutissement prévu de la conférence et sa raison d'être. Il n'en était rien sorti qui n'eût déjà été dit auparavant. De cela, il était certain. Aucune solution n'avait été proposée au problème, pas la moindre suggestion pertinente. C'était une formalité pour les archives, un expédient de la part de gens qui craignaient profondément la défaite et qui désiraient que la responsabilité en incombât clairement et sans équivoque à quelqu'un d'autre.

Et pourtant ce raisonnement n'était pas dépourvu de justice. C'était en robotique que Nous avions failli. Et Lynn n'était pas simplement Lynn, mais Lynn, de la Robotique, et la responsabilité devait être sienne.

— Je ferai ce que je pourrai, dit-il.

Il passa une nuit sans sommeil et c'est le corps aussi nébuleux que l'esprit que, dès le lendemain, il sollicita et obtint une nouvelle entrevue de l'Assistant à la Présidence, Jeffreys. Breckenridge était présent; Lynn aurait préféré un entretien particulier, mais il reconnaissait que la présence de l'autre se justifiait amplement. Breckenridge s'était acquis évidemment un prestige considérable auprès du Gouvernement pour avoir mené à bien sa mission secrète. Pourquoi pas, après tout?

— Monsieur, je considère la possibilité que nous faisons inutilement le jeu de l'ennemi dit Lynn.

— De quelle façon?

— Quels que soient parfois l'impatience du public et le désir des législateurs de parler, je suis certain que le gouvernement, du moins, reconnaît le caractère bénéfique de l'équilibre mondial. Dix humanoïdes transportant une bombe CT constituent un moyen dérisoire de rompre cet équilibre.

— La destruction de quinze millions d'êtres humains peut difficilement être considérée comme dérisoire.

— Je me place au point de vue mondial. Cet événement ne nous démoraliserait pas au point de nous faire capituler, ni ne nous causerait suffisamment de dommages pour nous enlever tout espoir de vaincre. Ce serait de nouveau la même vieille guerre planétaire que les deux camps ont évitée depuis si longtemps avant tant de succès. Et tout ce qu'Ils auraient accompli serait de nous contraindre au combat avec une seule ville en moins. Ce ne serait pas suffisant.

— Que suggérez-vous? demanda Jeffreys froidement. Qu'Ils n'ont pas introduit dix humanoïdes dans notre pays? Qu'aucune bombe CT n'attend le moment d'être assemblée?

— Je ne nie pas leur présence dans ce pays, mais je crois qu'elle a des raisons plus importantes qu'une panique hivernale déclenchée par l'explosion d'une bombe.

— Par exemple?

— Il se peut que les destructions physiques résultant de la rencontre des dix humanoïdes ne soient pas ce qui puisse nous arriver de pire. Que pensez-vous de l'énorme préjudice moral et intellectuel résultant de leur seule présence dans le pays? Avec tout le respect que je dois à l'agent Breckenridge, je pose cette question : s'Ils avaient pris les dispositions nécessaires pour nous amener à découvrir la présence des humanoïdes... si ceux-ci n'étaient pas destinés à s'assembler mais au contraire à demeurer isolés afin de susciter en nous une inquiétude permanente?

— Dans quel but?

— Quelles mesures a-t-on déjà prises à l'encontre des humanoïdes? Je suppose que la Sécurité enquête sur tous les citoyens qui ont traversé la frontière ou qui s'en sont suffisamment rapprochés pour avoir été éventuellement victimes d'un rapt. Je sais, pour avoir entendu Macalaster en parler hier, que l'on surveille des cas de psychopathie suspecte. Ce n'est certainement pas tout.

— De petits dispositifs à rayons X sont en cours d'installation en certains points-clés des grandes villes. Dans les lieux où se tiennent de grands rassemblements de foules, par exemple...

— Où dix humanoïdes pourraient se glisser parmi cent mille spectateurs venus assister à un match de football ou une partie de polo aérien?

— Exactement.

— Les salles de concert et les églises?

— Il faut bien commencer quelque part. Nous ne pouvons tout faire à la fois.

— Surtout lorsqu'il faut éviter la panique, dit Lynn. N'est-ce pas la vérité? Il ne faudrait pas que le public vienne à savoir qu'à tout moment n'importe quelle ville est susceptible d'être totalement volatilisée, en même temps que son contenu humain.

— Cela me paraît l'évidence même. Où voulez-vous en venir?

— A ceci, dit Lynn avec feu, qu'une fraction chaque jour plus importante de notre effort national sera détournée pour résoudre le détestable problème qu'Amberley comparait à la recherche d'une aiguille microscopique dans une gigantesque meule

90

de foin. Nous nous lancerons follement à la poursuite de notre queue, si bien qu'Ils intensifieront leurs recherches, accroissant ainsi leur avance au point que nous ne pourrons plus les rattraper; à ce moment, nous devrons capituler sans même avoir la ressource de lever le petit doigt pour riposter.

» Considérez en outre que la nouvelle se répandra de plus en plus, à mesure qu'un plus grand nombre de gens seront atteints par vos recherches et qu'une population de plus en plus importante commencera à se douter de la véritable raison de nos enquêtes. Et ensuite? La panique pourrait nous causer plus de dommages qu'une seule bombe CT.

— Au nom du ciel, dit avec irritation l'Assistant à la Présidence, que diable voulez-vous donc que nous fassions?

— Rien! dit Lynn. Ignorer le bateau qu'Ils ont monté. Continuer à vivre comme auparavant et jouer sur le fait qu'Ils n'oseront pas rompre l'équilibre en prenant l'initiative de faire exploser une bombe les premiers.

— Impossible! s'écria Jeffreys. Complètement impossible. La sécurité de tous se trouve très largement entre mes mains, et l'inertie est la seule conduite que je ne puisse adopter. Je vous accorde que les machines à rayons X installées dans les stades ne sont qu'une mesure à fleur de peau qui ne donnera guère de résultats, mais nous ne pouvons nous en dispenser, sinon, plus tard, les gens concluraient amèrement que nous avons fait bon marché de notre pays en vertu d'un raisonnement subtil qui allait dans le sens de notre inertie. En fait, nos contre-mesures seront des plus actives.

— De quelle manière?

L'Assistant Jeffreys regarda Breckenridge.

— Il est inutile de parler d'une rupture de l'équilibre de l'avenir, alors que cet équilibre est déjà rompu, dit le jeune officier de Sécurité, qui avait jusqu'à présent gardé le silence. Il importe peu que ces humanoïdes explosent ou non. Peut-être ne constituent-ils en effet qu'un appât pour mieux nous détourner de notre voie, comme vous l'avez dit. Mais le fait demeure que nous avons un quart de siècle de retard sur Eux en robotique, et que ce retard peut nous être fatal. Quelles peuvent être les nouvelles surprises qui nous attendent si la guerre vient effectivement à se déclencher? La seule réponse consiste à consacrer immédiatement toutes nos forces à un programme de recherches forcenées dans le domaine de la robotique, et le premier problème consiste à découvrir les humanoïdes. Appelez cela un exercice de robotique si vous voulez, à moins que vous ne préfériez le considérer comme une manœuvre destinée à prévenir la mort de quinze millions d'hommes, de femmes et d'enfants.

Lynn secoua la tête avec accablement :

— Ce n'est pas possible. Vous ne feriez qu'entrer dans Leur jeu. Ils cherchent à nous attirer dans une impasse cependant qu'Ils auraient les mains libres pour progresser dans toutes les directions.

— C'est vous qui le dites, dit Jeffreys avec impatience. Breckenridge a fait parvenir sa suggestion par la voie hiérarchique et le gouvernement l'a approuvée. Nous débuterons donc par une conférence de toutes les Sciences.

— De toutes les Sciences?

— Nous avons établi la liste de tous les hommes de science importants de toutes les branches de la science naturelle, dit Breckenridge. Ils seront tous à Cheyenne. Un seul point figurera à l'ordre du jour :

par quel moyen faire avancer la robotique? Le sous-titre principal sera le suivant : comment mettre au point un appareil récepteur pour les champs électromagnétiques du cortex cérébral, qui serait suffisamment délicat pour faire la distinction entre un cerveau humain protoplasmique et un cerveau humanoïde positronique?

— Nous espérions que vous seriez d'accord pour vous charger de la conférence, dit Jeffreys en s'adressant à Lynn.

— Je n'ai pas été consulté sur la question.

— Le temps nous a évidemment manqué, monsieur. Etes-vous d'accord pour la prendre en charge?

Lynn eut un rapide sourire. De nouveau cette question de responsabilité. Elle devait clairement reposer sur les épaules de Lynn, de la Robotique. Il avait l'impression que ce serait Breckenridge qui dirigerait réellement les opérations. Mais que pouvait-il faire?

— J'accepte, dit-il.

Breckenridge et Lynn rentrèrent ensemble à Cheyenne et, le même soir, Laszlo écouta avec un scepticisme maussade la description que faisait Lynn des événements futurs.

— Durant votre absence, chef, dit Laszlo, j'ai fait soumettre cinq modèles expérimentaux d'humanoïdes au programme d'essais normal. Nos hommes travaillent douze heures par jour, en trois équipes qui se chevauchent partiellement. S'il nous faut organiser une conférence, tout notre temps sera pris par des formalités et le travail se trouvera interrompu.

— Temporairement, dit Breckenridge. Au total, vous y gagnerez plus que vous n'y perdrez.

— Une foule d'astrophysiciens et de géochimistes... ce n'est pas cela qui avancera la robotique! dit Laszlo, le sourcil froncé.

— Le point de vue de spécialistes dans les diverses disciplines peut être utile.

— En êtes-vous certain? Comment pouvons-nous savoir s'il existe un moyen de détecter les ondes cérébrales et, même dans ce cas, s'il est possible de différencier les radiations humaines des radiations humanoïdes? Qui a pris l'initiative de l'opération?

— Moi, dit Breckenridge.

— Vraiment? Seriez-vous un spécialiste de la robotique?

— Je l'ai étudiée, dit calmement le jeune agent de la Sécurité.

— Ce n'est pas la même chose.

— J'ai eu accès à la documentation traitant de la robotique russe — en langue russe. Des textes ultra-secrets qui possèdent une large avance sur tout ce qui existe ici.

— Cette fois, il nous dame le pion, dit Lynn tristement.

— C'est sur la base de cette documentation, continua Breckenridge, que j'ai suggéré d'entreprendre des investigations dans ce domaine particulier. On peut raisonnablement tenir pour certain qu'il est impossible de produire une réplique d'une perfection absolue en relevant l'empreinte électromagnétique d'un cerveau humain spécifique pour la reporter dans un cerveau positronique spécifique. Tout d'abord, le plus complexe cerveau positronique suffisamment petit pour prendre place à l'intérieur d'un crâne humain est des centaines de fois plus rudimentaire que le cerveau humain. Il est incapable d'en reproduire toutes les nuances et il doit bien exister un moyen d'exploiter le fait.

Laszlo parut impressionné en dépit de lui-même et Lynn sourit sombrement. On pouvait éprouver de l'agacement à voir Breckenridge et plusieurs centaines de savants appartenant à des disciplines étrangères à la robotique s'immiscer dans ce domaine réservé, mais le problème lui-même n'en demeurait pas moins déroutant. C'était là, au moins, une consolation.

Ce ne fut pas une inspiration soudaine.

Lynn découvrit qu'il n'avait rien d'autre à faire que de demeurer seul dans son bureau puisque sa prééminence n'était plus qu'honoraire. C'est peut-être ce qui avait favorisé son intuition. L'inaction où il était réduit lui avait donné le temps de réfléchir, de se représenter les savants les plus féconds de la moitié du monde convergeant sur Cheyenne.

C'était Breckenridge qui, avec sa froide efficience, dirigeait les détails de l'opération. Il y avait une certaine confiance dans la manière dont il avait déclaré : « Assemblons-nous et nous aurons raison d'Eux. »

Assemblons-nous.

L'idée s'était présentée à lui si insidieusement que, s'il s'était trouvé quelqu'un pour observer Lynn à ce moment, il aurait vu ses paupières s'abaisser lentement à deux reprises... mais sûrement rien de plus.

Il prit les mesures nécessaires avec une impétuosité dans le détachement qui lui laissait tout son calme, alors qu'il y avait de quoi devenir fou.

Il alla trouver Breckenridge dans son poste de

commandement improvisé. L'officier de la Sécurité était seul, le front barré d'un pli profond :

— Quelque chose d'anormal, monsieur?

— Tout va très bien, il me semble, dit Lynn, l'air las. J'ai décrété la loi martiale.

— Comment?

— En ma qualité de chef de division, je puis prendre cette mesure si j'estime que la situation l'exige. Et dans le cadre de mon service, mes pouvoirs deviennent à ce moment ceux d'un dictateur. Telles sont les beautés de la décentralisation.

— Veuillez rapporter cet ordre immédiatement! (Breckenridge fit un pas en avant.) Lorsque cette initiative viendra aux oreilles de Washington, je ne donnerai pas cher de votre carrière.

— Ma carrière est déjà fichue. On m'a réservé, je m'en rends parfaitement compte, le rôle du plus fieffé coquin de toute l'histoire de l'Amérique : celui de l'homme qui Leur permit de rompre l'équilibre. Je n'ai plus rien à perdre... et peut-être beaucoup à gagner. (Il laissa échapper un rire sarcastique.) La belle cible que constituera la Division de la Robotique, hein, Breckenridge? Seulement quelques milliers de morts quand une bombe CT est capable de transformer en désert une superficie de huit cents kilomètres carrés en une microseconde. Mais cinq cents d'entre eux seraient nos plus grands savants. Nous nous trouverions dans la situation spéciale de gens qui doivent livrer une guerre après qu'on leur aurait fait sauter la cervelle, à moins qu'ils ne préfèrent se rendre. Je pense que nous choisirions de capituler.

— Mais c'est rigoureusement impossible, Lynn, entendez-vous? Comment les humanoïdes pourraient-ils franchir nos dispositifs de sécurité? Comment pourraient-ils s'assembler?

— Mais ils sont *déjà* en train de s'assembler! Nous les aidons de tous nos moyens. Nous leur donnons l'ordre de se réunir. Nos savants rendent visite à l'autre camp, Breckenridge, et de façon régulière. N'est-ce pas vous-même qui avez fait remarquer à quel point il était étrange que les spécialistes de la robotique ne fissent pas partie de ces missions? Eh bien, dix de ces savants sont encore de l'autre côté de la frontière et, en leur lieu et place, dix humanoïdes convergent sur Cheyenne.

— C'est là une supposition parfaitement grotesque.

— J'estime, au contraire, qu'elle est parfaitement vraisemblable, Breckenridge. Mais le complot n'aurait aucune chance de réussir si nous n'étions pas avertis de la présence des humanoïdes en Amérique, car en ce cas nous n'aurions pas convoqué de conférence. N'est-ce pas une coïncidence singulière que vous nous ayez apporté cette nouvelle, que vous ayez suggéré cette conférence, établi l'ordre du jour, pris la direction des opérations et que vous connaissiez exactement l'identité des savants invités? Vous êtes-vous assuré que les dix intéressés figurent bien sur vos listes?

— Docteur Lynn! s'écria Breckenridge en blêmissant sous l'outrage.

Il fit le geste de s'élancer.

— Ne bougez pas! dit Lynn. Je suis armé. Nous filtrerons simplement les savants un à un. Nous les radiographierons un à un. Un à un, nous les soumettrons aux tests de radioactivité. Nous ne leur permettrons pas de se réunir ne fût-ce que par paires avant d'avoir subi les vérifications, et si les cinq cents sont des hommes, je m'engage à vous

remettre mon pistolet en même temps que ma capitulation sans condition. Seulement, j'ai l'impression très nette que nous découvrirons les dix humanoïdes. Asseyez-vous, Breckenridge.

Tous deux prirent un siège.

— Nous allons attendre, dit Lynn. Lorsque je
serai fatigué, Laszlo viendra me remplacer. Attendons.

Le Pr Manuelo Jiminez, de l'Institut des Hautes
Etudes de Buenos Aires, explosa au moment où
l'appareil stratosphérique dans lequel il avait pris
place survolait la Vallée de l'Amazone à cinq mille
mètres d'altitude. Il ne s'agissait que d'une simple
explosion chimique, mais elle suffit à détruire l'avion.

Le Dr Liebowitz, de l'Institut de Technologie du
Massachusetts, explosa dans un wagon de mono-
rail, tuant vingt personnes et en blessant une centaine d'autres.

De même, le Dr Auguste Marin, de l'Institut Nu-
cléonique de Montréal, et sept autres moururent
à divers stades de leur voyage vers Cheyenne.

Laszlo entra en coup de vent, le visage pâle et
bégayant lorsqu'il apprit les premières nouvelles.
Il n'y avait guère plus de deux heures que Lynn
surveillait Breckenridge, le pistolet au point.

— J'ai cru tout d'abord que vous étiez devenu
fou, chef, dit Laszlo, mais vous aviez parfaitement
raison. C'étaient bien des humanoïdes. Il ne pouvait en être autrement. (Il se tourna vers Breckenridge avec des yeux chargés de haine :) Seulement
on leur a donné l'alarme, et aucun d'eux n'est

demeuré intact. Il n'en reste pas un seul que nous puissions étudier.

— Bon Dieu! s'écria Lynn.

Et, avec une hâte frénétique, il braqua son pistolet sur Breckenridge et tira. Le cou de l'agent de la Sécurité se volatilisa; son torse s'écroula; sa tête tomba sur le sol où elle roula en cahotant d'une façon à la fois grotesque et macabre.

— Je n'avais rien compris, gémit Lynn. Je le prenais pour un traître, rien de plus.

Quant à Laszlo, il demeurait pétrifié, bouche bée, incapable d'articuler un mot.

— Bien sûr, il les a avertis! s'écria Lynn avec fureur. Mais comment aurait-il pu y parvenir sans bouger de sa chaise, s'il n'avait pas été équipé d'un émetteur incorporé? N'avez-vous pas compris? Breckenridge avait séjourné à Moscou. Le véritable Breckenridge s'y trouve toujours. Seigneur miséricordieux! Ils étaient *onze*!

— Pourquoi n'a-t-il pas explosé comme les autres? parvint à dire Laszlo dans un souffle.

— Sans doute attendait-il d'avoir reçu confirmation de la destruction des autres. Seigneur, Seigneur... lorsque vous êtes venu annoncer la nouvelle et que j'ai compris la vérité... je me suis demandé si j'aurais le temps de tirer. Dieu seul pourrait dire de combien de secondes je l'ai pris de vitesse.

— Du moins nous restera-t-il un spécimen à étudier, dit Laszlo d'une voix qui tremblait encore

Il se pencha, posa son doigt sur le fluide visqueux qui coulait lentement du tronçon de cou déchiqueté terminant le corps sans tête.

Ce n'était pas du sang mais de l'huile à machine d'excellente qualité.

5

SATISFACTION GARANTIE

Tony était grand et d'une sombre beauté, et ses traits à l'expression inaltérable étaient empreints d'une incroyable distinction patricienne; Claire Belmont le regardait à travers la fente de la porte avec un mélange d'horreur et de trouble.

— Je ne peux pas, Larry, je ne peux pas le supporter à la maison.

Fébrilement, elle fouillait son esprit paralysé pour trouver une expression plus vigoureuse à sa pensée; une tournure de phrase explicite qui réglerait une bonne fois la question, mais elle ne put que répéter une fois de plus :

— Je ne peux pas, c'est tout.

Larry Belmont posa un regard sévère sur sa femme; il y avait dans sa prunelle cette lueur d'impatience que Claire redoutait tant d'y découvrir, car elle y voyait comme le reflet de sa propre incompétence.

— Nous nous sommes engagés, Claire, dit-il, et je ne peux vous permettre de reculer à présent.

La compagnie m'envoie à Washington à cette condition, et j'en tirerai probablement de l'avancement. Vous n'avez absolument rien à craindre et vous le savez parfaitement. Que pourriez-vous objecter?

— Cela me donne le frisson rien que d'y penser, dit-elle misérablement. Je ne pourrai jamais le supporter.

— Il est aussi humain que vous et moi, ou presque. Donc, pas d'enfantillages. Venez.

Sa main s'était posée sur la taille de la jeune femme et la poussait en avant; elle se retrouva toute frissonnante dans la salle de séjour. *Il* était là, la considérant avec une politesse sans défaut, comme s'il appréciait celle qui allait être son hôtesse durant les trois semaines à venir. Le Dr Susan Calvin était également là, assise toute droite sur sa chaise avec son visage aux lèvres minces, perdue dans ses pensées. Elle avait l'air froid et lointain d'une personne qui a travaillé depuis si longtemps avec des machines qu'un peu de leur acier a fini par pénétrer dans son sang.

— Bonjour, balbutia Claire d'une voix timide et presque inaudible.

Mais déjà Larry s'efforçait de sauver la situation en manifestant une gaieté de commande :

— Claire, je vous présente Tony, un garçon formidable. Tony, faites connaissance avec ma femme.

La main de Larry étreignit familièrement l'épaule du garçon. Mais celui-ci demeura impassible et inexpressif.

— Enchanté de vous connaître, madame Belmont, dit-il.

Et Claire de sursauter au son de sa voix. Elle était profonde et suave, aussi lisse que ses cheveux et la peau de son visage.

— Oh! mais... vous parlez! s'écria-t-elle avant d'avoir pu se retenir.

— Pourquoi pas? Pensiez-vous trouver en moi un muet?

Claire ne put que sourire faiblement. Il lui eût été bien difficile de préciser à quoi elle s'était attendue. Elle détourna les yeux, puis l'étudia du coin de l'œil sans en avoir l'air. Ses cheveux étaient lisses et noirs, comme du plastique poli — étaient-ils vraiment composés de fils distincts? La peau olivâtre de ses mains et de son visage se poursuivait-elle au delà du col et des manches de son costume bien coupé?

Perdue dans son étonnement, elle dut se contraindre pour écouter la voix sèche et dépourvue d'émotion du Dr Calvin :

— Madame Belmont, j'espère que vous êtes pleinement consciente de l'importance de cette expérience. Votre mari vous a, m'a-t-il dit, donné quelques renseignements sur le sujet. J'aimerais les compléter en ma qualité de psychologue doyenne de l'U. S. Robots.

» Tony est un robot. Il figure dans les fiches de la compagnie sous désignation T N-3, mais il répond au nom de Tony. Il ne s'agit pas d'un monstre mécanique, ni d'une simple machine à calculer du type qui vit le jour au cours de la Seconde Guerre mondiale, il y a plus de quatre-vingts ans. Il possède un cerveau artificiel dont la complexité pourrait presque se comparer à celle du cerveau humain. C'est un gigantesque central téléphonique à l'échelle atomique qui permet d'établir des milliards de communications, tout en gardant les proportions d'un instrument que l'on puisse loger dans un crâne.

» De tels cerveaux sont fabriqués spécifiquement

pour chaque modèle de robot. Chacun d'eux dispose d'un certain nombre de connexions calculées d'avance, si bien que chaque robot connaît d'abord la langue anglaise et suffisamment d'autres notions pour accomplir le travail auquel il est destiné.

» Jusqu'à présent, l'U. S. Robots s'était limitée à la construction de modèles industriels devant être utilisés en des lieux où le travail humain est impraticable — dans les mines de grande profondeur, par exemple, ou pour les travaux sous-marins. Mais nous voulons à présent envahir la cité et la maison. Pour y parvenir, nous devons amener l'homme et la femme ordinaires à supporter sans crainte la présence de ces robots. Vous comprenez, j'espère, que vous n'avez rien à redouter de sa part ?

— C'est l'exacte vérité, Claire, s'interposa Larry. Vous pouvez m'en croire sur parole. Il lui est impossible de faire le moindre mal. Autrement je ne vous laisserais pas seule en sa compagnie, vous le savez bien.

Claire jeta un regard en dessous à Tony et baissa le voix :

— Et si jamais je le mettais en colère ?

— Inutile de parler à voix basse, dit le Dr Calvin avec calme. Il lui est impossible de se mettre en colère contre vous. Je vous ai déjà dit que les connexions de son cerveau étaient prédéterminées. La plus importante de toutes ces connexions est ce que nous appelons la Première Loi de la Robotique, qui est ainsi formulée : « Un robot ne peut porter atteinte à un être humain ni, restant passif, laisser cet être humain exposé au danger. » Tous les robots sont construits ainsi. Aucun robot ne peut être contraint, d'aucune façon, à faire du mal à un humain. C'est pourquoi nous avons recours à vous et à Tony pour effectuer une première expérience pour notre gouverne, tandis que votre mari se rendra à Washington afin de prendre les arrangements nécessaires pour procéder aux tests légaux.

— Cette opération serait donc illégale?

Larry s'éclaircit la gorge :

— Pour l'instant, oui, mais ne vous faites pas de soucis. Il ne quittera pas la maison et vous ne devrez le laisser voir de personne. C'est tout... Je resterais bien avec vous, Claire, mais je connais trop les robots. Il nous faut opérer avec la collaboration d'une personne complètement inexpérimentée afin d'obtenir des informations sur les cas les plus difficiles. C'est indispensable.

— Dans ce cas... murmura Claire. (Puis une pensée la frappa soudain :) Mais quelle est sa spécialité?

— Les travaux domestiques, répondit brièvement le Dr Calvin.

Elle se leva pour prendre congé et ce fut Larry qui la reconduisit jusqu'à la porte d'entrée. Claire demeura tristement en arrière. Elle aperçut son reflet dans la glace surmontant la cheminée et détourna hâtivement les yeux. Elle était très lasse de sa petite figure de souris fatiguée, et de sa chevelure floue et sans éclat. Puis elle surprit les yeux de Tony posés sur elle et fut sur le point de sourire, lorsqu'elle se souvint...

Il n'était qu'une machine.

Larry Belmont se dirigeait vers l'aéroport lorsqu'il aperçut l'image furtive de Gladys Claffern. Elle avait le type de ces femmes qui semblent faites pour être vues par éclairs fugitifs... Fabriquée avec une parfaite précision; habillée d'un œil infaillible, d'une main sans défaut; trop resplendissante pour pouvoir être regardée en face.

Le léger sourire qui la précédait et le léger parfum qui volait dans son sillage tenaient lieu de doigts aguicheurs. Larry sentit son pas se rompre; il porta la main à son chapeau et reprit sa marche.

Comme toujours, il ressentait cette même colère vague. Si seulement Claire voulait se faufiler dans la clique Claffern, cela faciliterait tellement les choses. Mais à quoi bon?

Claire! Les rares fois où elle s'était trouvée face à face avec Gladys, la petite sotte était demeurée muette comme une carpe. Il ne se faisait pas d'illusions. Les essais sur Tony constituaient la grande chance de sa vie, et celle-ci se trouvait entre les mains de Claire. Combien il serait préférable de la savoir entre celles d'une Gladys Claffern!

Claire s'éveilla le second matin au bruit d'un léger coup frappé à la porte de la chambre à coucher. Elle fut immédiatement alarmée, puis elle sentit son sang se glacer dans ses veines. Elle avait évité Tony le premier jour, laissant paraître un petit sourire forcé lorsqu'elle se trouvait face à face avec lui et s'effaçant avec un son inarticulé en guise d'excuse.

— Est-ce vous, Tony?

— Oui, madame Belmont. Puis-je entrer?

Elle avait sans doute dû prononcer le *oui* fatidique, car il fut soudainement dans la chambre sans que son arrivée eût été annoncée par le moindre bruit. Il portait un plateau.

— Le petit déjeuner? interrogea-t-elle.

— Si vous le permettez.

Elle n'aurait pas osé refuser, aussi se dressa-t-elle

lentement pour recevoir le plateau sur ses genoux :
œufs brouillés, pain grillé beurré, café.

— J'ai apporté le sucre et la crème séparément,
dit Tony, j'espère qu'avec le temps j'apprendrai vos
préférences sur ce point et sur les autres.

Elle attendait.

Tony, droit et flexible comme une règle d'acier,
demanda au bout d'un moment :

— Peut-être aimeriez-vous mieux manger seule?

— Oui... C'est-à-dire si vous n'y voyez pas d'inconvénient.

— N'aurez-vous pas besoin de mon aide un peu
plus tard pour vous habiller?

— Ciel, non!

Elle se cramponna frénétiquement au drap, si
bien que la tasse de café pencha dangereusement,
frisant la catastrophe. Claire conserva la même
pose, puis se laissa aller à la renverse sur l'oreiller
lorsqu'il eut disparu derrière la porte.

Elle vint tant bien que mal à bout de son déjeuner... Ce n'était qu'une machine, et si seulement cet
état mécanique avait été un peu plus visible, elle
aurait ressenti moins de frayeur de sa présence. Ou
s'il avait changé d'expression. Mais celle-ci demeurait invariablement la même. Comment deviner ce
qui se passait derrière ces yeux sombres et cette
douce peau olivâtre? La tasse vide fit un léger bruit
de castagnettes lorsqu'elle la reposa sur la sou-
coupe, dans le plateau.

Puis elle s'aperçut qu'elle avait oublié d'ajouter
à son café le sucre et la crème, et pourtant Dieu
sait si elle ne pouvait pas souffrir le café noir.

Sitôt habillée, elle se rendit comme un météore

de la chambre à coucher à la cuisine. C'était sa maison, après tout, et si elle n'était pas une maniaque du ménage, elle aimait à voir sa cuisine propre. Il aurait dû attendre qu'elle vînt lui donner ses ordres...

Mais lorsqu'elle pénétra dans le sanctuaire où elle procédait à l'élaboration des repas, on aurait pu croire que la fabrique venait de livrer un bloc de cuisine flambant neuf, à l'instant même.

Elle demeura immobile de saisissement, tourna les talons et faillit se jeter dans Tony. Elle poussa un cri.

— Puis-je vous aider? demanda-t-il.

— Tony... (Elle domina la colère qui venait de succéder à sa frayeur) il faut que vous fassiez du bruit en marchant. Je ne peux pas supporter que vous me tombiez dessus comme un fantôme... Ne vous êtes-vous servi de rien dans la cuisine?

— Mais si, madame Belmont.

— On ne le dirait pas.

— Je l'ai nettoyée après avoir préparé le déjeuner. N'est-ce pas l'habitude?

Claire ouvrit de grands yeux. Que pouvait-elle répondre à cela?

Elle ouvrit le compartiment qui contenait les ustensiles, jeta un regard rapide et distrait sur le métal qui resplendissait à l'intérieur, puis dit avec un frémissement dans la voix :

— Très bien. Tout à fait satisfaisant!

Si, à ce moment, il se fût épanoui, si les coins de sa bouche se fussent tant soit peu relevés, elle aurait eu un élan vers lui, elle en avait l'impression. Mais c'est avec un flegme de lord anglais qu'il répondit :

— Je vous remercie, madame Belmont. Vous plairait-il d'entrer dans la salle de séjour?

A peine eut-elle franchi le seuil de la pièce qu'elle éprouva une nouvelle surprise :

— Vous avez astiqué les meubles?

— Le travail est-il à votre convenance, madame Belmont?

— Mais quand avez-vous fait ce nettoyage. Sûrement pas hier.

— La nuit dernière, naturellement.

— Vous avez brûlé de la lumière toute la nuit?

— Oh! non. C'était tout à fait inutile. Je possède une source de rayons ultraviolets incorporée. Et, bien entendu, je n'ai pas besoin de sommeil.

Néanmoins, il avait besoin d'admiration. Elle s'en rendit compte à cet instant. Il lui était indispensable de savoir s'il avait plu à sa maîtresse. Mais elle ne pouvait se résoudre à lui donner ce plaisir.

Elle ne put que répondre aigrement :

— Vos pareils auront tôt fait de réduire les gens de maison au chômage.

— On pourra les occuper à des travaux autrement importants une fois qu'ils seront libérés des corvées domestiques. Après tout, madame Belmont, des objets tels que moi peuvent être manufacturés, mais rien ne peut égaler le génie créateur et l'éclectisme d'un cerveau comme le vôtre.

Bien que son visage demeurât impassible, sa voix était chargée de respect et d'admiration, au point que Claire rougit et murmura :

— Mon cerveau? Vous pouvez le prendre!

Tony s'approcha quelque peu :

— Vous devez être bien malheureuse pour prononcer une telle phrase. Puis-je faire quelque chose pour vous?

Un instant, Claire fut sur le point d'éclater de rire. La situation était d'un ridicule achevé : un brosseur de tapis articulé, un laveur de vaisselle, un astiqueur de meubles, un bon à tout faire, tout frais sorti des chaînes de montage... qui venait lui offrir ses services comme consolateur et confident...

Pourtant, elle s'écria soudain dans une explosion de chagrin :

— M. Belmont ne pense pas que je possède un cerveau, si vous voulez tout savoir... et sans doute n'en ai-je pas!

Elle ne pouvait se laisser aller à pleurer devant lui. Il lui semblait qu'elle devait sauvegarder l'honneur de la race humaine en présence de la création qui était sortie de ses mains.

— C'est tout récent, ajouta-t-elle. Tout allait bien lorsqu'il n'était encore qu'un étudiant, lorsqu'il débutait. Mais je suis incapable de jouer le rôle de la femme d'un homme important; et il va devenir important. Il voudrait que je me fasse hôtesse et que je l'introduise dans la vie mondaine... comme... comme Gladys Claffern.

Elle avait le nez rouge et elle détourna la tête.

Mais Tony ne la regardait pas. Ses yeux erraient à travers la pièce :

— Je peux vous aider à diriger la maison.

— Mais elle ne vaut pas un clou! s'écria-t-elle farouchement. Il lui faudrait un je ne sais quoi que je suis incapable de lui donner. Je sais seulement la rendre confortable; mais jamais je ne pourrai lui donner cet aspect que l'on voit aux intérieurs représentés dans les magazines de luxe.

— Est-ce le genre que vous aimeriez?

— A quoi servirait-il de désirer l'impossible?

Les yeux de Tony s'étaient posés sur elle :

— Je pourrais vous aider.

— Connaissez-vous quelque chose à la décoration intérieure?

— Cela entre-t-il dans les attributions d'une bonne ménagère?

— Certainement.

— Dans ce cas, je peux l'apprendre. Pourriez-vous me procurer des livres sur le sujet?

C'est à cet instant que quelque chose commença.

Claire, qui se cramponnait à son chapeau pour résister aux fantaisies facétieuses que le vent prenait avec lui, avait ramené de la bibliothèque publique deux épais traités sur l'art domestique. Elle observa Tony lorsqu'il ouvrit l'un d'eux et se mit à le feuilleter. C'était la première fois qu'elle voyait ses doigts s'activer à une besogne exigeant de la délicatesse.

« Je ne comprends pas comment ils peuvent obtenir un pareil résultat », pensa-t-elle, et, poussée par une impulsion subite, elle saisit la main du robot et l'attira vers elle. Tony ne résista pas et la laissa inerte, pour lui permettre de l'examiner.

— C'est remarquable, dit-elle, même vos ongles ont l'air absolument naturels.

— C'est voulu, bien sûr, répondit Tony. La peau est constituée par un plastique souple, et la charpente qui tient lieu de squelette est faite d'un alliage de métaux légers. Cela vous amuse?

— Pas du tout. (Elle leva son visage rougi.) J'éprouve une certaine gêne à jeter un regard indiscret dans vos viscères, si je puis dire. Cela ne me concerne nullement. Vous ne me posez aucune question sur mes propres organes internes.

— Mes empreintes cérébrales ne comportent pas

110

ce genre de curiosité. Je ne puis agir que dans la limite de mes possibilités.

Claire sentit quelque chose se nouer à l'intérieur de son corps au cours du silence qui suivit. Pourquoi oubliait-elle constamment qu'il n'était qu'une simple machine? Paradoxalement, c'était la machine qui venait de le lui rappeler. Etait-elle à ce point frustrée de toute sympathie qu'elle en venait à considérer un robot comme son égal... parce qu'il lui témoignait de l'intérêt?

Elle remarqua que Tony continuait à feuilleter les pages — vainement, aurait-on pu croire, et elle sentit monter en elle un soudain sentiment de supériorité qui lui procura un certain soulagement :

— Vous ne savez pas lire, n'est-ce pas?

Tony leva la tête :

— Je suis en train de lire, madame Belmont, dit-il d'une voix calme, sans la moindre nuance de reproche.

Elle désigna le livre d'un geste vague :

— Mais...

— J'explore les pages, si c'est là ce que vous voulez dire. Ou, si vous préférez, je les photographie en quelque sorte.

Le soir était déjà tombé; lorsque Claire se mit au lit, Tony avait parcouru une grande partie du second volume, assis dans l'obscurité, ou du moins ce qui paraissait être l'obscurité aux yeux imparfaits de Claire.

Sa dernière pensée, celle qui vint l'assaillir au moment où elle sombrait dans le néant, fut une pensée bizarre. Elle se souvint de nouveau de sa main; du contact de sa peau, douce et tiède comme celle d'un être humain.

Quelle habileté on déployait à la fabrique, pensa-t-elle, puis elle s'endormit.

Durant les jours qui suivirent, ce fut un va-et-vient continuel entre la maison et la bibliothèque municipale. Tony suggérait des champs d'étude qui se subdivisaient rapidement. Il y avait des livres sur la façon d'assortir les couleurs et sur les fards; sur la charpente et sur les modes; sur l'art et sur l'histoire du costume.

Il tournait les feuilles de chaque page devant ses yeux solennels et lisait à mesure; il semblait incapable d'oublier.

Avant la fin de la semaine, il lui avait demandé avec insistance de couper ses cheveux, l'avait initiée à une nouvelle méthode de coiffure, lui avait suggéré de rectifier légèrement la ligne de ses sourcils et de modifier la teinte de sa poudre et de son rouge à lèvres.

Elle avait palpité une heure durant d'une terreur nerveuse sous les effleurements délicats de ses doigts inhumains, puis elle s'était regardée dans le miroir.

— On peut faire bien davantage, avait dit Tony, surtout en ce qui concerne les vêtements. Qu'en dites-vous pour un début?

Elle n'avait rien répondu; du moins pendant quelque temps. Pas avant d'avoir assimilé l'identité de l'étrangère qui la regardait dans son miroir et calmé l'étonnement qui lui était venu de sa beauté. Puis elle avait dit d'une voix étranglée, sans quitter un seul instant des yeux la réconfortante image :

— Oui, Tony, c'est très bien... pour un début.

Elle ne disait mot de tout cela dans ses lettres à Larry. Qu'il ait le plaisir de la surprise! Et quelque chose lui disait que ce n'était pas seulement la surprise qu'elle escomptait. Ce serait comme une sorte de revanche.

— Il est temps de commencer à acheter, dit Tony un matin, et je n'ai pas le droit de quitter la maison. Si je vous fais une liste précise des articles nécessaires, puis-je compter sur vous pour me les procurer? Nous avons besoin de draperies et de tissus d'ameublement, de papiers de tapisserie, de tapis, de peinture, de vêtements et mille autres choses de moindre importance.

— On ne peut obtenir tous ces articles immédiatement et sans délai, dit Claire sur un ton de doute.

— A peu de chose près, à condition de fouiller la ville de fond en comble et que l'argent ne soit pas un obstacle.

— Mais, Tony, l'argent est certainement un obstacle.

— Pas du tout. Présentez-vous tout d'abord à l'U.S. Robots. Je vous remettrai un billet. Allez voir le Dr Calvin et dites-lui que ces achats font partie de l'expérience.

Le Dr Calvin l'impressionna moins que le premier soir. Avec son nouveau visage et son chapeau neuf, elle n'était plus tout à fait la même Claire. La psychologue l'écouta attentivement, posa quelques questions, hocha la tête... et Claire se retrouva dans la rue, porteuse d'un crédit illimité sur le compte de l'U. S. Robots.

L'argent peut réaliser des miracles. Avec tout le

contenu d'un magasin à sa disposition, les ukases d'une vendeuse n'étaient pas nécessairement redoutables; les sourcils haut levés d'un décorateur ne portaient pas la foudre de Jéhovah.

Et à un certain moment, lorsque l'une des Autorités les plus Imposantes, trônant dans l'un des plus chics salons de l'établissement, eut levé un sourcil hautain sur la liste des articles qui devaient composer sa garde-robe et prononcé des contestations sur un ton dédaigneux, elle appela Tony au téléphone et tendit le récepteur à l'important personnage.

— Si vous n'y voyez pas d'inconvénient... (La voix ferme, mais les doigts un peu fébriles :) je vais vous mettre en rapport avec mon... euh... secrétaire.

Sa Grandeur se dirigea vers le téléphone avec le bras solennellement recourbé dans le creux du dos. Elle saisit le récepteur, dit délicatement : « Oui? » Une courte pause, un autre « oui », ensuite une pause beaucoup plus longue, un commencement d'objection qui s'éteignit promptement, une nouvelle pause, puis un « oui » très humble, et le récepteur reprit sa place sur son berceau.

— Si Madame veut bien me suivre, dit-il d'un air offensé et distant, je m'efforcerai de lui fournir ce qu'elle demande.

— Une seconde. (Claire se précipita de nouveau au téléphone, forma un numéro sur le cadran :) Allô, Tony, je ne sais pas ce que vous avez dit, mais vous avez obtenu des résultats. Merci. Vous êtes un... (Elle chercha le mot approprié, ne le trouva pas et termina par un petit cri de souris :) ... un... un chou!

Lorsqu'elle reposa le récepteur, elle se trouva nez à nez avec Gladys Claffern. Une Gladys Claffern légèrement amusée et, il faut le dire, quelque peu suffoquée, qui la regardait, le visage légèrement tiré sur le côté.

— Madame Belmont?

Aussitôt Claire eut l'impression qu'elle se vidait de son sang. Elle ne put que hocher stupidement la tête, comme une marionnette.

Gladys sourit avec une insolence indéfinissable :

— Tiens, je ne savais pas que vous vous fournissez ici?

On eût dit que, de ce fait, le magasin s'était définitivement déshonoré.

— Je n'y viens pas très souvent, dit Claire avec humilité.

— On dirait que vous avez quelque peu modifié votre coiffure?... Elle a quelque chose de bizarre... J'espère que vous excuserez mon indiscrétion, mais j'avais l'impression que le prénom de votre mari était Lawrence? Non, je ne me trompe pas, c'est bien Lawrence.

Claire serra les dents, mais il lui fallait donner des explications. Elle ne pouvait s'en dispenser :

— Tony est un ami de mon mari. Il a bien voulu me conseiller dans le choix de quelques articles.

— Je comprends. Et je donnerais ma main à couper que c'est un *chou*.

Sur ce trait elle quitta le magasin, entraînant dans son sillage la lumière et la chaleur du monde.

Claire s'avouait en toute franchise que c'est auprès de Tony qu'elle était venue chercher consolation. Dix jours l'avaient guérie de cette répugnance qui l'écartait invinciblement du robot. A présent elle pouvait pleurer devant lui, pleurer et donner libre cours à sa rage.

— J'ai fait figure d'imbécile totale! tempêtait-elle en soumettant son mouchoir détrempé à la torture. Elle a voulu me ridiculiser. Pourquoi? Je n'en sais rien. Et comme elle a réussi! J'aurais dû lui donner des coups de pied. J'aurais dû la jeter par terre et lui danser sur le ventre!

— Est-il possible que vous puissiez haïr un être humain à ce point? demanda Tony avec douceur et perplexité. Cette partie de l'âme humaine demeure pour moi incompréhensible.

— Ce n'est pas que je la déteste tellement, gémit-elle. Je m'en veux, je suppose, de ne pouvoir lui ressembler. Elle représente pour moi tout ce que je voudrais être... extérieurement du moins... et que je ne pourrai jamais devenir.

La voix de Tony se fit basse et convaincante dans son oreille :

— Vous le deviendrez, madame Belmont, vous le deviendrez. Il nous reste encore dix jours et, en dix jours, la maison peut devenir méconnaissable. N'est-ce pas ce que nous avons entrepris?

— Et en quoi la transformation de ma maison pourra-t-elle me servir à ses yeux?

— Invitez-la à vous rendre visite. Invitez ses amis. Organisez la réception pour la veille de... de mon départ. Ce sera une sorte de pendaison de crémaillère.

— Elle ne viendra pas.

— Au contraire, elle ne voudrait pas manquer cela pour un empire. Elle viendra pour rire à vos dépens... mais elle en sera bien incapable.

— Vous le pensez vraiment? Oh! Tony, vous croyez que nous réussirons?

Elle tenait les deux mains du robot entre les siennes... Puis, détournant son visage :

116

— Mais à quoi cela pourrait-il bien servir? Ce ne sera pas mon œuvre, mais la vôtre. Je ne peux m'en adjuger le mérite!

— Nul ne peut vivre dans un splendide isolement, murmura Tony. Les connaissances que je possède ont été déposées en moi. Ce que vous voyez en Gladys Claffern n'est pas simplement Gladys Claffern. Elle bénéficie de tout ce que peuvent apporter l'argent et une position sociale. Elle n'en disconvient pas. Pourquoi agiriez-vous autrement?... Nous pouvons considérer ma position sous un autre jour, madame Belmont. Je suis construit pour obéir, mais c'est à moi qu'il revient de délimiter mon obéissance. Je puis exécuter les ordres à la lettre ou faire preuve d'une certaine initiative. Je vous sers en faisant appel à toutes les facultés de réflexion dont je dispose, car j'ai été conçu pour voir les humains sous un jour qui correspond à l'image que vous me montrez. Vous êtes bienveillante, bonne, sans prétentions. Mme Claffern est apparemment tout l'opposé, et les ordres que je recevrais d'elle, je ne les exécuterais pas de la même façon. Si bien qu'en fin de compte c'est à vous et non point à moi que revient tout le mérite de cette transformation.

Il retira ses mains qu'elle tenait toujours entre ses doigts, et Claire considéra d'un air songeur l'inscrutable visage. De nouveau, elle se sentit envahie par l'effroi, mais ce sentiment avait pris un aspect entièrement nouveau.

Elle eut une contraction de gorge et considéra ses doigts dont la peau fourmillait encore de l'étreinte du robot. Impression inimaginable! Les doigts de Tony avaient pressé les siens, et avec quelle douceur, quelle tendresse, juste avant de les libérer.

117

Non!

Ses doigts... Ses doigts...

Elle se précipita à la salle de bains et se lava les mains avec une énergie aveugle... mais vaine.

Le lendemain, elle éprouva un peu de gêne en se retrouvant devant lui; elle l'épiait à la dérobée, attendant ce qui pourrait bien se passer... mais rien ne se produisit pendant quelque temps.

Tony travaillait. S'il éprouvait quelque difficulté à coller sur les murs le papier de tapisserie ou à étaler la peinture à séchage rapide, son attitude n'en laissait rien paraître. Ses mains se mouvaient avec précision; ses doigts étaient prestes et précis.

Il besognait toute la nuit durant, mais nul bruit ne venait jamais frapper les oreilles de Claire et chaque matin était une nouvelle aventure. Impossible de faire le compte des travaux accomplis et pourtant, chaque soir, elle était confrontée avec de nouvelles touches apportées au tableau...

Une seule fois, elle tenta de lui apporter son assistance et sa maladresse tout humaine découragea sa bonne volonté. Il s'affairait dans la chambre voisine, et elle accrochait un tableau au point marqué par le coup d'œil d'une infaillibilité mathématique de Tony. Sur le mur, le trait minuscule; à ses pieds, le tableau; en elle le remords de son oisiveté.

Mais elle était nerveuse... ou bien l'escabeau était-il branlant? Elle le sentit se dérober sous elle et poussa un cri de frayeur. L'escabeau s'écroula sans l'entraîner dans sa chute, car Tony, avec une célérité inimaginable pour un être de chair et de sang, la reçut dans ses bras.

118

Ses yeux calmes et sombres n'exprimaient rien et sa voix chaleureuse ne prononça que des mots :

— Vous n'avez pas de mal, madame Belmont?

Elle remarqua l'espace d'un instant que sa main, par un réflexe instinctif, avait dû déranger la chevelure lustrée et elle s'aperçut qu'elle était composée de fils distincts qui étaient de fins cheveux noirs.

Et tout d'un coup, elle fut consciente de ses bras qui lui entouraient les épaules et les jambes, au-dessus des genoux... d'une étreinte ferme et tiède.

Elle se dégagea en poussant un cri qui retentit dans ses propres oreilles. Elle passa le reste de la journée dans sa chambre, et à partir de ce moment elle ne dormit plus qu'avec une chaise arc-boutée contre la poignée de la porte.

Elle avait lancé les invitations et, comme Tony l'avait prévu, elles furent agréées. Il ne lui restait plus à présent qu'à attendre l'ultime soirée.

Elle vint en son temps. La maison était méconnaissable au point qu'elle s'y trouvait presque étrangère. Elle la parcourut une dernière fois — toutes les pièces avaient changé d'aspect. Elle-même portait des vêtements qui lui eussent paru invraisemblables autrefois... mais une fois qu'on a osé, ils vous apportent confiance et fierté.

Devant le miroir, elle essaya une expression d'amusement condescendant et le miroir lui renvoya magistralement sa moue hautaine.

Qu'allait dire Larry?... Chose curieuse, elle ne s'en inquiétait guère. Ce n'est pas lui qui allait apporter des jours d'activité passionnée. C'est au contraire Tony qui les emporterait avec lui. Phénomène étrange entre tous! Elle tenta de retrouver l'état d'esprit qui était le sien, trois semaines auparavant, et n'y parvint aucunement.

La pendule sonna 8 heures qui lui parurent autant de pulsations chargées d'angoisse. Elle se tourna vers Tony :

— Ils vont bientôt arriver, Tony. Il ne faut pas qu'ils sachent...

Elle le considéra un moment d'un regard fixe.

— Tony, dit-elle d'une voix à peine perceptible. Tony! répéta-t-elle avec plus de force. *Tony!* — et cette fois ce fut presque un cri de douleur.

Mais ses bras l'enlaçaient à présent; le visage du robot était près du sien; son étreinte s'était faite impérieuse. Elle perçut sa voix au milieu d'un tumulte d'émotions où il lui semblait se perdre comme au fond d'un brouillard.

— Claire, disait la voix, il est bien des choses que je ne suis pas fait pour comprendre, et ce que je ressens est sans doute de celles-là. Demain je dois partir et je ne le désire pas. Je découvre qu'il y a plus en moi que le simple désir de vous satisfaire. N'est-ce pas étrange?

Son visage s'était rapproché; ses lèvres étaient chaudes mais ne laissaient filtrer aucune haleine... car les machines ne respirent pas. Elles allaient se poser sur celles de la jeune femme.

... A ce moment, la sonnette de la porte d'entrée tinta.

Elle se débattit quelques instants, le souffle court; l'instant d'après, il avait disparu et de nouveau la sonnette se faisait entendre. Son grelottement intermittent se renouvelait avec de plus en plus d'insistance.

Les rideaux des fenêtres de façade avaient été ouverts. Or, ils étaient fermés un quart d'heure plus tôt. Elle en était certaine.

Par conséquent, on les avait vus. *Tous* avaient dû les voir... et ils avaient tout vu... tout!

Ils avaient fait leur entrée, en groupe, avec un tel luxe d'urbanité... la meute se préparant à la curée... avec leurs yeux scrutateurs auxquels rien n'échappait. Ils avaient vu. Sinon pourquoi Gladys aurait-elle réclamé Larry de sa voix la plus désinvolte? Et Claire, piquée au vif, d'adopter une attitude de défi que le désespoir rendait encore plus arrogante.

Oui, il est absent. Il sera de retour demain, je suppose. Non, je ne me suis pas ennuyée seule. Pas le moins du monde. Au contraire, j'ai vécu des instants passionnants. Et de leur rire au nez. Pourquoi pas? Que pourraient-ils faire? Larry comprendrait le fin mot de l'histoire, si jamais elle venait à ses oreilles. Il saurait que penser de ce qu'ils avaient cru voir.

Mais *ils* n'avaient aucune envie de rire.

Elle en lut la raison dans les yeux pleins de fureur de Gladys Claffern, dans sa conversation étincelante mais qui sonnait faux, dans son désir de prendre congé de bonne heure. Et en reconduisant ses invités, elle surprit un dernier murmure anonyme et entrecoupé :

— ... jamais vu un être... d'une telle *beauté*...

Elle sut alors ce qui lui avait permis de les traiter avec autant de dédaigneux détachement. Que les loups hurlent donc! Mais qu'elles sachent, ces péronnelles, qu'elles pouvaient bien être plus jolies que Claire Belmont, et plus riches, et plus imposantes... mais que pas une seule d'entre elles — pas une seule — n'avait un amoureux aussi beau!

Et puis elle se souvint, une fois de plus, que Tony n'était qu'une machine et elle sentit sa peau se hérisser.

— Allez-vous-en! Laissez-moi! s'écria-t-elle à l'adresse de la chambre.

Puis elle se jeta sur son lit. Elle ne cessa de pleurer durant toute la nuit. Le lendemain, un peu avant l'aube, alors que les rues étaient désertes, une voiture vint s'arrêter devant la maison et emporta Tony.

Lawrence Belmont passa devant le bureau du Dr Calvin, et, mû par une impulsion soudaine, frappa à la porte. Il trouva la psychologue en compagnie du mathématicien Peter Bogert, mais il n'hésita pas pour autant.

— Claire m'a déclaré que l'U. S. Robots a payé tous les frais de transformation de ma maison... dit-il.

— Oui, dit le Dr Calvin. Nous avons assumé ces dépenses, estimant qu'elles faisaient nécessairement partie d'une expérience pleine d'enseignements. Votre nouvelle situation d'ingénieur associé vous permettra désormais d'entretenir ce train de vie, je suppose.

— Ce n'est pas ce qui m'inquiète. Du moment que Washington a approuvé les tests, je pense que nous pourrons nous procurer un nouveau modèle T N dès l'année prochaine.

Il fit le geste de sortir avec hésitation, puis se ravisa avec non moins d'hésitation.

— Eh bien, monsieur Belmont? demanda le Dr Calvin après un léger silence.

— Je me demande... commença Larry. Je me demande ce qui s'est réellement passé chez moi durant mon absence. Elle — Claire — me semble tellement différente. Ce n'est pas seulement son apparence... bien que je sois littéralement stupéfait, je l'avoue. (Il eut un rire nerveux.) C'est *elle!* Et pourtant je ne reconnais plus ma femme... Je n'arrive pas à m'expliquer...

— A quoi bon chercher? Etes-vous déçu en quoi que ce soit des changements intervenus?

— Au contraire. Mais cela ne laisse pas de m'effrayer un peu, voyez-vous...

— A votre place, je ne me ferais pas de soucis, monsieur Belmont. Votre femme s'est fort bien tirée de l'aventure. A franchement parler, je n'attendais pas de l'expérience des enseignements aussi complets. Nous savons exactement quelles corrections il conviendra d'apporter au modèle T N, et le mérite en revient entièrement à Mme Belmont. Si vous voulez le fond de ma pensée, j'estime que vous êtes davantage redevable de votre avancement à votre femme qu'à vos propres mérites.

Cette déclaration sans fard fit tiquer visiblement Larry.

— Du moment que cela ne sort pas de la famille... conclut-il de façon peu convaincante avant de prendre congé.

Susan Calvin regarda la porte se fermer :

— Je crois que ma franchise n'a pas été tellement de son goût... Avez-vous lu le rapport de Tony, Peter?

— Avec la plus grande attention, dit Bogert. Ne pensez-vous pas qu'il serait nécessaire d'apporter quelques modifications au modèle T N-3?

— Vous croyez? demanda vivement Susan Calvin. Et sur quoi fondez-vous votre raisonnement?

Bogert fronça les sourcils :

— Aucun raisonnement n'est nécessaire pour aboutir à cette conclusion. Il est évident que nous ne pouvons lâcher dans la nature un robot qui fasse la cour à sa maîtresse, si vous voulez bien excuser le jeu de mots.

— Juste ciel, Peter, vous me décevez. Alors, vraiment, vous ne comprenez pas? Ce robot se devait d'obéir à la Première Loi. Claire Belmont courait le danger d'être gravement affectée du fait de ses propres insuffisances, ce qu'il ne pouvait permettre. C'est pourquoi il lui a fait la cour. Quelle femme, en effet, ne s'enorgueillirait d'avoir éveillé la passion chez une machine — chez une froide machine sans âme? C'est pourquoi il a délibérément ouvert les rideaux ce soir-là, afin que les autres puissent la voir dans sa scène d'amour et en concevoir de la jalousie... sans pour cela compromettre en rien le ménage de Claire. Je pense que Tony s'est conduit fort intelligemment...

— Vraiment? Le fait qu'il se soit agi d'un simulacre change-t-il quelque chose à l'affaire? N'a-t-elle pas subi une affreuse déception? Relisez le rapport. Elle l'a évité. Elle a crié lorsqu'il l'a prise dans ses bras. Elle n'a pas fermé l'œil de la nuit suivante... en proie à une crise de nerfs. Cela, nous ne pouvons l'admettre.

— Peter, vous êtes aveugle. Vous êtes aussi aveugle que je l'ai été. Le modèle T N sera entièrement reconstruit, mais pas pour cette raison. Bien au contraire, bien au contraire. Il est curieux que cette particularité m'ait échappé au début... (Ses yeux avaient pris une expression profondément songeuse :) Mais peut-être n'est-ce qu'en raison de mes propres déficiences. Voyez-vous, Peter, les machines ne peuvent tomber amoureuses, mais les femmes en sont fort capables — même lorsque leur amour est sans espoir et l'objet de leur flamme horrifiant!

6

RISQUE

L'Hyper-Base avait terminé sa journée. Alignés dans la galerie de la salle panoramique selon un ordre de préséance rigoureusement déterminé par le protocole, se trouvaient des officiels, des scientifiques, des techniciens, ainsi que l'ensemble du personnel. Selon leurs divers tempéraments, ils attendaient avec espoir, avec gêne, avec nervosité, avec passion ou avec crainte ce qui constituait l'aboutissement de leurs efforts.

L'intérieur évidé de l'astéroïde connu sous le nom d'Hyper-Base était devenu, pour la journée, le centre d'une sphère de sécurité de quinze mille kilomètres de diamètre. Nul vaisseau ne pouvait pénétrer à l'intérieur de cette sphère et survivre. Nul message ne pouvait la quitter sans être intercepté.

A huit cents kilomètres de distance, à peu de chose près, un petit astéroïde décrivait fidèlement l'orbite sur laquelle il avait été placé un an auparavant, orbite qui circonscrivait l'Hyper-Base dans une circonférence aussi parfaite que possible. Le numéro d'identification de cet astéroïde était H 937, mais nul sur l'Hyper-Base ne le désignait autrement que par Il ou Lui. (Avez-vous été sur Lui aujourd'hui?)

Sur Lui, inoccupé à l'approche de la seconde zéro, se trouvait le *Parsec*, le seul vaisseau de son genre qui eût jamais été construit dans l'histoire de l'homme. Il était prêt pour le départ dans l'inconcevable.

Gerald Black, qui, en sa qualité de brillant jeune sujet dans le domaine de la physique de l'éther, se trouvait au premier rang, fit craquer ses vastes jointures et essuya ses paumes moites sur sa blouse d'un blanc douteux et :

— Pourquoi ne vous adressez-vous pas au général ou à la duchesse douairière?

Nigel Ronson, de la Presse Interplanétaire, jeta un rapide coup d'œil de l'autre côté de la galerie sur le général Richard Kallner et sur la femme effacée qui se trouvait à son côté, à peine visible dans l'éblouissement provoqué par l'uniforme de son voisin.

— Je n'hésiterais pas, répondit l'interpellé, seulement je ne m'intéresse qu'aux nouvelles.

Ronson était petit et gros. Il prenait beaucoup de peine pour se coiffer en brosse avec des cheveux longs d'un centimètre, portait le col de sa chemise ouvert et le pantalon au-dessus des chevilles pour imiter fidèlement les journalistes que l'on voyait sur les écrans de T. V. Il n'en était pas moins un reporter fort capable.

Black était trapu, et si ses cheveux plantés bas laissaient fort peu de place pour le front, son esprit était aussi aigu que ses doigts robustes étaient courts.

— Ils connaissent toutes les nouvelles, dit-il.

— Des blagues, dit Ronson. Kallner n'a rien sous ses dorures. Retirez-lui son uniforme et vous ne trouverez qu'un convoyeur faisant descendre les ordres

127

vers le bas et projetant les responsabilités vers le haut.

Black faillit laisser échapper un sourire mais le retint à temps.

— Et la dame docteur? demanda-t-il.

— C'est le Dr Susan Calvin, de l'U. S. Robots, récita le reporter, la dame qui possède l'hyperespace à la place du cœur et de l'hélium liquide dans les yeux. Elle pourrait traverser le soleil et ressortir de l'autre côté dans un bloc de flammes gelées.

Black esquissa un commencement de sourire.

— Et le Directeur Schloss?

— Il en sait beaucoup trop, dit Ronson, volubile. Pris entre le souci d'attiser la faible flamme d'intelligence qui vacille chez son interlocuteur et d'atténuer l'éclatante lumière que diffuse son propre cerveau, de peur de provoquer une ophtalmie définitive chez ledit interlocuteur, il prend le parti de ne rien dire.

Cette fois, Black découvrit nettement sès dents :

— Supposons maintenant que vous me disiez ce que vous pensez de moi.

— Facile, docteur. Je vous ai regardé et j'ai compris aussitôt que vous étiez trop laid pour être stupide et trop malin pour manquer une occasion de vous faire de la publicité personnelle.

— Rappelez-moi de vous casser la figure un de ces jours, dit Black. Que voulez-vous savoir?

L'envoyé de la Presse Interplanétaire désigna la « fosse » :

— Ce bidule va-t-il fonctionner?

Black abaissa à son tour son regard et sentit un léger frisson pareil au léger vent de mars le parcourir. La « fosse » était en réalité un vaste écran de télévision, divisé en deux parties. L'une des moitiés portait une vue générale de Lui. Sur sa surface grise et crevassée se trouvait le *Parsec*, luisant discrètement dans la faible lumière du soleil. La seconde moitié montrait la cabine de commande du *Parsec*. Pas une âme dans cette cabine de commande. Le siège du pilote était occupé par une forme vaguement humaine, mais dont la ressemblance avec son modèle était par trop lointaine pour qu'il fût impossible de douter qu'il s'agissait d'un robot positronique.

— Physiquement parlant, mon cher, dit Black, le bidule, comme vous dites, fonctionnera. Ce robot prendra son essor et reviendra. Si je devais vous dire comment nous sommes parvenus à accomplir cette partie du programme! J'ai tout vu. Je suis arrivé ici quinze jours après avoir passé mon certificat en physique de l'éther, et j'y suis demeuré depuis, si l'on ne tient pas compte des permissions et absences diverses. J'étais là lorsque nous avons lancé le premier morceau de fil de fer jusqu'à l'orbite de Jupiter et retour, par hyperespace — et récupéré de la limaille de fer. J'étais là lorsque nous avons envoyé des souris blanches au même point et avons recueilli de la chair à saucisse au retour.

» Après cela, nous avons passé six mois à mettre au point un hyperchamp régulier. Nous avons dû colmater des brèches qui ne mesuraient pas plus de dixièmes de millièmes de seconde d'arc de point à point, dans la matière soumise à l'hypertransit. Après cela, les souris ont commencé à revenir intactes à leur point de départ. Je me souviens d'avoir fait la noce durant une semaine en compagnie de mes collègues parce qu'une souris blanche était revenue vivante et n'était morte qu'au bout de dix minutes. A présent elles survivent aussi longtemps que l'on s'occupe d'elles convenablement.

— Du beau travail! dit Ronson.

Black le regarda de travers :

— Je dis que cela fonctionnera, *physiquement parlant*. Car ces souris blanches qui nous reviennent...

— Eh bien?

— Plus de cerveau. Pas la moindre circonvolution cérébrale. Elles ne mangent pas. On doit les nourrir de force. Elles ne s'accouplent pas. Elles ne courent pas. Elles demeurent couchées... couchées... couchées. C'est tout. Nous prîmes enfin la décision d'envoyer un chimpanzé. Ce fut affreux. Le pauvre animal ressemblait trop à un homme pour que l'observation fût supportable. Nous récupérâmes une masse de chair qui pouvait tout juste effectuer des mouvements de reptation. Il pouvait remuer les yeux et parfois gratouillait vaguement. Il gémissait et demeurait dans ses déjections sans avoir seulement l'idée de se déplacer. L'un d'entre nous a fini par l'abattre un jour d'un coup de pistolet, et nous lui en avons été tous reconnaissants. Je vous le répète, mon vieux, rien de ce que nous avons expédié dans l'espace n'est jamais rentré ne fût-ce qu'avec un embryon de cerveau.

— La publication de ces renseignements est-elle autorisée?

Un coin de la lèvre de Black se souleva :

— Après l'expérience, peut-être. Ils en espèrent de grandes choses.

— Vous, pas?

— Avec un robot aux commandes? Non!

Quasi machinalement, l'esprit de Black se reporta à cet intermède vieux de quelques années, au cours duquel il avait été responsable de la perte d'un robot. Il pensa aux robots Nestor qui remplissaient l'Hyper-Base d'une foule de connaissances imprimées dans leurs cerveaux, avec parfois des insuffisances nées de l'excès même de leur perfection. Mais à quoi bon parler de robots? Il n'avait rien d'un missionnaire par nature.

Mais Ronson, qui meublait les silences par des propos à bâtons rompus, reprit :

— Ne me dites pas que vous êtes antirobot. Je me suis toujours laissé dire que les scientifiques étaient les seuls à ne pas être résolument hostiles à ces parodies d'humanité.

Black perdit soudain patience :

— C'est vrai, et c'est justement là le malheur. La technologie est prise de robomanie. Pas de fonction qui n'ait son robot, sinon l'ingénieur responsable se sent frustré. Vous voulez faire garder votre porte, alors vous achetez un robot avec des pieds épais. C'est très sérieux.

Il parlait d'une voix basse et intense, jetant les mots directement dans l'oreille de Ronson.

Ronson réussit à dégager son bras.

— Doucement, je ne suis pas un robot, dit-il. Ne vous vengez pas sur moi. Vous allez me rompre l'os du bras.

Mais Black était lancé et il ne suffisait pas d'une plaisanterie pour l'arrêter en si bon chemin.

— Savez-vous combien de temps on a gaspillé sur cette étude? demanda-t-il. Nous avons fait construire un robot, parfaitement adapté à tous usages, et nous lui avons donné un ordre. Point à la ligne. J'ai entendu donner cet ordre. Je l'ai retenu par cœur. Il était bref et net : « Saisissez la barre d'une main ferme. Amenez-la vers vous fermement. *Fermement!* Maintenez votre effort jusqu'au moment où le panneau de contrôle vous aura informé que vous avez franchi l'hyperespace à deux reprises. »

» Donc, lorsque le compte à rebours atteindra zéro, le robot saisira la barre de contrôle et la tirera fermement à lui. Ses mains sont portées à la température du sang. Une fois que la barre de contrôle se trouve en position, la dilatation due à la chaleur complète le contact et l'hyperchamp entre en action. Si quelque dommage se produit à son cerveau au cours du premier transit à travers l'hyperespace, aucune importance. Il lui suffira de maintenir la position durant un micro-instant, le vaisseau reviendra et l'hyperchamp s'évanouira. Rien ne peut survenir d'anormal. Ensuite nous étudierons ses réactions généralisées et constaterons, le cas échéant, si une anomalie s'est produite.

Ronson haussa les sourcils :

— Tout cela me paraît très normal.

— Vraiment? demanda Black d'un ton sarcastique. Et que vous apprendra un cerveau de robot? Il est positronique, le nôtre est cellulaire. Il est fait de métal, le nôtre de protéines. Ils n'ont rien de commun Aucune comparaison n'est possible. Néanmoins, je suis convaincu que c'est en se fondant sur ce qu'ils apprendront ou croiront apprendre à partir du robot qu'ils enverront des hommes dans l'hyperespace. Pauvres diables!... S'il ne s'agissait encore que de mourir! Mais ils reviendront entièrement décervelés. Si vous aviez pu voir le chimpanzé, vous comprendriez ce que cela signifie. La mort est une chose propre, définitive. Mais l'autre éventualité...

— Avez-vous fait part de vos scrupules à quiconque? demanda le reporter.

— Oui, dit Black. Ils m'ont fait la même réponse que vous. Ils m'ont déclaré que j'étais un antirobot, ce qui clôt toute discussion... Regardez Susan Calvin. Pas de danger qu'elle soit antirobot. Elle a fait tout le voyage à partir de la Terre pour assister à cette expérience. Si un homme avait été aux commandes, elle ne se serait pas inquiétée le moins du monde. Mais à quoi bon se torturer l'esprit?

— Hé, dit Ronson, ne vous arrêtez pas encore. Ce n'est pas tout.

— Quoi, encore?

— Il y a d'autres problèmes. Vous m'avez parfaitement expliqué l'histoire du robot. Mais pourquoi toutes ces mesures de sécurité tout à coup?

— Comment cela?

— Voyons : subitement plus moyen d'expédier de dépêches. Subitement, interdiction est faite à tout vaisseau de pénétrer dans le secteur. Que se passe-t-il donc? Il ne s'agit que d'une expérience parmi d'autres. Le public est informé de l'hyperespace et de ce que vous tentez, alors à quoi bon tout ce secret?

Le reflux de la colère enveloppait toujours Black, colère contre les robots, colère contre Susan Calvin, colère au souvenir de ce petit robot perdu dans son passé. Encore n'était-ce pas tout, car sa colère s'étendait également à ce petit journaliste irritant et ses irritantes petites questions.

« Voyons de quelle façon il va le prendre », se dit-il.

— Vous voulez réellement le savoir? demanda-t-il.

— Et comment!

— Très bien. Nous n'avons jamais produit qu'un hyperchamp susceptible de traiter un objet un million de fois plus petit que ce vaisseau, à une distance un million de fois plus réduite. Cela signifie que l'hyperchamp que nous nous préparons à produire sera un million de millions de fois plus puissant qu'aucun de ceux que nous ayons jamais expérimentés. Nous ne sommes pas très sûrs de l'effet qu'il peut produire.

— Que voulez-vous dire?

— En théorie, le vaisseau sera déposé bien gentiment au voisinage de Sirius et ramené ici de la même manière. Mais quel sera le volume d'espace entourant le *Parsec* qui se trouvera transporté en même temps que lui? Il est difficile de le prévoir. Nous ne sommes pas suffisamment informés des propriétés de l'hyper-espace. L'astéroïde sur lequel le vaisseau est posé peut fort bien l'accompagner dans son voyage, et si nos calculs se trouvaient un peu trop larges, il pourrait ne jamais revenir. Ou plutôt réapparaître à, disons, trente milliards de kilomètres du lieu où nous nous trouvons. Nous courons même le risque qu'un espace d'un volume supérieur à l'astéroïde puisse être soumis au transit.

— Dans quelle mesure? demanda Ronson.

— Nous ne pouvons le dire. Il existe un élément d'incertitude statistique. C'est la raison pour laquelle les vaisseaux ne doivent pas s'approcher de trop près. C'est pourquoi nous maintenons le secret jusqu'à la fin de l'expérience.

Ronson fit entendre un borborygme :

— Supposons qu'il atteigne l'Hyper-Base?

— C'est un risque à courir, dit Black sans se troubler autrement. Mais il ne doit pas être bien grand, sinon le Directeur Schloss ne serait pas là, je puis vous l'assurer. Il reste cependant un risque mathématique.

Le journaliste consulta sa montre :

— A quelle heure se produira l'expérience?

— Dans cinq minutes environ. Vous n'êtes pas nerveux, je pense?

— Non, répondit Ronson — mais il s'assit, le visage de bois, et ne posa plus aucune question.

Black se pencha sur la balustrade. Les dernières minutes s'égrenaient.

Le robot fit un geste!

Un mouvement de masse porta les spectateurs en

avant et les lumières baissèrent afin de rendre plus visible par contraste la scène qui se déroulait au-dessous d'eux. Pour l'instant, il ne s'agissait que du premier geste. Les mains du robot s'approchèrent de la barre de départ.

Black attendit la seconde finale où le robot attirerait à lui la barre. Il imaginait un certain nombre de possibilités et toutes se présentèrent simultanément à son esprit.

Il y aurait d'abord le bref scintillement indiquant le départ à travers l'hyperespace et le retour. Bien que l'intervalle temporel fût excessivement court, le retour ne s'effectuerait pas avec une parfaite exactitude au point de départ et un décalage se produirait. C'était toujours le cas.

Une fois le vaisseau revenu, on pourrait découvrir, par exemple, que les dispositifs destinés à régulariser le champ s'étaient révélés inadéquats. Le robot pourrait être réduit à l'état de ferraille et peut-être même aussi le vaisseau.

Ou encore leurs calculs seraient faux par excès et le navire ne reviendrait jamais.

Pis encore, l'Hyper-Base pourrait accompagner le vaisseau dans son transit et ne jamais revenir.

Bien entendu, tout pourrait également se passer le mieux du monde. Le navire pourrait se retrouver à son point de départ, absolument intact. Le robot, le cerveau indemne, sortirait de son siège et signalerait le succès complet du premier voyage d'un objet construit de la main de l'homme au delà de l'attraction gravitationnelle du Soleil.

La dernière minute tirait à sa fin.

Vint la dernière seconde. Le robot saisit la barre de départ et l'amena fermement vers lui...

Rien!

Pas le moindre scintillement! Rien!

Le *Parsec* n'avait pas quitté l'espace normal.

Le général Kallner retira sa casquette pour s'éponger le front et, ce faisant, découvrit une calvitie qui l'aurait vieilli de dix ans si les plis soucieux qui creusaient son visage n'avaient pas déjà rempli cet office. Près d'une heure s'était écoulée depuis l'échec du *Parsec* et rien n'avait encore été fait.

— Comment cela s'est-il produit? Comment cela a-t-il pu se produire? Je n'y comprends rien!

Le Dr Mayer Schloss, qui à quarante ans était le « grand homme » de la jeune science des matrices des hyperchamps, dit avec consternation :

— La théorie de base n'est pas en cause, j'en donnerais ma tête à couper. Une défaillance mécanique s'est produite en quelque point du vaisseau. Rien de plus.

Cette phrase, il l'avait déjà répétée une douzaine de fois.

— Je croyais que tout avait été testé. (Cette phrase aussi avait été dite.)

— C'est exact, général, c'est exact. Néanmoins... (Réponse également prononcée.)

Ils se regardaient mutuellement dans le bureau de Kallner qui était à présent interdit à tous les membres du personnel. Ni l'un ni l'autre n'osaient regarder la troisième personne présente.

Les lèvres minces et les joues pâles de Susan Calvin n'exprimaient rien.

— Je n'ai rien d'autre à vous offrir en guise de consolation que ce que je vous ai déjà dit, déclarat-elle. Je me doutais bien qu'il ne résulterait rien de bon de cette tentative.

— Le moment est mal choisi pour ressusciter cette vieille querelle, grommela Schloss.

— Aussi m'en garderai-je bien. L'U. S. Robots fournit des robots construits selon des spécifications précises à tout acheteur légalement autorisé qui s'engage à les utiliser conformément à la loi. Nous avons rempli nos obligations. Nous vous avons averti que nous ne pouvions garantir de transposer au cerveau humain des phénomènes intervenus dans le cerveau positronique. Là se borne notre responsabilité. La question ne se pose pas.

— Juste ciel, dit le général Kallner, ne reprenons pas cette discussion!

— Que ferions-nous d'autre? murmura Schloss, que le sujet attirait néanmoins. Tant que nous ne saurons pas ce qui arrive à l'esprit dans l'hyperespace, nous n'accomplirons aucun progrès. Le cerveau du robot est du moins capable d'effectuer une analyse mathématique. C'est déjà un commencement. Et tant que nous n'aurons pas essayé... (Il leva des yeux quelque peu égarés.) Mais ce n'est pas votre robot qui est en cause, docteur Calvin. Nous ne nous faisons pas de soucis pour lui ou son cerveau positronique. (Il cria presque :) Bon sang, est-ce que vous vous rendez compte que...?

La robopsychologue lui imposa silence en haussant à peine le ton.

— Pas de crise de nerfs, mon ami. J'ai vu bien des problèmes dramatiques au cours de ma vie et je n'en connais pas un qui ait été résolu par l'hystérie. Je voudrais qu'on réponde à quelques questions.

Les lèvres de Schloss se mirent à trembler et ses yeux enfoncés parurent se retirer au fond de leurs orbites, laissant à leur place des trous d'ombre.

— Possédez-vous une formation dans la physique de l'éther? demanda-t-il brutalement.

— Cette question n'a aucun rapport avec le problème qui nous occupe. Je suis robopsychologue en chef de l'United States Robots. C'est un robot positronique qui occupe le poste de commande du *Parsec*. Comme tous ses pareils, il est en location et ne vous a pas été vendu. J'ai donc le droit de vous demander des renseignements sur toute expérience à laquelle participe ce robot.

— Répondez-lui, Schloss, rugit Kallner. Elle... elle a raison.

Le Dr Calvin tourna ses yeux pâles vers le général qui était présent lors de l'affaire du robot perdu et dont on pouvait par conséquent attendre qu'il ne commettrait pas la faute de la sous-estimer. (Schloss se trouvait à l'époque en congé de maladie et les jugements par ouï-dire ne peuvent se comparer à ceux qui résultent de l'expérience personnelle.)

— Je vous remercie, général, dit-elle.

Schloss porta un regard déconcerté de l'un à l'autre de ses interlocuteurs.

— Que voulez-vous savoir? murmura-t-il.

— De toute évidence, ma première question sera la suivante. Quel est donc le problème qui vous intéresse, si ce n'est celui que vous pose le robot?

— Cela saute aux yeux, voyons. Le vaisseau n'a pas bougé! Ne le voyez-vous pas? Seriez-vous aveugle?

— Je le vois très clairement au contraire. Mais ce que je ne parviens pas à m'expliquer, c'est votre panique en présence de quelque défaillance mécanique. L'éventualité d'un échec n'entre-t-elle donc jamais dans vos prévisions?

— C'est la dépense, murmura le général. Le vaisseau a coûté des sommes formidables. Le Congrès Mondial... les justifications de dépenses...

Il demeura court.

— Le vaisseau est toujours là. Quelques révisions, quelques réparations ou mises au point ne peuvent vous entraîner bien loin.

Schloss avait repris possession de lui-même. Il était même parvenu à donner à sa voix une intonation patiente :

— Lorsque je parle de défaillance mécanique, docteur Calvin, je fais allusion à des incidents tels que le blocage d'un relais par un grain de poussière, une connexion interrompue par une goutte de graisse, un transistor bloqué par une dilatation soudaine due à la chaleur, etc., etc. Tous peuvent être temporaires. Leur effet peut s'interrompre à tout moment.

— Ce qui signifie qu'à tout moment le *Parsec* peut foncer à travers l'hyperespace et revenir à son point de départ.

— Exactement. A présent vous avez compris!

— Pas le moins du monde. N'est-ce pas exactement ce que vous désirez?

Schloss fit le geste de s'arracher une double poignée de cheveux.

— On voit bien que vous n'êtes pas ingénieur en sciences de l'éther! dit-il.

— Cela vous empêche-t-il de parler, docteur?

— Nous avions mis en place le vaisseau, reprit Schloss avec désespoir, afin de lui faire effectuer un bond à partir d'un point défini de l'espace par rapport au centre de gravité de la galaxie, jusqu'à un second point. Le retour devait s'effectuer au point de départ avec une certaine correction pour tenir compte du déplacement du système solaire. Au cours de l'heure qui s'est écoulée depuis le moment prévu pour le départ du *Parsec*, le système solaire a changé de position. Les paramètres originaux en fonction desquels a été calculé l'hyperchamp ne conviennent plus. Les lois ordinaires du mouvement ne s'appliquent pas à l'hyperespace, et il nous faudrait une semaine de calculs pour établir de nouveaux paramètres.

— Vous voulez dire que si le vaisseau prenait le départ en ce moment, il retournerait à quelque point impossible à prévoir, à des milliers de kilomètres d'ici?

— Impossible à prévoir? (Schloss eut un sourire sans joie.) En effet. Le *Parsec* pourrait fort bien aboutir dans la nébuleuse d'Andromède ou au centre du Soleil. Dans l'un et l'autre cas, il y a fort peu de chances pour que nous le revoyions jamais.

Susan Calvin inclina la tête :

— Par conséquent, si le vaisseau venait à disparaître, ce qui pourrait arriver d'un instant à l'autre, quelques milliards de dollars versés par les contribuables se trouveraient du même coup transformés en fumée et — ne manquerait-on pas de dire — à cause de la carence des responsables.

Le général Kallner tressauta.

— Dans ce cas, poursuivit la robopsychologue, le mécanisme de l'hyperchamp doit être mis dans l'impossibilité de se déclencher, et cela dans le plus bref délai possible. Il faudra débrancher une connexion, couper un contact, que sais-je? (Elle parlait en partie pour elle-même.)

— Ce n'est pas aussi simple, dit Schloss. Je ne peux vous l'expliquer complètement puisque vous n'êtes pas instruite des techniques de l'éther. Cela équivaudrait à couper un circuit électrique ordinaire

140

en sectionnant des lignes à haute tension au moyen de cisailles de jardin. Le résultat pourrait être désastreux. Il *serait* désastreux.

— Entendez-vous par là que toute tentative pour bloquer le mécanisme aboutirait à projeter le vaisseau dans l'hyperespace?

— Toute tentative effectuée *au hasard* entraînerait *probablement* ce résultat. Les hyper-forces ne sont pas limitées par la vitesse de la lumière. Il est même vraisemblable que leur vélocité ne possède pas de limite, ce qui rend l'opération d'une difficulté extrême. La seule solution raisonnable consiste à découvrir la nature de la défaillance et à trouver par là même un moyen sûr de déconnecter le champ.

— Et comment vous proposez-vous d'y parvenir, docteur Schloss?

— J'ai l'impression que le seul parti à prendre consiste à envoyer sur place l'un de nos robots Nestor... dit Schloss.

— Non! Ne dites pas de sottises! interrompit le Dr Calvin.

— Les Nestor sont au courant des problèmes de la technique de l'éther, dit Schloss avec une froideur glaciale. Leur intervention...

— Pas question. Vous ne pouvez utiliser l'un de nos robots positroniques pour une telle mission sans une autorisation formelle de ma part. Et cette autorisation, je ne vous l'accorderai pas.

— Quel autre recours me reste-t-il?

— Envoyez sur place l'un de vos ingénieurs.

Schloss secoua violemment la tête :

— Impossible. Le risque est trop grand. Si nous perdions un vaisseau et un homme...

— Quoi qu'il en soit, vous n'utiliserez pas un robot Nestor, ni un autre.

— Il faut... que j'entre en contact avec la Terre, dit le général. Il faut en référer à des instances supérieures.

— A votre place, j'attendrais encore un peu, général, dit le Dr Calvin avec une certaine âpreté. Ce serait vous jeter à la merci du gouvernement sans avoir une suggestion ou un plan d'action personnel à lui présenter. Vous y laisseriez des plumes, j'en ai l'intime conviction.

— Mais que pourrions-nous faire? (Le général avait de nouveau recours à son mouchoir.)

— Envoyez un homme sur place. Vous n'avez pas le choix.

Le visage de Schloss prit une teinte grisâtre :

— Envoyer un homme, c'est facile à dire. Mais qui?

— J'ai envisagé ce problème. N'y a-t-il pas un jeune homme — il s'appelle Black — que j'ai rencontré à l'occasion d'une précédente visite à l'Hyper-Base?

— Le Dr Gerald Black?

— C'est cela, je crois. Il était célibataire à l'époque. L'est-il toujours?

— J'en ai l'impression.

— Je suggère qu'on le convoque à ce bureau, disons dans un quart d'heure, et dans l'intervalle je consulterai son dossier.

Avec souplesse, elle avait pris la situation en main, et ni Kallner ni Schloss ne firent la moindre tentative pour contester son autorité.

Black avait aperçu Susan Calvin à distance, au cours de la visite de la robopsychologue à l'Hyper-Base. Il n'avait tenté en aucune manière de l'approcher de plus près. A présent qu'il avait été convoqué en sa présence, il la considérait avec répulsion et dégoût. C'est à peine s'il remarqua la présence du Dr Schloss et du général Kallner derrière elle.

Il se souvenait de la dernière fois où il s'était trouvé confronté avec elle et où il avait subi une froide dissection au sujet d'un robot perdu.

Les yeux gris et froids du Dr Calvin plongeaient sans ciller dans ses propres prunelles d'un brun ardent.

— Docteur Black, dit-elle, vous comprenez la situation, j'imagine.

— Parfaitement! répondit Black.

— Il faut prendre une décision. Le vaisseau est trop coûteux pour qu'on puisse se résoudre à le perdre. La détestable publicité résultant d'une telle perte amènerait l'abandon du projet, selon toutes probabilités.

Black inclina la tête.

— C'est également la conclusion à laquelle je suis parvenu.

— Sans doute pensez-vous également qu'un homme devra se dévouer pour monter à bord du *Parsec*, découvrir la cause de la défaillance et y remédier.

Il y eut un moment de pause.

— Quel imbécile s'y risquerait? demanda Black brutalement.

Kallner fronça les sourcils et regarda Schloss qui se mordit les lèvres et prit un regard vague :

— Le risque existe, bien entendu, d'un déclenchement accidentel de l'hyperchamp, auquel cas le vaisseau irait peut-être se perdre au delà de toute atteinte. D'autre part, il pourrait revenir en quelque point du système solaire. Dans cette éventualité, aucun effort, aucune dépense ne seraient épargnés pour recouvrer homme et vaisseau.

— Idiot et vaisseau, si je puis me permettre cette légère correction, dit Black.

Susan Calvin ignora le commentaire :

— J'ai demandé l'autorisation au général Kallner de vous confier cette mission. C'est vous qui devez vous rendre à bord du vaisseau.

— Je ne suis pas volontaire, répondit Black du tac au tac.

— Il n'existe pas à l'Hyper-Base une douzaine d'hommes dont les connaissances soient suffisantes pour entreprendre cette opération avec quelque chance de succès. Parmi ceux qui possèdent ces connaissances, je vous ai choisi en raison de nos précédentes relations. Vous apporterez à cette tâche une compréhension...

— Permettez, je ne suis pas volontaire.

— Vous n'avez pas le choix. Vous ne reculerez sûrement pas devant vos responsabilités.

— Mes responsabilités? En quoi m'incombent-elles?

— En raison du fait que vous êtes le plus apte pour mener l'opération à bien.

— Connaissez-vous les risques qu'elle comporte?

— J'en ai l'impression, répondit Susan Calvin.

— Je suis certain du contraire. Vous n'avez pas vu ce chimpanzé. En disant « idiot et vaisseau », je n'exprimais pas une opinion, je faisais état d'une réalité. Je risquerais ma vie s'il le fallait. Pas avec plaisir peut-être, mais je la risquerais. Mais pour ce qui est de courir la « chance » de devenir un crétin intégral pour le restant de mes jours, rien à faire!

Susan Calvin regarda pensivement le visage moite et irrité du jeune ingénieur.

— Confiez donc cette tâche à l'un de vos robots, le N-2 par exemple! s'écria Black.

Une lueur froide parut dans les yeux de la robopsychologue.

— Oui, dit-elle d'un ton délibéré. Le Dr Schloss a émis la même suggestion. Mais notre firme loue les robots N-2; elle ne les vend pas. Ils coûtent des millions de dollars pièce. Je représente la compagnie et j'estime qu'ils ont trop de valeur pour être risqués dans une telle entreprise.

Black leva les mains et serra des poings qui tremblaient le long de sa poitrine, comme s'il faisait des efforts pour les retenir:

— En somme, vous avez le front de me demander de me sacrifier de préférence à un robot, parce que l'opération serait plus économique pour votre firme!

— C'est à peu près cela, en effet. Et, comme vous le confirmera le général Kallner, vous avez *l'ordre* d'assumer cette mission. Si j'ai bien compris, vous êtes soumis dans cette base à un régime quasi militaire. Un refus d'obéissance de votre part vous vaudrait de comparaître en cour martiale. Vous seriez condamné à une peine de réclusion sur Mercure, où le séjour est infernal. D'autre part, si vous acceptez de monter à bord du *Parsec* pour accomplir cette mission, votre carrière s'en trouvera considérablement favorisée.

Black la considéra d'un œil noir.

— Donnez-lui cinq minutes pour réfléchir, général Kallner, et faites préparer un vaisseau, dit Susan Calvin.

Deux gardes de la Sécurité emmenèrent Black hors de la pièce.

Gerald Balck se sentait glacé. Ses jambes se mouvaient comme si elles ne faisaient pas partie de son corps. Il avait l'impression de s'observer à distance, de se voir monter à bord d'un vaisseau et se préparer à prendre le départ pour le *Parsec*.

Il ne parvenait pas à y croire. Il avait soudain incliné la tête et répondu :

— J'irai.

Pourquoi avait-il cédé?

Il ne s'était jamais considéré comme un héros. Alors pourquoi cette décision? La menace de réclusion sur Mercure n'y était sans doute pas étrangère, du moins en partie. Et, d'autre part, il y avait la crainte de faire figure de poltron aux yeux de ceux qui le connaissaient, cette couardise interne qui se trouvait à la base de la moitié des actes de bravoure dans le monde.

Mais il y avait également autre chose, qui importait peut-être plus que tout le reste.

Ronson, de la Presse Interplanétaire, l'avait arrêté un instant tandis qu'il se dirigeait vers le vaisseau. Black avait regardé le visage empourpré de Ronson.

— Que voulez-vous? lui avait-il demandé.

— Ecoutez, avait bafouillé le reporter, à votre retour, je veux le compte rendu en exclusivité. Je m'arrangerai pour vous faire payer tout ce que vous voudrez... tout ce que vous voudrez...

Black l'avait envoyé rouler sur le sol d'une poussée et avait poursuivi son chemin.

Le vaisseau possédait un équipage de deux hommes. Ni l'un ni l'autre ne lui adressa la parole. Leurs regards passaient au-dessus et de chaque côté de lui. Black s'en préoccupait peu. Ils étaient eux-mêmes

146

effrayés à mort et leur engin s'approchait du *Parsec* comme un chaton qui avance en crabe à la rencontre du premier chien qu'il ait jamais vu de son existence. Il pouvait parfaitement se passer d'eux.

Un seul visage se matérialisait avec insistance dans sa pensée. La figure anxieuse du général Kallner et l'expression de résolution synthétique que Schloss arborait sur ses traits ne firent qu'une courte apparition sur l'écran de sa conscience. C'était le visage imperturbable de Susan Calvin qui surgissait sans cesse devant lui tandis qu'il montait à bord du vaisseau.

Il jeta un regard dans l'obscurité, dans la direction où l'Hyper-Base avait déjà disparu dans l'espace...

Susan Calvin! Le Dr Susan Calvin! La robopsychologue Susan Calvin! Le robot à la démarche de femme!

Quelles pouvaient bien être les trois lois qui guidaient sa vie? Première Loi : tu protégeras le robot de tout ton pouvoir, de tout ton cœur, de toute ton âme. Seconde Loi : tu soutiendras les intérêts de l'U. S. Robots à condition que, ce faisant, tu n'ailles pas à l'encontre de la Première Loi. Troisième Loi : tu accorderas une considération passagère à l'être humain à condition que, ce faisant, tu n'ailles pas à l'encontre de la Première et de la Seconde Loi.

Avait-elle jamais été jeune? se demanda-t-il avec fureur. Avait-elle jamais éprouvé un sentiment humain? Il aurait donné tout au monde pour faire quelque chose qui jetterait enfin le trouble dans cette expression figée qu'elle arborait perpétuellement sur sa face de momie! Et il y parviendrait!

Qu'il sorte seulement sain et sauf de l'aventure et il trouverait bien le moyen de l'écraser, elle, sa compagnie et toute la séquelle de vils robots qui étaient toute son existence. C'était cette pensée qui le poussait en avant, plus que la crainte de la prison ou l'appétit de la gloire. C'était cette pensée qui lui faisait oublier sa peur, ou presque.

— Vous allez pouvoir descendre à présent, murmura l'un des pilotes sans le regarder. Le vaisseau se trouve à huit cents mètres au-dessous de vous.

— Vous n'allez pas atterrir? demanda-t-il aigrement.

— Ce serait contraire aux ordres reçus. Les vibrations de l'atterrisage pourraient...

— Et les vibrations de mon propre atterrisage?

— Les ordres sont formels, dit le pilote.

Balck n'insista pas, enfila sa tenue spatiale et attendit l'ouverture de la porte intérieure du sas. Une trousse à outils se trouvait solidement soudée au métal de la tenue, à la hauteur de la hanche droite.

Juste au moment où il pénétrait dans le sas, les écouteurs de son casque graillonnèrent à ses oreilles :

— Bonne chance, monsieur Black!

Il fut un moment avant de comprendre que le souhait provenait des deux hommes d'équipage qui, nonobstant leur hâte de quitter le volume d'espace dangereux, avaient néanmoins pris le temps de lui lancer un dernier vœu.

— Merci, répondit Black gauchement, et avec une certaine rancune.

Puis il flotta dans l'espace, dérivant lentement sous l'impulsion du léger coup de jarret qu'il avait donné en quittant le sas.

Il aperçut le *Parsec* qui l'attendait et, en regardant au bon moment entre ses jambes, au cours d'une révolution sur lui-même, il put voir les longs jets latéraux du vaisseau qui l'avait amené fusant des flancs de l'engin pour amorcer le virage de retour.

Il était seul!

Jamais homme, au cours de l'Histoire, s'était-il senti aussi seul?

Si quelque chose se produisait, se demanda-t-il avec angoisse, en aurait-il conscience? Aurait-il le temps matériel de s'en apercevoir? Sentirait-il son âme lui échapper, sa raison vaciller et disparaître?

Serait-ce plutôt le couperet qui s'abat sur le cou du condamné et le fait passer sans transition de vie à trépas?

Dans l'un et l'autre cas...

L'image du chimpanzé aux yeux vitreux, frissonnant sous l'effet de terreurs inexprimables, surgit sans son esprit avec une cruelle netteté.

L'astéroïde se trouvait maintenant à six mètres au-dessous de lui. Il se déplaçait dans l'espace avec une régularité absolue. Toute intervention humaine mise à part, aucun grain de sable ne s'était déplacé à sa surface durant des temps astronomiques.

Pourtant, dans cette ultime immobilité, un impalpable grain de poussière avait bloqué quelque mécanisme délicat à bord du *Parsec*; une impureté infinitésimale, s'étant glissée dans un bain d'huile, avait immobilisé une pièce d'une prodigieuse délicatesse.

La plus faible vibration microscopique produite par la rencontre d'une masse avec une autre masse suffirait peut-être à dégager la pièce, laquelle, poursuivant sa course, amènerait la création de l'hyperchamp, en provoquant l'éclosion foudroyante de celui-ci à la manière d'une improbable rose.

Son corps allait toucher le sol de l'astéroïde et il ramena ses jambes en arrière afin de se recevoir avec le maximum de souplesse. Il appréhendait de le toucher et sa peau se hérissait comme s'il se fût préparé à prendre contact avec un répugnant reptile. La distance diminuait toujours.

Encore un instant, puis un autre...

Rien!

Ce ne fut d'abord qu'une pression imperceptible, laquelle crût progressivement par l'effet d'une masse qui, en atmosphère terrestre, eût atteint 125 kilos (la somme des poids de son corps et de la tenue spatiale).

Black ouvrit lentement les yeux et laissa l'image des étoiles venir s'imprimer sur sa rétine. Le Soleil était une bille luisante, à la brillance atténuée par le bouclier polarisant dont était munie sa visière. L'éclat des étoiles offrait la même faiblesse relative, mais il en reconnaissait le dessin familier. Le Soleil et les constellations étant normaux, il se trouvait toujours dans le système solaire. Il pouvait même distinguer l'Hyper-Base, qui apparaissait sous la forme d'un petit croissant un peu flou.

Le bruit soudain d'une voix dans ses oreilles contracta brusquement ses muscles. C'était Schloss.

— Vous venez d'entrer dans notre champ de vision, docteur Black. Vous n'êtes pas seul!

Cette phraséologie quelque peu pompeuse aurait pu le faire rire, mais il se contenta de répondre :

— Je vous serais reconnaissant de ne pas m'observer, cela me permettra de me concentrer davantage.

Un silence, puis la voix de Schloss reprit, plus aimable :

— S'il vous plaisait de nous tenir au courant de

vos progrès, cela contribuerait peut-être à vous calmer les nerfs.

— Je vous donnerai tous les détails à mon retour, pas avant.

Il avait prononcé cette phrase avec aigreur et c'est avec agacement qu'il porta ses doigts cuirassés de métal à son panneau de commande de poitrine, et coupa la communication radiophonique. Qu'ils parlent dans le vide à présent. Il avait son plan. S'il sortait de l'aventure le cerveau intact, ce serait à son tour de jouer.

Il se dressa sur ses pieds avec des précautions infinies et se trouva debout sur l'astéroïde. Il oscillait légèrement sous l'effet de contractions musculaires involontaires, trompé par l'absence quasi totale de gravité qui le conduisait à effectuer des corrections de trop grande amplitude, un peu à la manière d'un ivrogne. Sur l'Hyper-Base, un champ gravifique artificiel permettait à chacun de maintenir normalement son équilibre. Black s'aperçut qu'il possédait suffisamment de détachement d'esprit pour se rappeler ce détail et en apprécier l'absence.

Le Soleil avait disparu derrière un accident de terrain. Les étoiles tournaient, de façon visible, au rythme de l'astéroïde dont la période de révolution se montait à une heure.

Il apercevait le *Parsec* de l'endroit où il se trouvait et il entreprit sa marche d'approche avec une prudente lenteur — sur la pointe des pieds, pourrait-on dire. (Surtout pas de vibrations, pas de vibrations. Ces mots résonnaient dans sa tête comme un leitmotiv.)

Avant même d'avoir eu conscience de la distance parcourue, il avait atteint le vaisseau et se trouvait au pied de la série de barreaux qui menaient au sas.

Alors il s'immobilisa.

Le vaisseau paraissait normal. Du moins paraissait-il normal si l'on ne tenait pas compte du cercle de boutons d'acier qui le ceinturait au premier tiers de sa hauteur et d'un second cercle de même nature au second tiers. En cet instant, ils devaient se tendre pour devenir les pôles qui donneraient naissance à l'hyperchamp.

Black sentit monter en lui un curieux désir de tendre la main et de caresser l'un d'eux. C'était là une de ces impulsions irraisonnées semblables au « Si je sautais? », pensée qui vous vient immanquablement à l'esprit lorsque vous plongez vos regards dans le vide du haut d'un immeuble élevé.

Black avala une bonne goulée d'air et se sentit devenir tout moite en allongeant les doigts des deux mains pour les poser légèrement — oh! si légèrement — à plat, sur le flanc du vaisseau.

Rien!

Il saisit le barreau le plus proche et se souleva prudemment. Il souhaita posséder cette habitude de la gravité zéro qui était la caractéristique des spécialistes de la construction. Il fallait exercer un effort tout juste suffisant pour vaincre la force d'inertie et aussitôt l'interrompre. Une seconde de trop et, l'équilibre se trouvant rompu, on venait se jeter contre la coque du navire.

Il montait lentement, les doigts légers, les jambes et les hanches ondulant vers la droite pour contrebalancer l'inertie du bras qui se levait du côté opposé, sur la gauche pour compenser l'effet de réaction du bras droit.

Une douzaine de barreaux, et ses doigts surplombèrent le contact qui ouvrirait la porte extérieure du sas. Le cran de sûreté apparaissait sous la forme d'une minuscule tache verte.

Une fois de plus, il hésita. C'est à présent qu'il allait inaugurer l'usage de l'énergie propre du vaisseau. Il revit en esprit les diagrammes de câblage et le réseau de distribution d'énergie. S'il pressait le contact, celle-ci jaillirait de la micro-pile pour ouvrir le panneau massif qui servait de porte extérieure au sas.

Et alors?

A quoi bon tergiverser? A moins de posséder une idée précise de la panne, il lui était impossible de prévoir l'effet que produirait la libération de l'énergie. Il poussa un soupir et pressa le contact.

Avec douceur, sans secousse ni bruit, un panneau s'effaça, démasquant une ouverture. Black jeta un dernier regard aux constellations familières (elles n'avaient pas changé) et pénétra dans la cavité éclairée d'une lumière diffuse. La pression d'air à l'intérieur du navire tomberait insensiblement à l'ouverture de la porte intérieure, et quelques secondes s'écouleraient avant que les électrolyseurs du navire la ramènent à sa valeur normale.

Il soupira encore, moins profondément peut-être (car sa peur commençait à s'émousser) et toucha le contact. La porte intérieure s'ouvrit.

Il pénétra dans la salle de pilotage du *Parsec*. Son cœur bondit dans sa poitrine lorsque son regard se posa sur l'écran de T. V. allumé et saupoudré d'étoiles. Il se contraignit à les regarder.

Rien!

Cassiopée était visible. Les constellations avaient

toujours leur aspect normal et il se trouvait à l'intérieur du *Parsec*. Sans trop savoir pourquoi, il avait l'impression que le plus dur était passé.

Ayant parcouru ce trajet sans avoir quitté le système solaire, il sentit renaître en lui comme une infime trace de confiance.

Un calme quasi surnaturel régnait à l'intérieur du *Parsec*. Black avait pénétré dans bien des vaisseaux au cours de sa carrière, pour y trouver toujours les bruits familiers de la vie, ne fût-ce que ceux d'un pas traînant sur le sol ou d'un garçon de cabine fredonnant dans quelque couloir. Ici, les battements mêmes de son cœur semblaient complètement assourdis.

Le robot, qui occupait le siège du pilote, lui tournait le dos. Aucun signe n'indiquait qu'il s'était aperçu de l'entrée de l'homme.

Black découvrit ses dents en un sourire sauvage.

— Lâchez la barre! Debout! s'écria-t-il d'une voix cinglante qui se répercuta avec un bruit de tonnerre dans la cabine close.

Rétrospectivement, il craignit l'effet des vibrations engendrées dans l'air par sa voix, mais les étoiles sur l'écran demeurèrent inchangées.

Le robot, bien entendu, ne fit pas un mouvement. Il était dans l'incapacité de percevoir des sensations quelles qu'elles fussent. Il lui était même impossible d'obéir aux injonctions de la Première Loi. Il était interminablement pétrifié au milieu d'une opération qui aurait dû être quasi instantanée.

Il se souvenait des ordres qui lui avaient été donnés. Ils étaient d'une parfaite clarté et ne pouvaient prêter à aucune confusion : « Saisissez la barre d'une main ferme. Amenez-la vers vous fermement. Maintenez votre effort jusqu'au moment où le pan-

154

neau de contrôle vous aura informé que vous avez franchi l'hyperespace à deux reprises. »

Or, il n'avait pas encore franchi l'hyperespace une seule fois.

Prudemment, Black se rapprocha du robot. Celui-ci était assis et tenait la barre entre ses genoux. Ce mouvement avait amené le mécanisme de détente sensiblement à sa place. Ensuite la température de ses mains métalliques devait incurver cette détente, à la façon d'un thermo-couple, juste assez pour provoquer le contact. Automatiquement, Black jeta un coup d'œil sur le thermomètre du panneau de contrôle. Les mains du robot se trouvaient à la température de 37°, comme prévu.

« Fameux résultat, ricana-t-il. Je suis seul avec cette machine, et je ne peux rien faire. »

Il aurait aimé s'armer d'une barre à mine et transformer le robot en tas de ferraille. Il savoura cette pensée. Il imaginait l'horreur qui transfigurerait le visage de Susan Calvin (si jamais un sentiment d'horreur pouvait dégeler un tel bloc de glace : seule la vue d'un robot réduit à l'état de débris informe était capable de le susciter). Comme tous les robots positroniques, cet exemplaire particulier était la propriété de l'U. S. Robots, avait été construit dans les ateliers de cette firme et y avait été testé.

Ayant savouré jusqu'à la lie cette vengeance imaginaire, il retrouva son calme et se mit en devoir d'examiner le navire.

Jusqu'à présent, les progrès accomplis n'avaient pas dépassé le point zéro.

Lentement, il se dépouilla de sa tenue spatiale. Il la posa doucement sur l'étagère. En titubant légèrement, il passa de pièce en pièce, étudiant les vastes surfaces entrecroisées du moteur hyperatomique, suivant les câbles, inspectant les relais de champ.

Il s'abstint de toucher à quoi que ce soit. Il existait des douzaines de façons de déconnecter l'hyperchamp, mais chacune d'entre elles pouvait aboutir à la catastrophe tant qu'il n'aurait pas décelé l'endroit exact de l'anomalie et déterminé, de ce fait, le processus à suivre.

Il se retrouva dans la cabine de pilotage et s'adressa au large dos du robot, stupide dans sa gravité solennelle : « Alors, tu ne peux pas me dire ce qu'il y a d'anormal? »

Il se retenait d'attaquer la machinerie du navire au hasard; de fourgonner dans les organes et d'en finir une bonne fois pour toutes. Mais il lui fallut un grand effort de volonté pour y parvenir. Dût-il consacrer une semaine entière, il découvrirait le point sensible pour y porter remède. Cette résolution invincible, il en était redevable à Susan Calvin et au plan qu'il avait échafaudé à son endroit.

Il tourna lentement sur ses talons et réfléchit. Chaque partie du navire, depuis le moteur lui-même jusqu'au dernier commutateur à double effet, avait été vérifiée et essayée à fond à l'Hyper-Base. Il était pratiquement impossible de croire qu'une défaillance s'était produite. Il n'y avait pas un seul objet à bord du vaisseau...

Erreur! Il y avait le robot! Celui-ci avait été testé à l'U. S. Robots. On supposait en principe que les spécialistes de cette firme, maudit soit le jour qui les avait vus naître, possédaient la compétence nécessaire.

Chacun répétait à l'envi : un robot travaille toujours mieux.

On considérait la chose comme allant de soi et cette conviction était due aux campagnes publicitaires de l'U. S. Robots. Ils se prétendaient capables de construire un robot qui serait supérieur à l'homme pour toute fonction donnée. Non point « égal à l'homme », mais « supérieur à l'homme ».

Tandis que Gerald Black contemplait le robot, ses sourcils se contractaient sous son front bas et ses traits prirent une expression d'étonnement mêlé d'espoir fou.

Il contourna le robot. Il considéra ses bras qui maintenaient la barre de contrôle en position de contact, immuablement, à moins que le vaisseau ne vînt à bondir ou la source énergétique interne du robot à se tarir.

— Je parie, je parie... souffla Black. (Il recula d'un pas, réfléchit profondément.) Il faut que ce soit cela.

Il brancha la radio du navire. L'onde porteuse était toujours braquée sur l'Hyper-Base.

— Hé, Schloss! cria-t-il dans le récepteur.

Schloss répondit promptement :

— Bon sang, Black...

— Pas de discours, dit Black. Je voulais simplement m'assurer que vous êtes devant votre écran.

— Bien entendu. Nous sommes tous là à suivre vos gestes...

Mais Black coupa la communication. Il eut un sourire en coin à l'adresse de la caméra qui tenait la cabine de pilotage sous son objectif et choisit une portion du mécanisme d'hyperchamp qui se trouvait en pleine vue. Il ignorait combien de personnes se trouveraient devant l'écran à l'Hyper-Base. Peut-être seulement Kallner, Schloss et Susan Calvin. Peut-être tout le personnel. Dans tous les cas, il allait leur en donner pour leur argent.

La boîte de relais n° 3 convenait parfaitement à son dessein. Elle se trouvait dans un renfoncement mural, recouvert par un panneau lisse, jointoyé à la soudure à froid. Black plongea la main dans sa trousse et en retira un fer plat à bout émoussé. Il repoussa sa tenue spatiale sur l'étagère (qu'il avait rapprochée pour amener la trousse à sa portée) et se tourna vers la boîte relais.

Surmontant une ultime trace de malaise, Black approcha le fer, assura le contact en trois points différents de la soudure à froid. Le champ de force de l'outil agit avec rapidité et précision; dans sa main, la poignée tiédit sous l'effet du flux d'énergie intermittent. Le panneau s'ouvrit.

Il jeta un regard rapide, presque involontaire, en direction de l'écran du vaisseau. Les étoiles conservaient toujours leur aspect normal. Lui-même se sentait parfaitement normal.

C'était la dernière parcelle d'encouragement dont il avait besoin. Il leva le pied et l'enfonça violemment dans le mécanisme d'une légèreté de plume qui se trouvait dans le renfoncement.

On entendit un bruit de verre brisé, de métal tordu, et il y eut un jet minuscule de gouttelettes de mercure...

Black respira bruyamment. Il se tourna de nouveau vers la radio :

— Vous êtes toujours là, Schloss?

— Oui, mais...

— Dans ce cas, je vous signale que l'hyperchamp à bord du *Parsec* est coupé. Venez me chercher.

Gerald Black ne se sentait pas davantage un héros

qu'au moment de son départ pour le *Parsec*. Il fut cependant traité comme tel. Les hommes qui l'avaient amené au petit astéroïde vinrent le chercher. Cette fois, ils atterrirent, et lui donnèrent de grandes claques dans le dos.

Une foule l'attendait à l'Hyper-Base, qui l'acclama sitôt que le vaisseau se fut posé. Il répondit par des gestes de la main et des sourires, ainsi que doit le faire le héros, mais intérieurement, il ne se sentait pas triomphant. Pas encore. Seulement par anticipation. Le triomphe viendrait plus tard, lorsqu'il se trouverait face à face avec Susan Calvin.

Il s'immobilisa un instant avant de descendre du vaisseau. Il la chercha du regard et ne la trouva pas. Le général Kallner était là, ayant retrouvé sa raideur militaire, avec un air d'approbation bourrue comme plaqué fermement sur le visage. Mayer Schloss lui adressa un sourire nerveux. Ronson, de la Presse Interplanétaire, agitait frénétiquement les bras. Mais de Susan Calvin, pas la moindre trace.

Il écarta Kallner et Schloss de son passage lorsqu'il eut mis pied à terre.

— Je vais d'abord manger et me laver.

Il ne doutait pas, pour le moment du moins, de pouvoir imposer sa volonté au général ou à quiconque.

Les gardes de la Sécurité lui frayèrent un passage. Il prit un bain et mangea à loisir dans une solitude volontaire dont il ne devait la rigueur qu'à sa propre exigence. Ensuite il appela Ronson au téléphone et s'entretint avec lui un court instant. Tout avait mieux marché qu'il ne l'aurait osé espérer. La défaillance même du vaisseau avait parfaitement servi ses desseins.

Finalement il téléphona au bureau du général

et convoqua une conférence. Cette convocation était un ordre à peine déguisé. « Oui, monsieur. » C'est tout ce que le général Kallner trouva à répondre.

De nouveau ils se trouvaient rassemblés. Gerald Black, Kallner, Schloss... Même Susan Calvin. Mais, à présent, c'était Black qui tenait la vedette. La robopsychologue avait son visage de bois de toujours, aussi peu impressionnée par le triomphe que par le désastre, et cependant, à quelque imperceptible changement d'attitude, on sentait qu'elle n'était plus sous le feu des projecteurs.

— Monsieur Black, commença le Dr Schloss d'un ton prudent, après s'être préalablement rongé un ongle, nous vous sommes très reconnaissants de votre courage et de votre succès. (Puis, voulant sans doute amoindrir sans retard une déclaration trop laudative, il ajouta :) Pourtant, l'action consistant à briser le relais d'un coup de pied me semble pour le moins imprudente et ne justifie guère le succès que vous avez remporté.

— Cette action ne risquait pas beaucoup d'échouer, répondit Black. Voyez-vous... (c'était la bombe numéro un) à ce moment, je connaissais déjà la cause de la défaillance.

Schloss se leva :

— Vraiment? En êtes-vous certain?

— Allez sur place vous en rendre compte par vous-même. Il n'y a plus aucun danger. Je vous indiquerai ce que vous devrez chercher.

Schloss se rassit lentement. Le général Kallner était enthousiaste :

— Si c'est vrai, c'est encore plus formidable.

— C'est vrai, dit Black.

Il glissa un œil vers Susan Calvin, qui ne pipa mot.

Black savourait cet instant, intensément conscient de son pouvoir. Il lança la bombe numéro deux :

— C'était le robot, bien entendu. Avez-vous entendu, docteur Calvin?

Susan Calvin ouvrit la bouche pour la première fois :

— J'ai bien entendu. A vrai dire, je m'y attendais. C'était le seul appareil à bord du vaisseau qui n'eût pas été testé à l'Hyper-Base.

Durant un moment, Black se sentit désarçonné.

— Vous n'aviez pas fait la moindre allusion à une telle éventualité, dit-il enfin.

— Comme l'a maintes fois répété le Dr Schloss, répondit le Dr Calvin, je ne suis pas un expert dans les sciences de l'éther. Mon intuition — ce n'était rien de plus — risquait d'être erronée. Je ne me sentais pas le droit de vous influencer d'avance dans l'exécution de votre mission.

— Soit. Auriez-vous deviné, par hasard, la raison de la défaillance? demanda Black.

— Non.

— Un robot n'est-il pas supérieur à un homme? Eh bien, c'est justement là que se trouve le grain de sable qui a immobilisé la machine. N'est-il pas étrange que l'expérience ait échoué précisément en raison de cette spécialité tant vantée de l'U. S. Robots? Cette firme fabrique des robots supérieurs à l'homme, si je comprends bien.

Il maniait les mots comme des coups de fouet, mais elle ne réagit pas comme il s'y attendait.

— Cher docteur Black, se contenta-t-elle de soupirer, je ne suis nullement responsable des arguments publicitaires du service des ventes.

Black se sentit de nouveau désarçonné. Pas facile à manier, cette Calvin.

— Votre firme a construit un robot pour remplacer un homme aux commandes du *Parsec*. Il devait amener à lui la barre de contrôle, la placer en position et laisser la chaleur de ses mains incurver la détente pour obtenir le contact final. Assez simple, n'est-ce pas, docteur Calvin?

— Assez simple, en effet, docteur Black.

— Si le robot avait été simplement l'égal de l'homme, il aurait réussi. Malheureusement l'U. S. Robots s'est cru obligé de le faire supérieur à l'homme. Le robot avait reçu l'ordre d'amener à lui la barre de contrôle fermement. *Fermement*. Le mot a été répété, souligné. Le robot a accompli l'action demandée. Il a tiré la barre fermement. Malheureusement, il était au moins dix fois plus fort que l'homme qui devait à l'origine actionner la barre.

— Insinuez-vous...?

— Je *dis* que la barre s'est tordue. Elle s'est tordue suffisamment pour changer de place à la détente. Lorsque la chaleur de la main du robot a incurvé le thermo-couple, le contact ne s'est pas produit. (Il sourit.) Il ne s'agit pas de la défaillance d'un seul et unique robot, docteur Calvin. C'est le symbole de la défaillance du principe même du robot.

— Voyons, docteur Black, dit Susan Calvin d'un ton glacial, vous noyez la logique dans une psychologie « missionnaire ». Le robot était doué d'une compréhension adéquate en même temps que de force pure. Si les hommes qui lui ont donné des ordres avaient fait usage de termes quantitatifs au lieu du vague adverbe « fermement », cet accident ne se serait pas produit. Si seulement ils avaient eu l'idée de lui dire « appliquez à la barre une pression de trente kilos », tout se serait fort bien passé.

— Ce qui revient à dire, riposta Black, que l'inaptitude du robot doit être compensée par l'ingéniosité et l'intelligence de l'homme. Je vous donne ma parole que les populations de la Terre envisageront la question sous cet aspect et ne seront pas d'humeur à excuser l'U. S. Robots pour ce fiasco.

Le général Kallner intervint en hâte, et sa voix avait retrouvé quelque autorité :

— Permettez, Black! Ce qui est arrivé n'est après tout qu'un incident assez normal.

— Et puis, intervint Schloss, votre théorie n'a pas encore été vérifiée. Nous allons envoyer au navire une équipe qui se chargera d'effectuer les constatations. Il se peut que le robot ne soit pas en cause.

— Vous prendrez bien soin que votre équipe parvienne à cette conclusion, n'est-ce pas? Je me demande si les populations feront confiance à des gens qui sont à la fois juges et partie. En outre, j'ai une dernière chose à vous dire. (Il prépara sa bombe numéro trois et dit :) A partir de cet instant, je donne ma démission. Je m'en vais.

— Pourquoi? demanda Susan Calvin.

— Parce que, vous l'avez dit vous-même, je suis un missionnaire, dit Black en souriant. J'ai une mission à accomplir. J'ai le devoir de dire aux peuples de la Terre que l'ère des robots est parvenue au point où la vie d'un homme compte moins que celle d'un robot. Il est à présent possible d'envoyer un homme au danger parce qu'un robot est trop précieux pour qu'on prenne le risque de le détruire. Je pense que les Terriens doivent être informés de ce fait. Nombreux sont les gens qui font les plus grandes réserves sur l'emploi des robots. Jusqu'à présent, l'U. S. Robots n'a pas encore réussi à faire légaliser l'emploi des robots sur la Terre elle-même. J'imagine que ce que j'ai à dire sur la question y mettra un point final. En conséquence de cette journée de travail, docteur Calvin, vous-même, votre firme et vos robots serez bientôt balayés de la surface du système solaire.

En parlant ainsi, il dévoilait ses batteries, il lui permettait de préparer sa contre-attaque, il le savait bien, mais il ne pouvait renoncer à cette scène. Il avait vécu pour cet instant depuis son départ pour le *Parsec*, il lui eût été impossible de ravaler sa vengeance.

Il se réjouit de la lueur qui brilla un instant dans les yeux pâles de Susan Calvin et de l'imperceptible rougeur qui envahit ses joues. « Eh bien, comment vous sentez-vous à présent, madame la femme de science? » pensa-t-il.

— On refusera votre démission, dit le général Kallner, on ne vous permettra pas de...

— Comment pourrez-vous m'en empêcher, général? Je suis un héros, ne l'avez-vous pas entendu proclamer? Et notre vieille mère la Terre fait le plus grand cas de ses héros. Elle l'a toujours fait. Les gens voudront m'entendre et ils croiront tout ce que je dirai. Ils n'apprécieront guère qu'on m'impose silence, du moins tant que je serai un héros flambant neuf. J'ai déjà dit deux mots à Ronson, de la Presse Interplanétaire; je lui ai annoncé une information sensationnelle capable de faire basculer tous les officiels du gouvernement et les directeurs de science hors de leur fauteuil, et par conséquent la Presse Interplanétaire sera la première sur les rangs, toute prête à boire mes paroles. Alors, que pourriez-vous faire, à part me faire fusiller? Je crois que votre carrière se trouverait fâcheusement compromise si vous vous avisiez d'essayer.

La vengeance de Black était totale. Il n'avait pas omis un seul mot de la diatribe qu'il avait préparée. Il ne s'était pas causé le moindre préjudice. Il se leva pour partir.

— Un moment, docteur Black, intervint Susan Calvin. (Sa voix basse avait pris un ton autoritaire.)

Black se retourna involontairement, tel un écolier répondant à la voix de son maître, mais il démentit ce geste en prenant un ton moqueur :

— Vous avez une explication à me proposer, je suppose?

— Pas du tout, dit-elle avec affectation. Cette explication, vous l'avez déjà donnée, et fort bien. Je vous ai choisi, sachant que vous comprendriez, mais je pensais que vous auriez compris plus vite. J'avais eu des contacts avec vous auparavant. Je connaissais votre hostilité à l'égard des robots et savais par conséquent que vous ne nourririez aucune illusion à leur endroit. A la lecture de votre dossier que je me suis fait communiquer avant votre désignation pour cette mission, j'ai appris que vous aviez exprimé votre désapprobation à propos de cette expérience de robot dans l'hyperespace. Vos supérieurs vous en faisaient grief, mais j'estimais au contraire que c'était un point en votre faveur.

— De quoi parlez-vous, docteur Calvin, si vous voulez bien excuser mon franc-parler?

— Du fait que vous auriez dû comprendre la raison pour laquelle on devait exclure un robot de cette mission. Que disiez-vous donc? Que les inaptitudes d'un robot doivent être compensées par l'ingéniosité

165

et l'intelligence de l'homme. C'est exactement cela, jeune homme, c'est exactement cela. Les robots ne possèdent aucune ingéniosité. Leurs esprits sont parfaitement délimités et peuvent se calculer jusqu'à la dernière décimale. C'est ce qui, en fait, est mon rôle.

» Maintenant, si un robot reçoit un ordre, un ordre *précis*, il peut l'exécuter. Si l'ordre n'est pas précis, il ne peut corriger ses propres erreurs sans recevoir de nouveaux ordres. N'est-ce pas ce que vous avez signalé à propos du robot qui se trouve à bord du vaisseau? Comment, dans ce cas, pourrions-nous charger un robot de découvrir une défaillance dans un mécanisme, dans l'impossibilité où nous sommes de lui fournir des instructions précises, puisque nous ignorons tout de la défaillance elle-même? « Trouvez la cause de la panne » n'est pas le genre d'ordre que l'on puisse donner à un robot; mais seulement à un homme. Le cerveau humain, dans l'état actuel des choses au moins, échappe à tous les calculs.

Black s'assit brusquement et regarda la psychologue d'un air déconcerté. Il s'avoua incapable de réfuter son raisonnement. Mieux, il sentit passer le vent de la défaite.

— Vous auriez dû me dire tout cela avant mon départ, dit-il.

— En effet, dit le Dr Calvin, mais j'avais noté la peur fort compréhensible que vous ressentiez quant à la stabilité de votre équilibre mental. Une telle préoccupation aurait pu compromettre la perspicacité de vos investigations, et j'ai préféré vous laisser croire qu'en vous confiant cette mission, je n'avais d'autre souci que d'épargner la perte éventuelle d'un robot. Cette pensée ne manquerait pas, pensais-je, de susciter votre colère, et la colère, mon cher docteur Black, est parfois un aiguillon fort utile. Un homme en colère n'est jamais tout à fait aussi effrayé qu'à son état normal. Je pense que mon petit stratagème a fort bien réussi.

Elle croisa paisiblement les mains sur ses genoux et, sur son visage, parut une expression que l'on aurait presque pu prendre pour un sourire.

— Bon Dieu! s'écria Black.

— Maintenant, si vous voulez m'en croire, reprit Susan Calvin, retournez à vos travaux, acceptez votre situation de héros et donnez à votre ami reporter tous les détails de votre prestigieux exploit. Que ce soit là cette nouvelle sensationnelle que vous lui avez promise!

Lentement, à regret, Black inclina la tête.

Schloss semblait soulagé; Kallner découvrit une impressionnante rangée de dents en un sourire. Ils tendirent la main avec ensemble; n'ayant pas ouvert la bouche durant tout le temps où Susan Calvin avait parlé, ils gardaient à présent le même mutisme.

Black leur serra la main avec une certaine réserve.

— C'est votre rôle dans cette affaire que l'on devrait publier, docteur Calvin, dit-il.

— Vous n'êtes pas fou, jeune homme? dit Susan Calvin d'un ton glacial. Cela, c'est mon travail.

7

LENNY

L'United States Robots avait un problème, et ce problème était celui de la population.

Peter Bogert, mathématicien en titre, se dirigeait vers l'atelier d'assemblage lorsqu'il rencontra Alfred Lanning, Directeur des Recherches. Lanning fronçait ses féroces sourcils et observait la chambre de l'ordinateur à travers la balustrade.

A l'étage inférieur, sous le balcon, une procession de visiteurs des deux sexes et d'âges divers jetait des regards curieux alentour, tandis qu'un guide récitait un commentaire.

— L'ordinateur que vous avez sous les yeux, disait-il, est le plus grand du monde dans sa catégorie. Il contient cinq millions trois cent mille cryotrons et est capable de traiter simultanément plus de cent mille variables. Grâce à son concours, l'U. S. Robots est à même de construire avec précision les cerveaux positroniques des nouveaux modèles.

» Les spécifications sont introduites sur un ruban que l'on perfore par le moyen de ce clavier — un peu dans le genre d'une machine à écrire très complexe ou d'une linotype, à ceci près que l'ordinateur ne traite pas des lettres, mais des concepts. Les spécifications sont traduites en symboles logiques équivalents et ceux-ci à leur tour sont convertis en perforations réparties en figures conventionnelles.

» En moins d'une heure, l'ordinateur peut fournir à nos hommes de science le dessin d'un cerveau qui offrira tous les réseaux positroniques nécessaires pour la fabrication d'un robot...

Alfred Lanning leva enfin les yeux et remarqua la présence de l'autre.

— C'est vous Peter? fit-il.

Bogert leva les mains pour lisser une chevelure noire et brillante dont la parfaite ordonnance rendait ce soin superflu :

— Apparemment, vous ne pensez pas grand bien de cette pratique, Alfred.

Lanning poussa un grognement. L'idée de faire accéder le public dans les établissements de l'U. S. Robots sous la conduite d'un guide était d'origine fort récente et devait, dans l'esprit des initiateurs, servir un double but. D'une part cela permettait aux gens d'approcher les robots, de se familiariser petit à petit avec eux et de vaincre ainsi la peur instinctive que leur inspiraient ces êtres mécaniques. D'autre part, on espérait intéresser certains sujets et les amener à consacrer leur vie aux recherches en robotique.

— Vous le savez bien, dit enfin Lanning. Le travail se trouve bouleversé une fois par semaine. Si l'on tient compte des heures perdues, le profit est insignifiant.

— C'est-à-dire que les vocations nouvelles sont toujours aussi rares?

— Il y a bien quelques candidatures pour les postes accessoires. Mais c'est de chercheurs que nous avons besoin, vous ne l'ignorez pas. Le malheur, c'est que, les robots étant interdits sur la Terre proprement dite, il existe un préjugé contre le métier de roboticien.

— Ce maudit complexe de Frankenstein, dit Bogert, répétant à dessein l'une des phrases favorites de Lanning.

Celui-ci ne comprit pas la taquinerie :

— J'aurais dû m'y faire depuis le temps, mais je n'y parviendrai jamais. On pourrait croire que, de nos jours, tout être humain résidant sur Terre serait parfaitement conscient que les trois Lois constituent une sécurité totale; que les robots ne présentent aucun danger. Prenez par exemple cette bande de croquants. (Il jeta sur la foule un regard irrité.) Regardez-les! La plupart d'entre eux traversent l'atelier d'assemblage comme ils monteraient sur le scenic railway, pour le frisson de peur qu'il leur fait courir le long de l'échine. Puis, lorsqu'ils pénètrent dans la salle où est exposé le modèle M E C — qui n'est capable de rien faire d'autre que de s'avancer de deux pas, d'annoncer « Enchanté de vous connaître, monsieur », de serrer la main, puis de reculer de deux pas — les voilà qui battent précipitamment en retraite, tandis que les mères affolées entraînent leur progéniture. Comment espérer un travail cérébral de la part de tels idiots?

Bogert n'avait aucune réponse à proposer. Ensemble ils jetèrent un nouveau regard à la file des badauds, quittant à présent la salle de l'ordinateur pour pénétrer dans l'atelier d'assemblage des cerveaux positroniques. Puis ils s'en furent. Il se trouve que leur attention ne fut nullement attirée par le

dénommé Mortimer W. Jacobson, âgé de seize ans —
qui, il faut lui rendre cette justice, ne pensait aucunement à mal faire.

En fait, il est même impossible de dire que ce fut
la faute de Mortimer. Le jour où les ateliers étaient
ouverts au public était parfaitement connu de tous
les ouvriers. Tous les appareils se trouvant aux
abords du circuit prévu auraient dû être parfaitement neutralisés ou mis sous clef, puisqu'il est
déraisonnable d'attendre de la part d'êtres humains
qu'ils résistent à la tentation de manipuler boutons,
leviers ou poignées. De plus, le guide aurait dû
montrer une vigilance de tous les instants pour
arrêter à temps ceux qui auraient manifesté quelque
velléité d'y succomber.

Mais, au moment dont nous parlons, le guide était
passé dans la pièce suivante et Mortimer occupait la
queue de la file. Il passa devant le clavier qui servait à introduire les spécifications dans l'ordinateur.
Il n'avait aucun moyen de soupçonner que la machine était précisément en train d'élaborer les plans
d'un nouveau robot, sinon, étant un garçon bien
sage, il se serait abstenu de toucher au clavier. Il
ne pouvait se douter que, par une négligence que
l'on pourrait qualifier de criminelle, un technicien
avait omis de neutraliser ledit clavier.

Si bien que Mortimer tapota le fameux clavier
au hasard, comme il aurait joué d'un instrument de
musique.

Il ne s'aperçut pas qu'un ruban perforé sortait de
l'ordinateur dans une autre partie de la pièce — discrètement, silencieusement.

De son côté, lorsqu'il revint dans les parages, le

technicien ne remarqua rien d'anormal. Il éprouva quelque inquiétude en découvrant que le clavier était en circuit, mais il ne lui vint pas à l'esprit de procéder à des vérifications. Au bout de quelques minutes, son inquiétude avait disparu et il continua de fournir des informations à l'ordinateur.

Quant à Mortimer, ni à ce moment ni plus tard, il ne se douta de ce qu'il venait de faire.

Le nouveau modèle L N E était conçu pour le travail dans les mines de bore sur la ceinture des astéroïdes. Les dérivés du bore augmentaient annuellement de valeur, car ils constituaient les produits essentiels pour la construction des micro-piles à protons qui assuraient la fourniture d'énergie du type le plus récent à bord des vaisseaux de l'espace; or, les maigres réserves terrestres commençaient à s'épuiser.

Du point de vue physique, cela signifiait que les robots L N E devraient être équipés d'yeux sensibles aux raies les plus importantes dans l'analyse spectroscopique des minerais de bore, ainsi que de membres du type le plus adapté au travail du minerai et à sa transformation en produit fini. Comme toujours, cependant, c'était l'équipement cérébral qui constituait le problème majeur.

Le premier cerveau positronique L N E venait d'être terminé. C'était un prototype qui irait rejoindre tous les autres prototypes dans la collection de l'U. S. Robots. Lorsqu'il aurait subi tous les tests, on entreprendrait la construction du modèle qui serait loué (et non vendu) aux entreprises minières.

Le prototype L N E sortait de finition. Grand,

droit, poli, il ressemblait, vu de l'extérieur, à nombre d'autres modèles qui ne possédaient pas de spécialisation par trop rigoureuse.

Le technicien responsable, se fondant pour commencer les tests sur les instructions du *Manuel de la Robotique*, lui demanda :

— Comment allez-vous?

La réponse prévue devait être la suivante : « Je vais bien et je suis prêt à entrer en fonction. J'espère qu'il en est de même pour vous. »

Ce premier échange ne servait qu'à s'assurer si le robot était capable d'entendre, de comprendre une question banale et de donner une réponse également banale et conforme à ce que l'on peut attendre d'un robot. A partir de ce moment, on passait à des sujets plus compliqués, destinés à mettre à l'épreuve les différentes Lois et leur interaction avec les connaissances spécialisées de chaque modèle particulier.

Donc le technicien prononça le sacramentel « Comment allez-vous? ». Il fut aussitôt mis en alerte par la voix du prototype L N E. Cette voix possédait un timbre différent de toutes celles qu'il avait entendues chez un robot. (Et il en avait entendu beaucoup.) Elle formait les syllabes comme une succession de notes émises par un célesta à bas registre.

Le technicien fut tellement surpris qu'il mit plusieurs minutes avant d'identifier rétrospectivement les syllabes formées par ces sons paradisiaques.

Cela donnait à peu près ceci : « Da, da, da, gou. »

Le robot était toujours debout, grand et parfaitement droit, mais sa main droite se leva lentement et il introduisit un doigt dans sa bouche.

Stupéfait d'horreur, le technicien ouvrit des yeux exorbités et prit la fuite. Il verrouilla la porte derrière lui et, d'une pièce voisine, lança un appel de détresse à Susan Calvin.

Le Dr Susan Calvin était le seul robopsychologue de l'U. S. Robots (et pratiquement de l'humanité). Il ne lui fallut pas pousser bien avant l'étude du prototype L N E avant de demander péremptoirement une transcription des plans établis par l'ordinateur concernant les réseaux cérébraux positroniques, ainsi que les spécifications sur ruban perforé qui avaient servi de directives. Après un bref examen, elle fit appeler Bogert.

Ses cheveux gris fer sévèrement tirés en arrière; son visage glacé, barré de rides verticales de part et d'autre d'une bouche aux lèvres minces et pâles, se tourna vers lui avec une expression sévère :

— Que signifie, Peter?

Bogert étudia les passages indiqués par elle avec une stupéfaction croissante :

— Grand Dieu, Susan, cela n'a pas de sens!

— A n'en pas douter. Comment une telle ineptie a-t-elle pu se glisser dans les spécifications?

Le technicien responsable, convoqué, jura en toute sincérité qu'il n'y était pour rien et qu'il n'avait aucune explication à proposer. L'ordinateur donna une réponse négative à toutes les questions tendant à préciser le point défaillant.

— Le cerveau positronique, dit Susan Calvin pensivement, est irrécupérable. Tant de fonctions supérieures ont été annihilées par ces instructions sans queue ni tête que la mentalité résultante correspond à celle d'un bébé humain. Pourquoi paraissez-vous tellement surpris, Peter?

Le prototype L N E, qui apparemment ne comprenait rien à ce qui se passait autour de lui, s'assit soudain sur le sol et entreprit d'examiner méticuleusement ses pieds.

— Dommage qu'il faille le démanteler, dit Bogert qui le suivait des yeux. C'est une belle pièce.

— Le démanteler? répéta la robopsychologue en pesant sur les mots.

— Bien entendu, Susan. A quoi pourrait-il servir? S'il existe un objet totalement inutile, c'est bien un robot incapable de remplir une fonction. Vous n'allez tout de même pas prétendre qu'il soit capable d'accomplir un travail quelconque?

— Non, sûrement non.

— Alors?

— Je voudrais poursuivre d'autres tests, dit-elle, obstinée.

Bogert lui jeta un regard impatienté, puis haussa les épaules. Il savait trop bien qu'il était inutile de discuter avec Susan Calvin. Les robots étaient toute sa vie, elle n'aimait rien d'autre, et pour les avoir si longtemps côtoyés, elle avait, selon Bogert, perdu toute apparence d'humanité. Il était aussi vain de chercher à la faire changer de décision que de demander à une micro-pile de cesser de fonctionner.

— A quoi bon? murmura-t-il. (Puis il ajouta précipitamment à haute voix :) Auriez-vous l'obligeance de nous avertir lorsque vous aurez terminé la série de vos tests?

— Je n'y manquerai pas, dit-elle. Venez, Lenny.

« Voilà L N E devenu Lenny, pensa Bogert. C'était inévitable. »

Susan Calvin tendit la main, mais le robot se contenta de la regarder. Avec douceur, la robopsychologue saisit les phalanges de métal. Lenny se mit debout avec souplesse. (Sa coordination mécanique, du moins, n'avait pas souffert.) Ensemble ils sortirent de la pièce, le robot dominant la femme de soixante centimètres. Nombreux furent les yeux qui les suivirent curieusement le long des couloirs.

L'un des murs du laboratoire de Susan Calvin, celui qui donnait directement sur son bureau particulier, était recouvert par une reproduction à très fort grossissement d'un réseau positronique. Il y avait près d'un mois que Susan Calvin l'étudiait avec une attention passionnée.

Elle était justement en train de la considérer, suivant les lignes sinueuses dans leurs parcours complexes. Derrière elle, Lenny, assis sur le sol, écartait et rapprochait ses jambes, gazouillant des syllabes dénuées de sens, d'une voix si mélodieuse que nul ne pouvait l'entendre sans en être ravi.

Susan Calvin se tourna vers le robot :

— Lenny, Lenny...

Elle continua de répéter patiemment son nom jusqu'au moment où Lenny leva la tête et proféra un son interrogateur. Une expression fugitive de plaisir éclaira le visage de la robopsychologue. Il fallait de moins en moins de temps pour attirer l'attention du robot.

— Levez votre main, Lenny, dit-elle. La main... en l'air. La main... en l'air.

Et ce disant elle levait sa propre main, répétant le mouvement sans se lasser.

Lenny suivit des yeux le mouvement. En haut, en bas, en haut, en bas. Puis il esquissa lui-même le geste de sa propre main en gloussant :

— Eh... heuh.

176

— Très bien, Lenny, dit Susan gravement. Essayez encore. Main... en l'air.

Avec une infinie douceur, elle saisit la main du robot, la souleva, l'abaissa :

— Main... en l'air. Main... en l'air.

— Susan, fit une voix provenant de son bureau.

Le Dr Calvin s'interrompit en serrant les lèvres :

— Qu'y a-t-il, Alfred?

Le Directeur des Recherches entra dans la pièce, jeta un regard sur le plan mural puis vers le robot :

— Alors, pas encore lasse?

— Pourquoi le serais-je? C'est mon travail, non?

— C'est-à-dire, Susan...

Il prit un cigare, le regarda fixement et fit le geste d'en couper l'extrémité d'un coup de dents. A ce moment, ses yeux rencontrèrent le regard de sévère réprobation de la femme. Alors il rangea son cigare et reprit :

— Je voulais vous dire, Susan, le modèle L N E est en fabrication dès à présent.

— Je l'ai appris en effet. Auriez-vous quelque chose à me demander à ce sujet?

— Ma foi, non. Néanmoins, le simple fait qu'il soit mis en fabrication et donne entière satisfaction retire tout intérêt aux efforts que vous pourriez accomplir désormais pour obtenir quelques résultats de ce spécimen mal venu. Ne serait-il pas plus simple de le jeter à la ferraille?

— Si je comprends bien, Alfred, vous regrettez que je gaspille en pure perte un temps si précieux. Rassurez-vous. Il n'est pas perdu. J'accomplis un travail réel sur ce robot.

— Mais ce travail n'a aucun sens.

— Il m'appartient d'en juger, Alfred.

Elle avait prononcé ces mots avec un calme de

mauvais augure, aussi Lanning estima-t-il plus sage de dévier quelque peu.

— Pouvez-vous me dire quel est votre objectif? Par exemple, qu'essayez-vous d'obtenir de lui en ce moment?

— Qu'il lève la main au commandement, qu'il imite la parole.

— Eh... heuh, dit Lenny, comme s'il avait compris, puis il leva gauchement la main.

Lanning secoua la tête :

— Cette voix est tout simplement stupéfiante. Comment est-ce possible?

— Difficile à dire, répondit Susan Calvin. Son émetteur est normal. Il pourrait parler comme les autres, j'en suis sûre. Et pourtant il n'en fait rien; sa façon de s'exprimer résulte d'une anomalie dans ses réseaux positroniques que je n'ai pas encore réussi à isoler.

— Eh bien, isolez-la, pour l'amour du ciel. Un langage de ce genre pourrait nous être utile.

— Tiens, il serait donc possible que mes études servent à quelque chose?

Lanning haussa les épaules avec embarras :

— Oh! ce n'est là qu'un point accessoire.

— Dans ce cas, je regrette que vous n'aperceviez pas l'intérêt essentiel de mes travaux, dit Susan Calvin d'un ton quelque peu acide, qui est infiniment plus important. Mais cela, je n'y puis rien. Auriez-vous l'obligeance de me laisser seule à présent, Alfred, afin que je puisse reprendre le cours de mes expériences?

Lanning tira son cigare, un peu plus tard, dans le bureau de Bogert :

— Cette femme devient un peu plus insupportable chaque jour.

Bogert comprit parfaitement. A l'U. S. Robots, il n'existait qu'une seule personne que l'on pût qualifier sous les termes de « cette femme ».

— S'acharne-t-elle toujours sur ce pseudo-robot... ce fameux Lenny?

— Elle s'efforce de le faire parler.

Bogert haussa les épaules :

— Rien ne peut mettre davantage en évidence les difficultés de la compagnie. Je parle du recrutement du personnel qualifié pour la recherche. Si nous disposions d'autres robopsychologues, nous pourrions mettre Susan à la retraite. A ce propos, je suppose que la conférence annoncée pour demain par le directeur a pour objet le problème du recrutement?

Lanning inclina la tête et considéra son cigare comme s'il lui trouvait mauvais goût :

— En effet, mais c'est surtout la qualité qui nous intéresse et non la quantité. Nous avons monté le niveau des salaires, et maintenant les candidats font la queue à la porte de nos bureaux... ceux qui sont essentiellement attirés par l'appât du gain. Le plus difficile est de découvrir ceux qui sont essentiellement attirés par la robotique... Il nous faudrait quelques sujets de la trempe de Susan Calvin.

— Juste ciel, que me dites-vous là!

— Je ne parle pas de son caractère. Mais vous l'admettrez avec moi, Peter, les robots constituent son unique pensée dans la vie. Rien d'autre ne l'intéresse.

— Je sais. C'est justement ce qui la rend aussi parfaitement insupportable.

Lanning inclina la tête. Il était incapable de se

souvenir de toutes les occasions où il aurait soulagé son âme en jetant Susan Calvin à la porte. Mais il ne pouvait non plus faire le compte du nombre de millions de dollars qu'elle avait économisés à la firme. Elle était la femme vraiment indispensable et le demeurerait jusqu'à sa mort — à moins qu'ils ne pussent d'ici là résoudre le problème consistant à découvrir des hommes et des femmes d'une valeur équivalente et qui soient attirés par la recherche en robotique.

— Je crois que nous allons mettre un terme aux visites dans les ateliers, dit-il.

Peter haussa les épaules :

— Cela vous regarde. Mais en attendant, qu'allons-nous faire de Susan? Elle est fort capable de s'attarder indéfiniment sur Lenny. Vous connaissez son obstination lorsqu'elle s'attaque à un problème qu'elle juge intéressant.

— Que pourrions-nous faire? demanda Lanning. Si nous manifestons une trop grande insistance, elle s'acharnera par esprit de contradiction féminin. En dernière analyse, nous ne pouvons aller contre sa volonté.

— Je me garderais bien d'utiliser l'adjectif « féminin » lorsqu'il s'agit du Dr Calvin, dit en souriant le mathématicien aux cheveux calamistrés.

— Enfin bref, dit Lanning d'un air bougon, à tout le moins cette expérience ne peut causer de tort à personne.

Ce en quoi il se trompait.

Le signal d'alarme est toujours une cause de tension dans un grand établissement industriel. Il avait résonné une douzaine de fois dans l'histoire de l'U. S. Robots — à l'occasion d'un incendie, d'une inondation, d'une révolte.

Cependant, au cours de cette période, jamais la tonalité particulière indiquant « Robot échappé au contrôle » n'avait retenti à travers les ateliers et bureaux. Nul ne se serait jamais attendu à l'entendre. Cette sonnerie n'avait été installée que sur l'insistance du gouvernement. « La peste soit du complexe de Frankenstein! » murmurait parfois Lanning dans les rares occasions où cette pensée lui venait à l'esprit.

Et pourtant voilà qu'à présent la sirène aiguë s'élevait et se taisait toutes les dix secondes, sans que pratiquement personne, depuis le Président-Directeur Général jusqu'au dernier concierge-assistant, reconnaisse, du moins pendant quelques instants, la signification de ce son étrange. Passés ces premiers moments, les gardes armés et les membres du personnel du service de santé affluèrent massivement vers la zone de danger signalée et l'U. S. Robots se trouva frappée de paralysie.

Charles Randow, technicien affecté à l'ordinateur, fut conduit à l'hôpital avec un bras cassé. Là se limitaient les dommages. Les dommages physiques, s'entend.

— Mais le dommage moral, rugissait Lanning, est inestimable.

Susan Calvin lui fit face, avec un calme lourd de menace :

— Vous ne toucherez pas à Lenny, même du bout du doigt, vous m'avez comprise?

— Ne comprenez-vous pas, Susan? Ce robot a blessé un être humain. Il a violé la Première Loi.

— Vous ne toucherez pas à Lenny.

— Pour l'amour du ciel, Susan, devrai-je vous

réciter le texte de la Première Loi ? *Un robot ne peut porter atteinte à un être humain...* Notre existence même dépend de la stricte observance de cette Loi par les robots de tous types et de toutes catégories. Si cet incident vient aux oreilles du public — et il y viendra obligatoirement — on saura qu'une exception s'est produite à la règle, et fût-elle unique, nous serons peut-être contraints de fermer l'établissement. Il ne nous reste qu'une seule chance de survie : annoncer que le robot coupable a été instantanément détruit, expliquer les circonstances de l'accident et espérer convaincre le public que jamais pareil fait ne se reproduira.

— J'aimerais découvrir exactement ce qui s'est passé, répondit Susan Calvin. J'étais absente à ce moment, et je voudrais savoir exactement ce que ce Randow faisait dans mes laboratoires sans avoir obtenu ma permission d'y pénétrer.

— Il est facile de reconstituer les faits, dit Lanning. Votre robot a frappé Randow et cet imbécile a pressé le bouton « Robot échappé au contrôle » en déchaînant le scandale. Mais il n'en reste pas moins que votre robot l'a frappé et lui a cassé un bras. Il faut reconnaître que votre Lenny a subi une telle distorsion qu'il échappe à la Première Loi et doit être détruit.

— Il n'échappe pas à la Première Loi. J'ai étudié ses réseaux cérébraux et je suis certaine de ce que j'avance.

— Alors comment se fait-il qu'il ait pu frapper un homme ? (En désespoir de cause, il eut recours au sarcasme.) Demandez-le à Lenny. Vous avez certainement dû lui apprendre à parler, depuis le temps.

Les joues de Susan Calvin s'empourprèrent :

— Je préfère interroger la victime. Et, en mon absence, je veux que Lenny soit enfermé dans mes

182

bureaux et ceux-ci verrouillés et scellés. Je défends formellement que quiconque s'approche de lui, et s'il lui arrive la moindre chose durant mon absence, je vous donne ma parole que la compagnie ne me reverra plus jamais, quelles que soient les circonstances.

— Serez-vous d'accord pour décider sa destruction s'il a violé la Première Loi?

— Oui, dit Susan Calvin, mais ce n'est pas le cas.

Charles Randow était étendu sur son lit, le bras dans le plâtre. Mais il souffrait surtout du choc qu'il avait éprouvé en voyant le robot s'avancer sur lui avec des intentions de meurtre. Nul homme avant lui n'avait eu l'occasion de redouter une agression directe de la part d'un robot. Il venait de vivre une expérience unique.

Susan Calvin et Alfred Lanning se tenaient à son chevet; Peter Bogert, qui les avait trouvés en venant à l'hôpital, les accompagnait. Les docteurs et les infirmières avaient été priés de quitter la salle.

— Que s'est-il passé? interrogea Susan Calvin.

— Le robot m'a frappé au bras. Il s'avançait sur moi d'un air menaçant, murmura Randow, intimidé.

— Remontons plus loin, dit Susan Calvin. Que faisiez-vous dans mon laboratoire sans autorisation?

Le jeune technicien avala péniblement sa salive et sa pomme d'Adam se déplaça dans son cou maigre. Il avait les pommettes hautes et un teint d'une pâleur anormale.

— Nous connaissions tous l'existence de votre robot. Le bruit courait que vous tentiez de lui apprendre à parler comme un instrument de musique. La chose avait même fait l'objet de paris, les uns affirmant qu'il parlait déjà, les autres soutenant le contraire. D'aucuns prétendaient que vous étiez capable de faire discourir une borne kilométrique.

— Je suppose, dit Susan Calvin d'un ton glacial, que je dois prendre cela comme un compliment. Et quel était votre rôle dans l'histoire?

— De tirer l'affaire au clair... de m'assurer s'il parlait, oui ou non. Nous nous sommes procuré une clé donnant accès à vos bureaux, et j'y suis entré après votre départ. Nous avions tiré au sort pour désigner celui qui serait chargé de la mission. C'est moi qui ai été désigné.

— Ensuite?

— J'ai tenté de le faire parler et il m'a frappé.

— Qu'entendez-vous par « j'ai tenté de le faire parler »? Comment vous y êtes-vous pris?

— Je... je lui ai posé des questions, mais comme il ne voulait pas répondre, j'ai voulu le secouer un peu et j'ai... euh... crié après lui et...

— Et?

Suivit une longue pause. Sous le regard impitoyable de Susan Calvin, Randow finit par dire :

— J'ai essayé de l'effrayer pour l'amener à dire quelque chose. (Il ajouta comme pour se justifier :) Il fallait bien le secouer un peu.

— De quelle façon avez-vous tenté de l'effrayer?

— J'ai fait mine de lui décocher un coup de poing.

— Et il a repoussé votre bras?

— Il a frappé mon bras.

— Très bien. C'est tout ce que je voulais savoir. (Susan Calvin se tourna vers Lanning et Bogert :) Venez, messieurs.

Parvenue à la porte, elle se retourna vers Randow :

— Puisque les paris courent encore, je peux vous donner la réponse, si cela vous intéresse toujours.

184

Lenny est capable de prononcer quelques mots fort correctement.

Ils n'ouvrirent pas la bouche avant d'être parvenus dans le bureau de Susan Calvin. Les murs de la pièce étaient littéralement tapissés de livres, dont elle avait écrit un certain nombre. Le bureau gardait l'empreinte de la personnalité froide et ordonnée de celle qui l'occupait. Elle s'assit sur le siège unique. Lanning et Bogert demeurèrent debout.

— Lenny n'a fait que se défendre, dit-elle, en application de la Troisième Loi : *un robot doit protéger son existence.*

— *Dans la mesure*, intervint Lanning avec force, *où cette protection n'est pas en contradiction avec la Première ou la Deuxième Loi.* Lenny n'avait pas le droit de se défendre au prix d'un dommage, fût-il mineur, occasionné à un être humain.

— Il ne l'a pas fait *sciemment*, riposta le Dr Calvin. Le cerveau de Lenny est déficient. Il ne pouvait pas connaître sa propre force ni la faiblesse humaine. En écartant le bras menaçant d'un être humain, il ne pouvait pas prévoir que l'os allait se rompre. Humainement parlant, on ne peut incriminer un individu qui ne peut honnêtement distinguer le bien du mal.

— Il ne s'agit pas de l'incriminer, intervint Bogert d'un ton conciliant. Nous comprenons que Lenny est l'équivalent d'un bébé humain, et nous ne le rendons pas responsable de cet incident. Mais le public n'hésitera pas. L'U.S. Robots sera fermée.

— Bien au contraire. Si vous aviez autant de cerveau qu'une puce, Peter, vous comprendriez que c'est là l'occasion rêvée qu'attendait l'U. S. Robots. Elle lui permettra de résoudre ses difficultés.

Lanning abaissa ses blancs sourcils.

— De quelles difficultés parlez-vous, Susan? demanda-t-il.

— La firme n'a-t-elle pas intérêt à maintenir notre personnel de recherche à son haut niveau actuel?

— Sans doute.

— Eh bien, qu'offrez-vous aux futurs chercheurs? Un travail passionnant? De la nouveauté? L'excitation de dévoiler l'inconnu? Non! Vous faites miroiter à leurs yeux la perspective de hauts salaires et vous les assurez qu'ils n'auront aucun problème à résoudre.

— Comment cela? demanda Bogert.

— Reste-t-il des problèmes à résoudre? riposta Susan Calvin. Quel genre de robots sortent de nos chaînes de montage? Des robots parfaitement évolués, complètement aptes à remplir leurs fonctions. L'industrie nous fait part de ses besoins; un ordinateur dessine le cerveau; les machines fabriquent le robot; il sort de l'atelier de montage, complètement terminé. Il y a quelque temps, Peter, vous m'avez demandé à quoi pouvait servir Lenny. Quelle était l'utilité, disiez-vous, d'un robot qui n'était pas conçu en fonction d'un emploi déterminé? Maintenant, je vous demande : à quoi peut bien servir un robot conçu pour un seul emploi? Le modèle L N E extrait le bore dans les mines. Si le béryllium devient plus avantageux, il devient inutilisable. Si la technologie entre dans une phase nouvelle, il devient encore inutilisable. Un être humain conçu de cette façon serait un sous-homme. Un robot ainsi conçu est un sous-robot.

— Désirez-vous un robot éclectique? demanda Lanning, incrédule.

— Pourquoi pas? riposta la robopsychologue. Pourquoi pas? On m'a mis entre les mains un robot dont le cerveau était presque totalement stupide. Je me suis efforcée de l'éduquer, ce qui vous a conduit, Alfred, à me demander les raisons d'une telle attitude. Je ne le mènerai peut-être pas bien loin, puisque Lenny ne dépassera jamais le niveau intellectuel d'un enfant de cinq ans. Alors, quelle est l'utilité de ces efforts sur le plan général? Très grande, si vous les considérez sous l'angle de l'étude du problème abstrait que constitue *l'art et la manière d'éduquer les robots*. J'ai appris des méthodes pour court-circuiter des réseaux juxtaposés, pour en créer de nouveaux. De nouvelles études permettront de découvrir des techniques nouvelles plus efficaces pour y parvenir.

— Eh bien?

— Supposons que vous commenciez à partir d'un cerveau positronique dont tous les réseaux de base soient parfaitement déterminés, mais non les secondaires. Supposons ensuite que vous commenciez à créer les secondaires. Vous pourriez vendre des robots de base conçus pour recevoir une instruction; des robots que l'on pourrait former à une tâche précise, puis à une seconde, à une troisième, si c'est nécessaire. Les robots deviendraient aussi éclectiques que des êtres humains. *Les robots pourraient apprendre!*

Tous ouvraient des yeux ronds.

— Vous ne comprenez toujours pas? fit-elle avec impatience.

— Je comprends ce que vous dites, acquiesça Lanning.

— Ne comprenez-vous pas qu'avec un champ de recherches entièrement nouveau, des techniques entièrement nouvelles qu'il faudrait développer, des secteurs entièrement nouveaux de l'inconnu à défricher, les jeunes se sentiront attirés vers la robotique? Essayez pour voir!

— Puis-je vous faire remarquer, intervint suavement Bogert, que c'est là une pratique dangereuse? Si l'on commence par des robots ignorants tels que Lenny, cela signifiera que l'on ne pourra jamais tabler sur le respect de la Première Loi... exactement comme cela s'est produit dans le cas de Lenny.

— Exactement. Donnez la plus grande publicité à ce fait.

— *Publicité?*

— Bien entendu. Mettez l'accent sur le danger. Expliquez que vous allez fonder un nouvel institut de recherches sur la Lune, si la population de la Terre s'oppose à son installation sur le globe, mais soulignez bien le danger auprès des candidats éventuels.

— Mais pourquoi, au nom du ciel? demanda Lanning.

— Parce que le piment du danger viendra s'ajouter aux autres attraits de la progression. Pensez-vous que la technologie nucléaire soit exempte de dangers et que les voyages à travers l'espace n'aient pas leurs périls? L'appât de la sécurité vous a-t-il apporté les résultats attendus? Vous a-t-il permis de marquer des points sur ce complexe de Frankenstein pour lequel vous professez tant de mépris? Alors essayez autre chose, un moyen qui ait donné des résultats en d'autres domaines!

Un son parvint de la porte menant aux laboratoires personnels du Dr Calvin. C'était la voix musicale de Lenny.

La robopsychologue s'interrompit instantanément et tendit l'oreille.

— Excusez-moi, dit-elle, je crois que Lenny m'appelle.

— Peut-il vraiment vous appeler? demanda Lanning.

— Je vous l'ai déjà dit, j'ai réussi à lui apprendre quelques mots. (Elle se dirigea vers la porte, un peu émue.) Si vous voulez bien m'attendre...

Ils la regardèrent franchir le seuil et demeurèrent silencieux un moment.

— Croyez-vous qu'il y ait quelque chose à retenir dans ce qu'elle vient de nous dire? demanda Lanning.

— C'est possible, Alfred, répondit Bogert, c'est possible. En tout cas suffisamment pour que nous en fassions mention à la conférence des directeurs. Nous verrons bien ce qu'ils diront. Après tout, l'huile est déjà sur le feu. Un robot a blessé un être humain et le fait est de notoriété publique. Comme le dit Susan, nous pourrions tenter d'exploiter l'incident à notre avantage. Bien entendu, je désapprouve les mobiles qui la poussent à agir ainsi.

— Que voulez-vous dire?

— A supposer qu'elle n'ait dit que la vérité, ce ne sont néanmoins que des raisonnements *a posteriori*. Le véritable mobile qui l'anime est l'attachement qu'elle éprouve pour ce robot. Si nous la poussions dans ses derniers retranchements, elle nous affirmerait qu'elle veut poursuivre son étude de l'éducation des robots. Mais je crois qu'elle a trouvé un autre usage pour Lenny. Un usage plutôt unique et convenant seulement à Susan.

— Je ne vois pas bien où vous voulez en venir.

— Avez-vous compris ce que disait le robot? demanda Bogert.

— Ma foi non, je n'y ai pas... commença Lanning.

A ce moment, la porte s'ouvrit brusquement et les deux hommes se turent instantanément.

Susan Calvin pénétra dans la pièce, regardant autour d'elle d'un air incertain :

— N'auriez-vous pas vu...? Je suis pourtant certaine de l'avoir placé quelque part dans cette pièce... Oh! le voilà.

Elle se précipita vers le coin d'une étagère et saisit un objet assez compliqué rappelant vaguement un haltère, évidé, avec à l'intérieur des pièces de métal diverses, tout juste trop grandes pour sortir par l'ouverture.

Lorsqu'elle saisit l'objet, les pièces de métal internes s'entrechoquèrent en tintant agréablement. Lanning eut l'impression qu'il s'agissait de la version robotique d'un hochet.

Au moment où Susan Calvin franchissait de nouveau la porte pour retourner aux laboratoires, la voix de Lenny se fit entendre une seconde fois. Cette fois, Lanning comprit parfaitement les mots que Susan Calvin avait appris au robot.

Avec le timbre angélique d'un célesta, il répétait :

— Maman, viens près de moi! Maman, viens près de moi!

Et l'on entendit les pas précipités de Susan Calvin qui se hâtait à travers le laboratoire, vers le seul genre de bébé qu'il lui serait jamais donné de posséder ou d'aimer.

8

LE CORRECTEUR

L'United States Robots, en sa qualité de défendeur, possédait suffisamment d'influence pour imposer un procès à huis clos, sans participation d'un jury.

D'autre part, l'Université du Nord-Est ne fit pas de très gros efforts pour s'y opposer. Les administrateurs ne savaient que trop quelles pourraient être les réactions du public dans une affaire mettant en cause l'inconduite d'un robot, aussi exceptionnelle que celle-ci pût être. Ils se rendaient parfaitement compte, en outre, de quelle manière une manifestation anti-robots pourrait se transformer sans avertissement en manifestation anti-science.

Le gouvernement, représenté en l'occurrence par le juge Harlow Shane, était non moins anxieux de mettre discrètement de l'ordre dans cette pétaudière. Enfin, il ne faisait pas bon s'attaquer à l'U. S. Robots ou au monde académique.

— Puisque ni la pressse, ni le public, ni le jury ne sont présents aux débats, dit le juge Shane, procédons avec le minimum de cérémonie et venons-en directement au fait.

Ce disant, il eut un petit sourire crispé signifiant peut-être le peu d'espoir qu'il nourrissait de voir ses vœux exaucés et tira sur sa robe afin de s'asseoir plus confortablement. Son visage était agréablement rubicond, son menton arrondi et charnu, et ses yeux d'une nuance claire et fortement écartés. Dans l'ensemble, ce n'était pas un visage empreint de cette majesté que l'on attribue à la justice, et le juge ne l'ignorait pas.

Barnabas H. Goodfellow, professeur de physique à l'Université du Nord-Est, prêta serment le premier, proférant les paroles rituelles avec une élocution qui transformait son nom en chair à pâté.

Après les habituelles questions d'ouverture, l'avocat général enfonça profondément ses mains dans ses poches et commença :

— A quel moment, professeur, l'éventualité d'une utilisation du robot E Z-27 fut-elle portée pour la première fois à votre connaissance et de quelle façon?

Le petit visage anguleux du Pr Goodfellow prit une expression de malaise, à peine plus bienveillante que celle qu'elle venait de remplacer :

— J'ai eu quelques contacts professionnels et quelques relations avec le Dr Alfred Lanning, Directeur de la Recherche à l'U. S. Robots. Il m'a fait une étrange suggestion que j'ai écoutée avec quelque faveur. Cela se passait le 3 mars de l'année dernière...

— C'est-à-dire en 203?

— C'est exact.

— Excusez-moi de vous avoir interrompu. Veuillez poursuivre.

Le professeur inclina la tête froidement, se concentra un moment et commença.

Le Pr Goodfellow considéra le robot avec une certaine gêne. On l'avait transporté, enfermé dans une caisse, à la réserve du sous-sol, conformément aux règles édictées par le gouvernement sur la circulation des robots à la surface de la Terre.

Il était prévenu de son arrivée et on n'aurait pu dire qu'il était pris au dépourvu. Depuis le moment où le Dr Lanning lui avait téléphoné pour la première fois, le 3 mars, il avait senti qu'il ne pourrait résister à la persuasion et, résultat inévitable, aujourd'hui, il se trouvait face à face avec un robot.

A un pas de distance, celui-ci donnait l'impression de posséder une stature extraordinaire.

De son côté, Alfred Lanning lui jeta un regard inquisiteur, comme s'il voulait s'assurer qu'il n'avait pas été endommagé au cours du trajet. Puis il tourna ses sourcils féroces et sa crinière de cheveux blancs vers le professeur.

— Vous avez devant vous le robot E Z-27, le premier de la série qui soit mis à la disposition du public. (Il se tourna vers le robot :) Easy, je vous présente le Pr Goodfellow.

Easy répondit d'une voix impassible, mais avec une telle soudaineté que le professeur eut un recul :

— Bonjour, professeur.

Easy dépassait deux mètres de haut, avec les proportions générales d'un homme — l'U. S. Robots faisait de cette particularité le plus important de ses arguments de vente. Cette caractéristique et la possession des brevets de base concernant le cerveau positronique avaient donné à la firme un véritable monopole sur les robots et un quasi-monopole sur les calculatrices en général.

Les deux hommes qui avaient déballé le robot avaient à présent quitté les lieux, et le regard du professeur se porta de Lanning à l'homme mécanique pour revenir à son point de départ :

— Il est tout à fait inoffensif, j'en suis certain. Mais son ton démentait ses paroles.

— Plus inoffensif que moi, à coup sûr, dit Lanning. On pourrait me pousser à vous frapper. Pour Easy, ce serait impossible. Vous connaissez les Lois de la Robotique, je présume.

— Naturellement, répondit Goodfellow.

— Elles font partie intégrante des réseaux positroniques et sont obligatoirement respectées. La Première Loi, qui régit l'existence du robot, garantit la vie et le bien-être de tous les humains. (Il prit un temps, se frotta la joue et ajouta :) C'est là un point dont nous aimerions persuader la Terre entière si c'était possible.

— Il faut avouer qu'il présente un aspect vraiment impressionnant.

— D'accord. Mais si vous ne vous laissez pas influencer par son apparence, vous découvrirez bientôt à quel point il peut être utile.

— En quoi, je me le demande encore. Nos conversations ne m'ont guère éclairé sur ce point. J'ai néanmoins accepté d'examiner l'objet, et je tiens parole en ce moment.

— Nous ferons mieux que le regarder, professeur. Avez-vous apporté un livre?

— En effet.

— Puis-je le voir?

Le Pr Goodfellow tendit le bras vers le sol sans quitter des yeux le monstre métallique à forme humaine qui se trouvait devant lui. De la serviette qui se trouvait à ses pieds, il tira un livre.

Lanning tendit la main et déchiffra l'inscription imprimée sur le dos du volume :

— *Chimie, physique des électrolytes en solution.* Parfait. C'est vous-même qui l'avez choisi au hasard. Je ne suis pour rien dans la sélection de ce texte particulier, nous sommes bien d'accord?

— Tout à fait.

Lanning passa le livre au robot E Z-27.

Le professeur sursauta :

— Non! C'est là un livre de valeur!

Lanning leva des sourcils d'étoupe blanche et broussailleuse :

— Easy n'a nullement l'intention de déchirer le volume en deux pour montrer sa force, je vous l'assure. Il peut manipuler un livre avec autant de soin que vous et moi. Allez-y, Easy.

— Je vous remercie, monsieur, répondit Easy. (Puis, tournant légèrement son corps métallique, il ajouta :) Avec votre permission, professeur Goodfellow.

Le professeur ouvrit des yeux ronds :

— Je vous en prie, répondit-il néanmoins.

D'un mouvement lent et régulier de ses doigts métalliques, Easy tourna les pages du livre, regardant d'abord à gauche puis à droite; ce manège se poursuivit durant plusieurs minutes.

L'impression de puissance qui émanait de lui semblait rapetisser la vaste salle aux murs de ciment et les deux hommes qui assistaient à la scène au point d'en faire des pygmées.

— La lumière n'est pas fameuse, murmura Goodfellow.

— Elle suffira.

— Mais que diable peut-il bien faire? reprit-il d'un ton plus sec.

— Patience, professeur.

Le dernière page fut tournée et Lanning demanda :

— Eh bien, Easy?

— Ce livre est très bien composé et je n'y relève que peu de choses, répondit le robot. A la page 27, 22e ligne, le mot « positif » est écrit « poistif ». La virgule, ligne 6 de la page 32, est superflue, alors qu'elle eût été nécessaire à la ligne 13 de la page 54. Le signe plus dans l'équation XIV-2, page 337, devrait être remplacé par le signe moins pour correspondre aux équations précédentes...

— Attendez! Attendez! s'écria le professeur. Que fait-il?

— Que fait-il? répéta Lanning avec une irritation soudaine. *Qu'a-t-il fait* serait plus exact, puisqu'il a déjà corrigé le livre.

— Corrigé!

— Parfaitement. Dans le temps réduit qu'il lui a fallu pour tourner ces pages, il a relevé toutes les erreurs d'orthographe, de grammaire et de ponctuation. Il a noté les erreurs dans l'ordre des mots et les illogismes. Et toutes ces observations, il les retiendra à la lettre et indéfiniment.

Le professeur était bouche bée. Il s'éloigna de Lanning et d'Easy d'un pas rapide et retourna vers eux avec non moins de célérité. Il croisa les bras sur sa poitrine et les dévisagea.

— A vous en croire, ce serait donc là un robot correcteur? dit-il enfin.

Lanning inclina la tête :

— Entre autres.

— Mais pour quelles raisons avez-vous tenu à me le montrer?

— Afin que vous m'aidiez à persuader l'Université de l'adopter.

— Pour s'en servir comme correcteur?

— Entre autres, répéta patiemment Lanning.

Le professeur contracta son visage en une grimace incrédule :

— C'est absolument ridicule!

— Et pourquoi donc?

— Jamais l'Université ne pourra se permettre d'acheter ce correcteur d'une demi-tonne — et quand je dis une demi-tonne...

— Il possède d'autres cordes à son arc. Il est capable de préparer des rapports en se fondant sur des informations en vrac, de remplir des formules, de servir d'aide-mémoire d'une précision sans défaut...

— Fariboles!

— Pas le moins du monde, répliqua Lanning, et je me charge de vous le prouver dans un instant. Mais je pense que nous serions mieux pour en discuter dans votre bureau, si vous n'y voyez pas d'objection.

— Non, bien entendu, commença mécaniquement le professeur en faisant le geste de se retourner. (Puis il reprit d'une voix sèche :) Mais le robot... nous ne pouvons l'emmener. Il vous faudra de nouveau le remballer dans sa caisse, docteur.

— Nous avons tout le temps. Easy restera ici.

— Sans surveillance?

— Pourquoi pas? Il sait parfaitement qu'il ne doit pas quitter les lieux. Professeur Goodfellow, il est absolument nécessaire de comprendre qu'un robot est bien plus digne de confiance qu'un homme.

— S'il venait à commettre des dégâts, je serais responsable...

— Il ne commettra aucun dégât, je vous le garantis. Réfléchissez : le travail est terminé. Nul ne reparaîtra

plus ici, du moins je l'imagine, avant demain matin
Le camion et mes deux hommes se trouvent à l'exté
rieur. L'U. S. Robots assumera la responsabilité de
tout incident qui viendrait à se produire. Mais tou
se passera très bien. Disons que ce sera la preuve
qu'on peut se fier au robot.

Le professeur se laissa entraîner hors du magasin
Mais dans son bureau, situé cinq étages plus haut, i
ne paraissait pas encore entièrement rassuré.

Avec un mouchoir blanc, il épongeait les gouttelette
de sueur qui suintaient de la partie supérieure de
son crâne.

— Comme vous le savez, docteur Lanning, il existe
des lois qui interdisent l'usage des robots à la sur
face de la Terre, remarqua-t-il:

— Ces lois ne sont pas simples, professeur Good
fellow. Les robots ne doivent pas être employés dans
des lieux ou des édifices publics. Ils ne doivent pas
être utilisés sur des terrains ou à l'intérieur d'édi
fices privés, sauf sous certaines restrictions qui cor
respondent la plupart du temps à des interdictions
pures et simples. Il se trouve cependant que l'Université est une institution importante et constitue une
propriété privée jouissant d'un traitement privilégié
Si le robot est utilisé exclusivement dans une salle
déterminée, à des fins académiques, si certaines autres
restrictions sont scrupuleusement observées, si les
hommes et les femmes qui sont amenés, de par leurs
fonctions, à pénétrer dans cette salle nous assurent
une entière collaboration, nous pouvons demeurer
dans les limites de la loi.

— Vous voudriez que nous prenions toutes ces
peines dans le simple but de corriger des épreuves?

— Vous pourriez employer le robot à mille autres
usages, professeur. Jusqu'à présent, son travail n'a

198

été employé qu'à libérer l'homme de l'esclavage que constitue le labeur physique. Mais n'existe-t-il pas un labeur mental que l'on peut également considérer comme un inutile esclavage? Lorsqu'un professeur capable d'un travail puissamment créateur est assujetti, deux semaines durant, au travail mécanique et abrutissant qui consiste à corriger des épreuves, me traiterez-vous de plaisantin si je vous offre une machine capable de faire le même travail en trente minutes?

— Mais le prix...

— Le prix ne doit pas vous inquiéter. Vous ne pouvez acheter l'E Z-27. L'U. S. Robots ne vend pas ses productions. En revanche, l'Université peut louer l'E Z-27 pour mille dollars par an — c'est-à-dire une somme bien moindre que celle qui est nécessaire pour acquérir un spectrographe à ondes ultra-courtes et enregistrement continu.

Goodfellow parut fortement impressionné. Lanning poursuivit son avantage :

— Je vous demande seulement de présenter ma proposition au groupe qui possède le pouvoir de décision dans l'établissement. Je ne serais que trop heureux de parler en présence de ses membres, s'ils désiraient un supplément d'information.

— Ma foi, dit Goodfellow d'un air de doute, je peux toujours évoquer la question à la prochaine séance du Sénat qui se tient la semaine prochaine. Mais pour ce qui est d'obtenir un résultat, je ne vous promets rien.

— Naturellement, répondit Lanning.

L'avocat de la défense était court, grassouillet, et il se donnait des airs imposants, ce qui avait pour résultat d'accentuer son double menton. Il jeta un regard sans aménité sur le Pr Goodfellow, lorsque ce témoin lui eut été transmis :

— Vous avez accepté sans vous faire prier, si je comprends bien?

— J'avais hâte de me débarrasser du Dr Lanning, répondit le professeur d'un ton alerte. J'aurais accepté n'importe quoi.

— Avec l'intention de tout oublier sitôt qu'il serait parti?

— Mon Dieu...

— Néanmoins, vous avez évoqué la question au cours d'une séance du comité exécutif du Sénat universitaire.

— En effet.

— Si bien que c'est en connaissance de cause que vous vous êtes conformé aux suggestions du Dr Lanning. Vous n'agissiez pas à votre corps défendant. A vrai dire vous les avez accueillies d'enthousiasme, n'est-il pas vrai?

— J'ai simplement suivi la procédure ordinaire.

— En fait, vous étiez beaucoup moins ému par la présence du robot que vous ne le prétendez. Vous connaissez les trois Lois de la Robotique, et vous les connaissiez à l'époque de votre entrevue avec le Dr Lanning.

— Ma foi, oui.

— Et vous étiez parfaitement d'accord pour laisser un robot en liberté sans la moindre surveillance.

— Le Dr Lanning m'avait assuré...

— Vous n'auriez jamais pris ses assurances pour argent comptant si vous aviez éprouvé le moindre doute quant au caractère inoffensif du robot.

— J'avais une foi entière en la parole... commença le professeur d'un ton compassé.

— C'est tout! dit l'avocat de la défense abruptement.

Tandis que le Pr Goodfellow se rasseyait, assez décontenancé, le juge Shane se pencha en avant :

— Puisque je ne suis pas moi-même un expert en robotique, j'aimerais connaître la teneur de ces trois fameuses Lois. Le Dr Lanning voudrait-il les énoncer pour le plus grand bénéfice de la Cour?

Le Dr Lanning sursauta. Il n'avait cessé de chuchoter avec la femme à cheveux gris assise à son côté. Il se leva et la femme leva également les yeux, montrant un visage inexpressif.

— Très bien, Votre Honneur, dit le Dr Lanning. (Il prit un temps comme s'il se préparait à prononcer un discours, puis il commença en articulant laborieusement :) Première Loi : un robot ne peut porter atteinte à un être humain ni, restant passif, laisser cet être humain exposé au danger. Deuxième Loi : un robot doit obéir aux ordres donnés par les êtres humains, sauf si de tels ordres sont en contradiction avec la Première Loi. Troisième Loi : un robot doit protéger son existence dans la mesure où cette protection n'est pas en contradiction avec la Première ou la Deuxième Loi.

— Je vois, dit le juge qui prenait rapidement des notes. Ces lois sont incorporées dans chacun des robots, n'est-ce pas?

— Absolument. Tous les roboticiens vous le confirmeront.

— Et dans le robot E Z-27 en particulier?

— Egalement, Votre Honneur.

— On vous demandera probablement de répéter ces déclarations sous la foi du serment.

— Je suis prêt à le faire, Votre Honneur.

Il se rassit.

Le Dr Susan Calvin, robopsychologue en chef à l'U. S. Robots, qui était précisément la femme aux cheveux gris assise à côté du Dr Lanning, regarda son supérieur en titre sans aménité particulière. Il faut dire qu'elle n'en manifestait jamais pour aucun être humain.

— Estimez-vous que le Pr Goodfellow s'est montré entièrement sincère dans son témoignage, Alfred? demanda-t-elle.

— Pour l'essentiel, murmura Lanning. Il n'était pas aussi nerveux qu'il le prétend de la proximité du robot et il s'est montré assez disposé à parler affaires, lorsqu'il a su le prix demandé. Mais il n'a pas déformé la vérité de façon flagrante.

— Il eût peut-être été plus sage de demander plus de mille dollars.

— Nous étions fort anxieux de placer Easy.

— Je sais. Trop anxieux peut-être. Ils vont tenter de faire croire que nous entretenions des arrière-pensées.

Lanning prit un air exaspéré :

— C'est justement le cas. Je l'ai admis à la réunion du Sénat universitaire.

— Ils pourraient faire croire que nous nourrissions une arrière-pensée plus ténébreuse que celle que nous avons avouée.

Scott Robertson, fils du fondateur de l'U. S. Robots et toujours détenteur de la majorité des actions, se pencha vers le Dr Calvin, dont il était le deuxième voisin immédiat, et lui dit dans une sorte de murmure explosif :

— Pourquoi ne pouvez-vous pas faire parler Easy? Nous saurions au moins où nous en sommes!

— Vous savez bien qu'il ne peut pas parler, monsieur Robertson.

— Débrouillez-vous pour qu'il parle. Vous êtes la robopsychologue, docteur Calvin, faites-le parler.

— Si je suis la robopsychologue, répondit Susan Calvin froidement, laissez-moi prendre les décisions. Mon robot ne sera pas contraint à quoi que ce soit au détriment de son bien-être.

Robertson fronça les sourcils et se serait peut-être laissé aller à répondre vertement, mais le juge Shane tapait discrètement du marteau et ils se résignèrent à regret au silence.

Francis J. Hart, chef du département de l'anglais et doyen des études, se trouvait à la barre des témoins. C'était un homme grassouillet, méticuleusement vêtu d'un habit noir d'une coupe quelque peu démodée et dont le crâne rose était barré de plusieurs mèches de cheveux. Il se tenait fort droit dans le fauteuil des témoins, les mains soigneusement croisées sur ses genoux et laissait apparaître de temps en temps sur son visage un sourire qui ne lui desserrait pas les lèvres.

— J'ai été informé pour la première fois de l'affaire du robot E Z-27 à l'occasion de la séance du comité exécutif du Sénat universitaire au cours de laquelle le sujet fut présenté par le Pr Goodfellow. Le 10 avril de l'année dernière, nous tînmes sur le même sujet un conseil spécial, au cours duquel j'occupais le fauteuil présidentiel.

— A-t-on conservé les minutes de cette réunion?

— Mon Dieu, non. Il s'agissait d'une séance tout à fait exceptionnelle. (Le doyen eut un bref sourire.) Nous avons pensé qu'il valait mieux lui donner un caractère confidentiel.

— Que s'est-il passé au cours de cette réunion?

Le doyen Hart n'était pas entièrement à son aise dans son rôle de président de la séance. D'autre part, les autres membres du comité ne semblaient pas d'un calme parfait. Seul le Dr Lanning semblait en paix avec lui-même. Sa grande et maigre silhouette que surmontait une tignasse de cheveux blancs rappelait à Hart certains portraits qu'il avait vus d'Andrew Jackson.

Des spécimens de travaux accomplis par le robot étaient éparpillés au milieu de la table et la reproduction d'un graphe (1) exécuté par lui se trouvait pour le moment entre les mains du Pr Minott, de la Chimie Physique. Les lèvres du chimiste formaient une moue exprimant un approbation évidente.

Hart s'éclaircit la gorge :

— Pour moi, il ne fait aucun doute que le robot peut accomplir certains travaux de routine avec la compétence nécessaire. J'ai parcouru ceux que vous avez sous les yeux, par exemple, immédiatement avant de me rendre à cette séance, et il y a fort peu de chose à leur reprocher.

Il saisit une longue feuille de papier imprimé, trois fois grande comme une page ordinaire de livre. C'était une épreuve en placard, que les auteurs devaient corriger avant la mise en pages. Dans chacune des deux larges marges, on apercevait des corrections parfaitement nettes et magnifiquement lisibles. De temps à autre, un mot était barré et remplacé dans la marge par un autre, en caractères si fins et si réguliers qu'ils auraient parfaitement pu être eux-mêmes des caractères d'imprimerie. Quelques-unes des corrections étaient bleues pour indiquer que l'erreur

(1) Terme mathématique désignant la représentation d'un système de relations. *(N.D.T.)*

204

provenait de l'auteur, d'autres rouges lorsqu'elles étaient commises par le typographe.

— A vrai dire, commenta Lanning, il y a fort peu de chose à reprendre dans ce travail. J'irai même jusqu'à affirmer qu'il n'y a rien à y reprendre, docteur Hart. Je suis certain que les corrections sont parfaites, dans la mesure où le manuscrit original était exempt de critique. Si le manuscrit par rapport auquel cette épreuve a été corrigée se trompait sur des faits et non sur des points d'orthographe ou de syntaxe, le robot n'a pas compétence pour le corriger.

— Cela, nous l'acceptons. Cependant, le robot a corrigé l'ordre des mots à l'occasion et je ne pense pas que les règles en ce domaine soient suffisamment formelles pour être sûr que le choix du robot ait été correct en chaque cas.

— Le cerveau positronique d'Easy, dit Lanning en exhibant de larges dents en un sourire, a été modelé par le contenu de tous les travaux classiques sur le sujet. Je vous défie de me citer un cas où le choix du robot s'est révélé formellement incorrect.

Le Pr Minott leva les yeux du graphe qu'il tenait toujours entre les mains :

— La question que je me pose, docteur Lanning, c'est pourquoi nous aurions besoin d'un robot, avec toutes les difficultés que sa présence susciterait dans les relations publiques. La cybernétique a sûrement atteint un point suffisant de maturité pour que vos ingénieurs puissent concevoir une machine, un ordinateur de type courant, connu et accepté du public, susceptible de corriger les épreuves.

— Ils le pourraient, sans aucun doute, répondit Lanning avec raideur, mais une telle machine exigerait que les épreuves fussent traduites en symboles spéciaux ou du moins transcrits sur des rubans. Toutes les corrections apparaîtraient sous forme de symboles. Vous seriez contraints d'employer des hommes pour traduire les mots en symboles et les symboles en mots. De plus, un tel ordinateur serait incapable d'exécuter toute autre tâche. Il ne pourrait exécuter le graphe que vous tenez en main, par exemple.

Pour toute réponse, Minott poussa un grognement.

— La caractéristique du robot positronique est la souplesse, poursuivit Lanning. Il peut accomplir de nombreuses tâches. Il est construit à l'image de l'homme afin de pouvoir se servir de tous les outils et machines qui ont été, après tout, conçus pour être utilisés par l'homme. Il peut vous parler et vous pouvez lui parler. Vous pouvez même discuter avec lui jusqu'à un certain point. Comparé même au plus simple robot, l'ordinateur ordinaire, sans cerveau positronique, n'est rien d'autre qu'une pesante machine à additionner.

Goodfellow leva les yeux :

— Si nous parlons et discutons tous avec le robot, n'y a-t-il pas un risque de surcharger ses circuits? Je suppose qu'il ne possède pas la capacité d'absorber une quantité infinie d'informations?

— Non, en effet. Mais il durera cinq ans en service ordinaire. Il saura quand le moment sera venu de le décongestionner et la compagnie se chargera de l'opération sans frais.

— Vraiment?

— Mais oui. La compagnie se réserve le droit d'entretenir le robot en dehors de ses heures normales de service. C'est l'une des raisons pour lesquelles nous conservons le contrôle de nos robots positroniques et préférons les louer plutôt que les vendre. Dans l'exercice de ses fonctions habituelles, tout robot peut être dirigé par n'importe quel homme. En dehors de ses fonctions ordinaires, un robot exige les soins d'un expert, et cela nous pouvons le lui donner. Par exemple, l'un ou l'autre d'entre vous pourrait décongestionner un robot E Z jusqu'à un certain point en lui donnant l'ordre d'oublier ceci ou cela. Mais il est à peu près certain que vous formuleriez cet ordre de telle manière que vous l'amèneriez à oublier trop ou trop peu. Nous détecterions de telles manœuvres, car nous avons incorporé des sauvegardes dans son mécanisme. Néanmoins, comme il est inutile de décongestionner le robot dans son travail ordinaire ou pour accomplir d'autres tâches sans utilité, la question ne soulève pas de problème.

Le doyen Hart porta la main à son crâne comme pour s'assurer que ses mèches si amoureusement cultivées étaient également réparties.

— Vous êtes très désireux de nous voir adopter la machine, dit-il, et pourtant l'U. S. Robots est sûrement perdant dans le marché. Mille dollars par an est un prix ridiculement bas. Serait-ce que vous espérez, par cette opération, louer d'autres machines du même genre à différentes universités, à un prix pour vous plus rentable?

— C'est là un espoir qui n'a rien de déraisonnable, dit Lanning.

— Même dans ce cas, le nombre de machines que vous seriez à même de louer serait limité. Je doute que vous puissiez en faire une opération véritablement rentable.

Lanning posa ses coudes sur la table et se pencha en avant, l'air sérieux :

— Permettez-moi de vous parler avec une brutale franchise, messieurs. Les robots ne peuvent être utilisés sur Terre, sauf en quelques cas très spéciaux, en raison du préjugé que le public nourrit à leur égard. L'U. S. Robots est une firme extrêmement prospère et cette prospérité, elle la doit aux seuls marchés extra-terrestres et à la clientèle des compagnies de voyages spatiaux, sans parler des ressources accessoires que lui procure la vente des ordinateurs. Mais ce ne sont pas seulement les profits qui nous intéressent. Nous sommes fermement convaincus que l'utilisation des robots sur la Terre proprement dite améliorerait la vie de tous, même s'il fallait payer cette amélioration d'un certain bouleversement économique temporaire.

» Les syndicats sont naturellement contre nous, mais nous pouvons sûrement compter sur le soutien des grandes universités. Le robot Easy vous aidera en vous libérant de fastidieuses besognes scolastiques. D'autres universités et établissements de recherche suivront votre exemple, et si les résultats répondent à nos espérances, d'autres robots de types différents pourront être placés ici et là, et l'on verra les préjugés du public s'atténuer graduellement.

— Aujourd'hui l'Université du Nord-Est, demain le monde entier, murmura Minott.

— Je me suis montré beaucoup moins éloquent, murmura Lanning à l'oreille de Susan Calvin d'un ton irrité, et ils se sont montrés infiniment moins réticents. En réalité, pour mille dollars par an, ils sautaient littéralement sur l'occasion. Le Pr Minott m'a confié qu'il n'avait jamais vu plus beau graphe que celui qu'il tenait entre les mains et qu'il n'avait pas pu découvrir la moindre erreur sur l'épreuve ni ailleurs. Hart l'a admis sans détour.

Les sévères lignes verticales qui barraient le front de Susan Calvin ne s'effacèrent pas :

— Vous auriez dû demander davantage d'argent qu'ils n'étaient capables de payer, Alfred, après quoi vous leur auriez accordé un rabais.

— Vous avez peut-être raison, grommela-t-il.

L'avocat général n'en avait pas encore terminé avec le Pr Hart :

— Après le départ du Dr Lanning, avez-vous mis aux voix l'acceptation du robot E Z-27?

— Oui.

— Et quel fut le résultat du scrutin?

— En faveur de l'acceptation, à la majorité des votants.

— A votre avis, quel fut le facteur qui influença le vote?

La défense éleva immédiatement une objection.

La partie civile présenta la question sous une autre forme :

— Quel est le facteur qui influença votre vote personnel? Vous avez voté pour l'acceptation, je crois.

— J'ai en effet voté pour l'acceptation. Le sentiment manifesté par le Dr Lanning qu'il était de notre devoir, en tant que membres de l'élite intellectuelle mondiale, de permettre aux robots de soulager la peine des hommes, m'avait profondément influencé.

— En d'autres termes, le Dr Lanning avait réussi à vous convaincre de la justesse de sa thèse.

— C'est son rôle. Je dois dire qu'il s'en est tiré de façon remarquable.

209

— Je mets le témoin à votre disposition.

L'avocat de la défense s'approcha de la barre des témoins et considéra le Pr Hart pendant un long moment :

— En réalité, vous étiez tous fort désireux d'avoir le robot E Z-27 à votre disposition, n'est-ce pas?

— Nous pensions que s'il était capable d'accomplir le travail, il nous serait de la plus grande utilité.

— S'il était capable d'accomplir le travail? Si je suis bien informé, vous avez examiné les spécimens de travaux accomplis par l'E Z-27 avec un soin particulier, le jour même de la réunion que vous venez de nous décrire?

— En effet. Puisque le travail de la machine concernait avant tout l'usage de la langue anglaise et que ce domaine est de mon ressort, il était logique que je fusse désigné pour examiner les travaux.

— Très bien. Parmi les travaux exposés sur la table au moment de la réunion, s'en trouvait-il qui pussent être considérés comme ne donnant pas entière satisfaction? Je détiens actuellement tous ces matériaux comme pièces à conviction. Pourriez-vous me désigner un seul d'entre eux qui laisse quelque chose à désirer?

— Mon Dieu...

— Je vous pose une question simple. Existait-il un seul et unique travail qui ne fût pas à l'abri des critiques? Vous les avez examinés personnellement. En avez-vous trouvé, oui ou non?

Le professeur d'anglais fronça les sourcils :

— Non.

— Je possède également quelques exemplaires des travaux exécutés par le robot E Z-27 au cours de ses quatorze mois de service à l'Université. Vous plairait-il de les examiner et de me dire si vous découvrez quelque critique à formuler à leur endroit, ne serait-ce qu'en une seule occasion?

— Lorsqu'il lui est arrivé de commettre une faute, elle a été de taille! dit Hart d'une voix sèche.

— Répondez à ma question, tonna la défense, et seulement à ma question! Découvrez-vous la moindre faute dans ces travaux?

Hart examina soigneusement les pièces étalées :

— Pas la moindre!

— Si l'on fait abstraction de la question qui fait l'objet de ce débat, connaissez-vous une erreur qui soit imputable à l'E Z-27?

— Si l'on fait abstraction du litige qui fait la matière de ce débat, non.

L'avocat de la défense s'éclaircit la gorge comme pour clore un paragraphe :

— Revenons à présent au scrutin qui devait décider de l'admission ou du rejet du robot E Z-27. La majorité s'est montrée favorable, dites-vous. Quel était le rapport des votes?

— De treize contre un, pour autant que je m'en souvienne.

— Treize contre un! C'est là plus qu'une majorité, si je ne m'abuse?

— Non, maître! (Tout ce qu'il y avait de pédant chez le doyen Hart s'insurgeait.) Le mot « majorité » signifie purement et simplement « supérieur à la moitié ». Treize bulletins sur quatorze constituent une majorité, rien de plus.

— Sans doute, mais aussi une quasi-unanimité.

— Ils n'en restent pas moins une majorité!

L'avocat de la défense se replia sur une autre position :

— Et qui était l'unique opposant?

Hart accusa un malaise prononcé :

211

— Le Pr Simon Ninheimer.

L'avocat affecta la surprise :

— Le Pr Simon Ninheimer? Le chef du Département de Sociologie?

— Oui, maître.

— *Le plaignant?*

L'avocat fit la moue :

— En d'autres termes, il se trouve que l'homme qui a intenté une action pour le paiement de 750 000 dollars en dommages-intérêts contre mon client, l'United States Robots, était celui-là même qui s'est opposé dès le début à l'entrée du robot à l'Université — et cela bien que tous les autres membres du comité exécutif du Sénat universitaire fussent persuadés que l'idée était excellente.

— Il a voté contre la motion comme il en avait le droit.

— En relatant la réunion, vous n'avez mentionné aucune intervention du Pr Ninheimer. A-t-il pris la parole?

— Je crois qu'il a parlé.

— Vous le croyez seulement?

— Mon Dieu, il a effectivement parlé.

— S'est-il élevé contre l'introduction du robot dans l'Université?

— Oui.

— S'est-il exprimé en termes violents?

— Il a parlé avec véhémence, concéda Hart.

L'avocat prit un ton confidentiel :

— Depuis combien de temps connaissez-vous le Pr Ninheimer, doyen Hart?

— Depuis environ douze ans.

— C'est dire que vous le connaissez assez bien?

— Assez bien, en effet.

— Le connaissant, pourriez-vous dire qu'il serait

homme à nourrir un ressentiment contre un robot et cela d'autant plus qu'un vote contraire...

La partie civile noya le reste de la question sous une objection véhémente et indignée. L'avocat de la défense fit signe au témoin de s'asseoir et le juge Shane suspendit l'audience pour le déjeuner.

Robertson réduisait son sandwich en un magma innommable. La firme ne tomberait pas en faillite pour une perte de 750 000 dollars, mais cette saignée ne lui ferait aucun bien particulier. En outre, il était conscient qu'il en résulterait dans les relations publiques une récession à long terme infiniment plus coûteuse.

— Pourquoi tout ce tintamarre sur la façon dont Easy est entré dans l'Université? Qu'espèrent-ils donc gagner? demanda-t-il aigrement.

— Une action en justice est semblable à un jeu d'échecs, répondit placidement l'avocat de la défense. Le gagnant est en général celui qui peut prévoir plusieurs coups à l'avance, et mon ami, au banc de la partie civile, n'a rien d'un débutant. Ils peuvent faire état de dommages, pas de problème là-dessus. Leur effort principal consiste à anticiper notre défense. Ils doivent compter que nous nous efforcerons de démontrer l'incapacité totale où se trouve Easy de commettre le délit incriminé — en raison des Lois de la Robotique.

— C'est bien là notre défense, dit Robertson, et j'estime qu'elle est absolument sans faille.

— Aux yeux d'un ingénieur en robotique! Pas nécessairement du point de vue d'un juge. Ils sont en train de préparer leurs batteries afin de pouvoir démontrer que l'E Z-27 n'est pas un robot ordinaire.

213

Il était le premier de son type à être offert au public; un modèle expérimental qui avait besoin d'être testé sur le terrain, et son séjour à l'Université était la seule méthode valable pour procéder à ces essais. Cela expliquerait les efforts du Dr Lanning pour placer le robot et le consentement de l'U. S. Robots pour le louer à un prix aussi modique. A ce moment, la partie adverse ferait valoir que les tests sur le terrain ont démontré l'inaptitude d'Easy à ses fonctions. Voyez-vous à présent le sens de l'action qui a été menée jusqu'ici?

— Mais l'E Z-27 était un modèle parfaitement irréprochable, repartit Robertson. C'était le vingt-septième de la série.

— C'est fort regrettable pour lui, dit l'avocat d'un air sombre. Qu'y avait-il d'anormal chez les vingt-six premiers? Sûrement un détail quelconque. Pourquoi l'anomalie ne se retrouverait-elle pas dans le vingt-septième?

— Les vingt-six premiers n'avaient rien d'anormal sauf qu'ils n'étaient pas suffisamment complexes pour leur tâche. Ils étaient équipés des premiers cerveaux positroniques du genre et, au début, c'était une affaire de pile ou face. Mais les trois Lois étaient parfaitement ancrées en eux! Nul robot n'est à ce point imparfait qu'il puisse échapper aux impératifs des trois Lois.

— Le Dr Lanning m'a expliqué cela, monsieur Robertson, et je suis tout prêt à le croire sur parole. Le juge sera peut-être plus difficile à convaincre. Nous attendons la décision d'un homme honnête et intelligent mais qui ne connaisse rien à la robotique et que l'on puisse égarer. Par exemple, si vous-même, le Dr Lanning ou le Dr Calvin veniez dire à la barre que les cerveaux positroniques sont construits sur le principe de pile ou face, comme vous venez de le faire, la partie adverse vous mettrait en pièces au cours du contre-interrogatoire. Rien ne pourrait plus sauver notre cause. Il faut donc éviter ce genre de déclaration.

— Si seulement Easy voulait parler, grommela Robertson.

L'avocat haussa les épaules :

— Un robot n'est pas admis comme témoin, par conséquent nous n'y gagnerions rien.

— Du moins pourrions-nous connaître quelques-uns des faits. Nous saurions comment il en est venu à faire une telle chose.

Susan Calvin prit feu et flamme. Une légère rougeur monta à ses joues et sa voix accusa un soupçon de chaleur :

— Nous *savons* comment Easy en est venu à commettre cet acte. On lui en avait donné l'ordre! Je l'ai déjà expliqué au Conseil et je vais vous l'expliquer immédiatement.

— Qui lui avait donné cet ordre? demanda Robertson avec un étonnement sincère. (On ne lui disait rien, pensa-t-il avec rancœur. Ces gens de la recherche se considéraient comme les propriétaires de l'U. S. Robots!)

— Le plaignant, dit Susan Clavin.

— Pourquoi, au nom du ciel?

— Je ne connais pas encore la raison. Pour nous faire poursuivre en justice, pour se procurer quelque argent?

Comme elle prononçait ces mots, on vit des éclairs bleus paraître dans ses yeux.

— Alors pourquoi Easy n'en dit-il rien?

— N'est-ce pas évident? On lui a ordonné de rester muet sur l'affaire.

— Pourquoi est-ce tellement évident? rétorqua Robertson vertement.

— Ma foi, c'est évident pour moi. Je suis une robo-psychologue professionnelle. Si Easy refuse de répondre à des questions directes concernant l'affaire, il n'en sera pas de même si on l'interroge d'une façon détournée. En mesurant l'hésitation croissante de ses réponses à mesure qu'on se rapproche de la question cruciale, en mesurant l'aire de la partie neutralisée et l'intensité des contre-potentiels suscités, il est possible de dire, avec une précision scientifique, que les anomalies dont il est affecté résultent d'une interdiction de parler appuyée sur les impératifs de la Première Loi. En d'autres termes, on lui a déclaré que s'il parlait, un être humain en souffrirait : probablement cet inénarrable Pr Ninheimer, le plaignant, qui peut passer pour un être humain aux yeux d'un robot.

— Dans ce cas, dit Robertson, ne pouvez-vous lui expliquer qu'en se taisant, il causera du tort à l'U. S. Robots?

— L'U. S. Robots n'est pas un être humain et la Première Loi de la Robotique ne tient pas une société pour une personne morale ainsi que le font les lois ordinaires. En outre, il serait dangereux de faire une tentative pour lever ce genre particulier d'inhibition. La personne qui l'a imposée pourrait la lever avec moins de danger, car les motivations du robot, dans ce cas, se trouvent centrées sur ladite personne. Tout autre processus... (Elle secoua la tête et prit un ton où l'on discernait presque de la passion :) Je ne permettrai pas qu'on endommage le robot!

Lanning intervint avec l'air d'un homme qui apporte le souffle de la raison dans le débat :

216

— A mon avis, il nous suffira de faire la preuve qu'un robot est incapable d'accomplir l'acte dont Easy est accusé. Et cela nous est possible.

— Précisément, dit l'avocat avec ennui, cela ne vous est pas possible. Les seuls témoins susceptibles de se porter garants de la condition et de l'état d'esprit d'Easy sont des employés de l'U. S. Robots. Le juge ne peut admettre l'impartialité de leur témoignage.

— Comment peut-il récuser des témoignages d'experts?

— En refusant de se laisser convaincre par leurs arguments. C'est son droit en tant que juge. Pour faire droit aux démonstrations techniques de vos ingénieurs, il n'est pas près d'admettre qu'un homme comme le Pr Ninheimer s'est mis dans le cas de ruiner sa réputation, fût-ce pour une somme relativement importante. Le juge est un homme, après tout. S'il lui fallait choisir entre un homme ayant accompli un acte impossible et un robot ayant accompli un acte impossible, il trancherait probablement en faveur de l'homme.

— Un homme *peut* accomplir un acte impossible, dit Lanning. En effet, nous ne connaissons pas toutes les complexités de l'âme humaine et d'autre part nous ignorons ce qui, dans un cerveau humain donné, est impossible et ce qui ne l'est pas. En revanche, nous savons parfaitement ce qui est réellement impossible pour un robot.

— Nous verrons si nous pouvons convaincre le juge de cela, dit l'avocat d'un ton las.

— Si tout ce que vous dites est vrai, grommela Robertson, je ne vois pas comment vous pourriez y parvenir.

— Nous verrons bien. Il est bon de connaître et d'apprécier toutes les difficultés qui se dressent sur

217

votre route, mais ce n'est pas une raison pour se laisser aller au découragement. Moi aussi j'ai tenté de prévoir quelques coups d'avance dans la partie d'échecs. (Avec un geste digne de la tête en direction de la robopsychologue, il ajouta :) Avec le concours de cette charmante dame.

Lanning porta son regard de l'un à l'autre :

— Que diable voulez-vous dire? demanda-t-il.

Mais l'huissier introduisit sa tête dans la pièce et annonça d'une voix quelque peu essoufflée que l'audience allait être reprise.

Ils rejoignirent leurs places en examinant l'homme qui avait déclenché toute l'affaire.

Simon Ninheimer possédait une tête couverte de cheveux mousseux couleur sable, un visage qui se rétrécissait au-dessous d'un nez en bec d'aigle pour se terminer par un menton pointu; il avait l'habitude d'hésiter parfois avant de prononcer un mot-clé au cours de la conversation, ce qui paraissait donner à son discours une précision quasi inégalable. Lorsqu'il disait : « Le soleil se lève à... euh... l'est », on pouvait être certain qu'il avait sérieusement envisagé la possibilité qu'il pourrait un jour se lever à l'ouest.

— Etiez-vous opposé à l'admission du robot E Z-27 dans l'Université? interrogea le procureur.

— En effet.

— Pourquoi?

— J'avais l'impression que nous ne connaissions pas les véritables raisons qui poussaient l'U. S. Robots à nous confier l'un de leurs robots. Je me méfiais de leur insistance.

— Avez-vous le sentiment qu'il était capable d'accomplir les travaux pour lesquels il avait été prétendument conçu?

— Je tiens pour certain qu'il en était incapable.

— Voudriez-vous exposer les raisons qui vous ont amené à cette conclusion?

L'ouvrage de Simon Ninheimer, intitulé *Tensions sociales suscitées par le vol spatial et leur remède*, était demeuré huit ans sur le métier. L'amour de la précision qu'il professait, Ninheimer ne le réservait pas seulement à ses discours, et dans un domaine tel que la sociologie, dont on peut dire que la principale caractéristique est l'imprécision, il ne se sentait pas précisément à son aise.

Même lorsque les textes lui étaient présentés à l'état d'épreuves, il n'éprouvait aucun sentiment d'accomplissement. Bien au contraire. Considérant les longues feuilles de papier imprimé, il réprimait à grand-peine un désir de découper les lignes de caractères et de les arranger dans un ordre différent.

Jim Baker, professeur de sociologie assistant, découvrit Ninheimer, trois jours après l'arrivée des premières liasses expédiées par l'imprimeur, regardant la poignée de papiers d'un air hypnotisé. Les épreuves étaient fournies en trois exemplaires; l'un était destiné à Ninheimer aux fins de correction, un second à Baker qui les corrigeait de son côté, et un troisième, marqué « original », devait recevoir les corrections finales résultant de la combinaison de celles effectuées par Ninheimer et Baker, à la suite d'une conférence où étaient aplanis les éventuels désaccords. Telle avait été la méthode qu'ils avaient employée pour les nombreuses publications auxquelles ils avaient collaboré au cours des trois années écoulées, et elle avait donné de bons résultats.

Baker, jeune et s'exprimant d'une voix douce destinée à se concilier les bonnes grâces de son aîné, tenait ses propres épreuves à la main.

— J'ai terminé le premier chapitre, dit-il d'un ton plein d'ardeur, et j'y ai découvert quelques perles typographiques.

— Il en est toujours ainsi dans le premier chapitre, répondit Ninheimer d'un ton distant.

— Voulez-vous que nous collationnions immédiatement?

Ninheimer planta des yeux pleins de gravité sur Baker :

— Je n'ai pas encore relu une seule ligne, Jim. Je crois même que je ne prendrai pas cette peine.

— Vous n'allez pas relire? demanda Baker interloqué.

Ninheimer fit la moue :

— J'ai demandé le... euh... concours de la machine. Après tout, elle a été conçue à l'origine comme... euh... correctrice. Ils ont établi un programme.

— La *machine*? Vous voulez parler d'Easy?

— Je crois que c'est là, en effet, le nom stupide dont on l'a affublée.

— Mais, docteur Ninheimer, je croyais que vous aviez décidé de ne pas vous en servir!

— Je suis apparemment le seul à m'abstenir. Peut-être conviendrait-il que je prenne ma part des... euh... avantages que cet engin peut procurer.

— Dans ce cas, je crois que j'ai perdu mon temps à lire ce premier chapitre, dit le jeune homme mélancoliquement.

— Vous n'avez pas perdu votre temps. Nous pourrons comparer les résultats donnés par la machine aux vôtres et vérifier.

— Si vous y tenez, mais...

— Parlez.

— Je doute fort que nous trouvions la moindre faute dans le travail d'Easy. On prétend qu'il n'a jamais commis une seule erreur.

— Si j'ose dire, répliqua laconiquement Ninheimer.

Baker rapporta de nouveau le premier chapitre quatre jours plus tard. Cette fois il s'agissait de la copie réservée à Ninheimer, fraîchement émoulue de l'annexe spéciale qui avait été construite pour abriter Easy et l'appareillage dont il se servait.

Baker jubilait positivement :

— Docteur Ninheimer, non seulement il a relevé les mêmes erreurs que moi, mais il en a corrigé une douzaine qui m'avaient échappé! L'opération a été expédiée en douze minutes!

Ninheimer examina les épreuves avec les marques nettement tracées et les symboles dans la marge :

— Le travail est moins complet que si nous l'avions exécuté vous et moi. Nous y aurions introduit une citation extraite de l'ouvrage de Suzuki sur les effets neurologiques de la faible gravité.

— Vous parlez de son article paru dans *Sociological Reviews*?

— Naturellement.

— Vous ne pouvez tout de même pas lui demander l'impossible. Easy ne peut lire toute la littérature publiée sur le sujet à notre place.

— Je m'en rends compte. En fait, j'ai préparé la citation. J'irai voir la machine et je m'assurerai qu'elle connaît la façon de... euh... insérer les citations dans un texte.

— Elle connaît le processus.

— Je préfère m'en assurer.

Ninheimer dut prendre rendez-vous pour voir Easy et ne put obtenir plus de quinze minutes, à une heure avancée de la soirée.

Mais les quinze minutes se révélèrent amplement suffisantes. Le robot E Z-27 comprit immédiatement le procédé d'insertion des citations.

Ninheimer éprouva un certain malaise à se trouver pour la première fois aussi près du robot. Mû par une sorte de réflexe automatique, il lui demanda :

— Votre travail vous plaît-il?

— Enormément, professeur Ninheimer, répondit Easy d'un ton solennel, tandis que les cellules photo-électriques qui lui servaient d'yeux luisaient de leur éclat d'un rouge profond.

— Vous me connaissez?

— Du fait que vous m'apportez un additif à introduire dans les épreuves, j'en déduis que vous êtes l'auteur de l'ouvrage. Et comme le nom de l'auteur figure en tête de chaque épreuve...

— Je vois. C'est une... euh... déduction de votre part. Dites-moi... (Il ne put résister au désir de lui poser la question :) Que pensez-vous du livre jusqu'à présent?

— Je trouve que c'est un ouvrage sur lequel il est fort agréable de travailler, répondit Easy.

— Agréable? Voilà un mot curieux pour un... euh... mécanisme incapable d'émotion. Je me suis laissé dire que l'émotion vous était étrangère.

— Les mots qui composent votre ouvrage se trouvent en accord avec mes circuits, expliqua Easy. Ils suscitent peu ou pas de contre-potentiels. La configuration de mes réseaux cérébraux m'amène à traduire ce fait mécanique par un mot tel qu' « agréable ». Sa signification émotionnelle est purement fortuite.

— Je vois. Pourquoi trouvez-vous l'ouvrage agréable?

222

— Il traite d'êtres humains, professeur, et non pas de matériaux inorganiques et de symboles mathématiques. Votre livre constitue un effort pour comprendre les êtres humains et augmenter le bonheur de l'homme.

— Et c'est cela que vous essayez de faire vous-même, ce qui fait que mon livre s'accorde avec vos circuits? Est-ce bien cela?

— C'est cela, professeur.

Les quinze minutes étaient écoulées. Ninheimer s'en fut et se rendit à la bibliothèque de l'Université qui était sur le point de fermer. Il s'attarda juste assez longtemps pour trouver un texte élémentaire de robotique qu'il emporta chez lui.

A l'exception d'un additif occasionnel de dernière minute, les épreuves passaient par Easy pour se rendre ensuite chez l'éditeur, avec de rares interventions de Ninheimer au début, et plus du tout par la suite.

— Il me donne le sentiment d'être pratiquement inutile, dit un jour Baker avec une certaine gêne.

— Il devrait vous donner le sentiment d'avoir le temps d'entreprendre un nouveau projet, répondit Ninheimer, sans lever les yeux des notations qu'il rédigeait sur le dernier numéro du *Social Science Abstracts*.

— Je n'arrive pas à m'y habituer. Je ne peux pas m'empêcher de me faire du souci pour les épreuves. C'est parfaitement stupide, je le sais.

— Vous avez raison.

— L'autre jour j'ai examiné un ou deux placards avant qu'Easy les expédie à...

— Comment? (Ninheimer leva les yeux en fronçant

les sourcils. Il ferma brusquement le numéro de l'*Abstracts*.) Auriez-vous dérangé la machine durant son travail?

— Pour une minute seulement. Tout était parfait. Elle n'avait changé qu'un seul mot. Vous aviez qualifié quelque chose de « criminel » et le robot avait remplacé ce mot par « insensé ». Il avait pensé que le second mot s'adaptait mieux au contexte.

Ninheimer prit un air pensif :

— Et quel était votre avis?

— Je me suis trouvé d'accord avec lui. J'ai maintenu la correction.

Ninheimer fit tourner sa chaise pivotante pour affronter son jeune associé :

— Ecoutez-moi! Je vous prie de ne plus recommencer. Si je dois utiliser la machine, je désire en tirer le... euh... maximum d'avantages. Si je dois l'utiliser et me priver de vos... euh... services parce que vous êtes occupé à superviser cette machine, alors que sa caractéristique essentielle est de se passer de toute supervision, je ne tire plus aucun bénéfice de l'affaire. Comprenez-vous?

— Oui, docteur Ninheimer, dit Baker, penaud.

Les exemplaires justificatifs de *Tensions sociales* parvinrent au bureau du Dr Ninheimer le 8 mai. Il les parcourut rapidement, feuilletant les pages, lisant un paragraphe ici et là. Puis il les mit de côté.

Comme il l'expliqua plus tard, il avait oublié leur présence. Il y avait travaillé huit ans durant, mais à présent, et pendant des mois, il s'était consacré à d'autres travaux tandis qu'Easy le déchargeait de la tâche harassante de la correction de son livre. Il ne pensa même pas à dédier à la bibliothèque de l'Université l'habituel exemplaire d'hommage. Même

224

Baker, qui s'était jeté à corps perdu dans le travail et avait évité Ninheimer depuis la rebuffade qu'il avait essuyée à leur dernière rencontre, ne reçut pas d'exemplaire.

Cette période prit fin le 16 juin. Ninheimer reçut un coup de téléphone et considéra avec surprise l'image qui venait d'apparaître sur l'écran.

— Speidell! Vous êtes donc en ville?

— Non, je suis à Cleveland. (La voix de Speidell tremblait d'émotion.)

— Alors pourquoi cet appel?

— Parce que je viens de parcourir votre dernier livre! Ninheimer, êtes-vous devenu *fou*? Avez-vous complètement perdu la raison?

Ninheimer se raidit.

— Avez-vous trouvé quelque chose d'anormal? s'enquit-il plein d'alarme.

— *Anormal?* Ouvrez votre livre à la page 562! Où, dans l'article que vous citez, ai-je prétendu que la personnalité criminelle n'existe pas et que ce sont les contraintes opérées par la loi qui sont les criminels véritables? Permettez-moi de citer...

— Attendez! Attendez! s'écria Ninheimer en s'efforçant de trouver la page. Voyons... voyons... Juste ciel!

— Eh bien?

— Speidell, je ne comprends pas comment ceci a pu se produire. Je n'ai jamais écrit pareille chose.

— C'est pourtant ce qui est imprimé! Et ce n'est pas le pire. Regardez à la page 690 : imaginez un peu ce que va vous raconter Ipatiev lorsqu'il verra quelle salade vous avez fait de ses découvertes. J'ignore à quoi vous pensiez... mais il ne vous reste plus d'autre solution que de retirer le livre du marché. Et préparez-vous à présenter les excuses les plus plates à la prochaine réunion de l'Association!

— Speidell, écoutez-moi...

Mais Speidell avait coupé la communication avec une force qui remplit l'écran de post-images durant quinze secondes.

C'est alors que Ninheimer se mit à lire le livre et à souligner des passages à l'encre rouge.

Il garda remarquablement son sang-froid lorsqu'il se retrouva de nouveau face à face avec Easy, mais ses lèvres étaient pâles. Il passa le livre au robot :

— Voulez-vous lire les passages soulignés aux pages 562, 631, 664 et 690?

Easy obéit en quatre regards :

— Oui, professeur Ninheimer.

— Ce n'est pas conforme au texte des épreuves originales.

— Non, professeur.

— Est-ce vous qui avez modifié le texte pour le faire imprimer sous sa forme actuelle?

— Oui, professeur.

— Pourquoi?

— Professeur, les passages tels qu'ils apparaissaient dans votre version étaient fort offensants pour certains groupes d'êtres humains. J'ai pensé qu'il était judicieux de modifier la formulation afin d'éviter de leur causer du tort.

— Comment avez-vous osé prendre une telle initiative?

— La Première Loi, professeur, ne m'autorise pas à causer du tort, même passivement, à des êtres humains. A n'en pas douter, vu votre réputation dans les cercles de la sociologie et la large diffusion de votre livre parmi le monde des érudits, un mal consi-

226

dérable serait infligé à un certain nombre d'êtres humains dont vous parlez.

— Mais vous rendez-vous compte que c'est moi qui vais en pâtir à présent?

— Je n'ai pu faire autrement que de choisir la solution comportant le moindre mal.

Ivre de fureur, le Pr Ninheimer quitta la pièce en titubant. Il était clair pour lui que l'U. S. Robots lui donnerait raison de cette offense.

Il y eut une certaine agitation à la table du défendeur, qui augmenta encore lorsque la partie civile porta son attaque.

— Donc, le robot E Z-27 vous a déclaré que la raison de son intervention était fondée sur la Première Loi de la Robotique?

— C'est exact.

— C'est-à-dire qu'il n'avait effectivement pas le choix?

— Oui.

— Il s'ensuit, par conséquent, que l'U. S. Robots a construit un robot qui devrait nécessairement réécrire les livres pour les mettre en accord avec sa propre conception du bien et du mal. Cela ne les a pas empêchés de le présenter comme un simple correcteur. C'est bien ce que vous pensez?

L'avocat de la défense objecta vigoureusement aussitôt, faisant remarquer qu'on demandait au témoin de prendre une décision dans un domaine où il ne possédait aucune compétence. Le juge admonesta la partie adverse dans les termes habituels, mais il ne faisait aucun doute que l'échange avait porté — particulièrement sur l'avocat de la défense.

La défense sollicita une brève suspension avant de

procéder au contre-interrogatoire, utilisant une procédure légale pour une conversation privée qui lui prit cinq minutes.

L'avocat se pencha vers Susan Calvin :

— Est-il possible, docteur Calvin, que le Pr Ninheimer dise la vérité et qu'Easy ait été déterminé dans son action par la Première Loi?

Susan Calvin pinça les lèvres.

— Non, dit-elle enfin, ce n'est pas possible. La dernière partie du témoignage de Ninheimer n'est rien d'autre qu'un parjure délibéré. Easy n'est pas conçu pour juger des textes abstraits tels qu'on en trouve dans des ouvrages de sociologie avancée. Il serait tout à fait incapable de déterminer si une phrase d'un tel livre est susceptible de causer du tort à un groupe d'êtres humains. Son cerveau n'est absolument pas conçu pour ce travail.

— Je suppose néanmoins qu'il serait impossible de prouver ce que vous avancez à l'homme de la rue, dit l'avocat d'un ton pessimiste.

— Non, avoua le Dr Calvin, ce serait une tâche fort compliquée que d'administrer cette preuve. Notre chemin de sortie est toujours le même. Nous devons prouver que Ninheimer est en train de mentir et rien de ce qu'il a dit ne peut nous déterminer à changer notre plan d'attaque.

— Très bien, docteur Calvin, répondit l'avocat. Je dois vous croire sur parole. Nous procéderons comme convenu.

Dans la salle d'audience, le maillet du juge se leva puis s'abaissa et le Dr Ninheimer reprit place à la barre des témoins. Il arborait le léger sourire de l'homme qui sent sa position inexpugnable et se réjouit plutôt à la perspective de repousser une attaque inutile.

L'avocat de la défense s'approcha d'un air méfiant et commença doucement :

— Docteur Ninheimer, vous affirmez bien avoir ignoré totalement les prétendus changements intervenus dans le texte de votre ouvrage jusqu'au moment de l'appel téléphonique du 16 juin par le Dr Speidell?

— C'est parfaitement exact.

— N'avez-vous jamais vérifié les épreuves après qu'elles eurent été corrigées par le robot EZ-27?

— Au début si, mais il m'est apparu que c'était là une tâche inutile. Je me fiais aux assurances de l'U. S. Robots. Les absurdes... euh... modifications furent effectuées dans le dernier quart du livre, lorsque le robot, je le présume, eut acquis une connaissance suffisante en sociologie.

— Faites-nous grâce de vos présomptions! dit l'avocat. Si j'ai bien compris, votre collègue, le Dr Baker, a jeté les yeux sur les épreuves en au moins une occasion. Vous souvenez-vous avoir témoigné à cet effet?

— Oui. Comme je l'ai précédemment déclaré, il m'a dit avoir aperçu une page et, déjà à ce moment, le robot avait changé un mot.

De nouveau l'avocat intervint :

— Ne trouvez-vous pas étrange, professeur, qu'après plus d'une année d'hostilité implacable envers le robot, après avoir voté contre son admission au début et refusé d'en faire le moindre usage, vous décidiez tout à coup de lui confier votre grand ouvrage, l'œuvre de votre vie?

— Je ne trouve pas cela étrange. J'avais simplement décidé d'utiliser la machine.

— Et vous avez — soudainement — témoigné une telle confiance au robot E Z-27 que vous n'avez même pas pris la peine de vérifier vos épreuves?

— Je vous l'ai déjà dit, j'étais convaincu par la... euh... propagande de l'U. S. Robots.

— A ce point convaincu que lorsque votre collègue, le Dr Baker, voulut vérifier le travail du robot, vous lui avez administré une verte semonce?

— Je ne lui ai pas administré de semonce. Simplement, je ne voulais pas qu'il... euh... perde son temps. A l'époque du moins, je pensais qu'il s'agissait d'une perte de temps. Je ne voyais pas encore la signification de ce changement de mot...

— Je ne doute pas qu'on vous ait recommandé de faire état de ce détail afin que le changement de mot fût enregistré au dossier... (L'avocat changea son fusil d'épaule afin de parer d'avance l'objection et poursuivit.) Le fait est que vous étiez extrêmement irrité contre le Dr Baker.

— Non, je n'étais pas irrité.

— Vous ne lui avez pas remis un exemplaire de votre livre lorsque vous avez reçu votre service.

— Simple oubli de ma part. J'ai également omis d'en remettre un à la bibliothèque. (Ninheimer sourit d'un air cauteleux :) Les professeurs sont notoirement gens distraits.

— Ne trouvez-vous pas étrange, poursuivit l'avocat, qu'après plus d'un an de travail parfait, le robot E Z-27 se soit tout à coup mis à se tromper en corrigeant votre livre? Un livre écrit par vous qui étiez, entre tous, le plus implacablement hostile au robot?

— Mon ouvrage était le seul livre disponible traitant de la race humaine qu'il lui fût donné de corriger. C'est précisément à ce moment que les trois Lois de la Robotique entrèrent en jeu.

— A plusieurs reprises, docteur Ninheimer, continua l'avocat, vous avez tenté de parler en expert de la robotique. Apparemment vous avez été saisi d'une passion fort soudaine pour la robotique, ce qui vous a conduit à emprunter des livres sur le sujet à la bibliothèque. Vous avez bien témoigné dans ce sens, n'est-ce pas?

— Je n'ai emprunté qu'un seul livre. Il ne s'agissait là que d'une curiosité... euh... bien naturelle.

— Et cette lecture vous a permis d'expliquer pourquoi le robot aurait, comme vous le prétendez, déformé votre texte?

— Oui, monsieur.

— C'est très commode. Mais êtes-vous certain que votre intérêt subit pour la robotique ne visait pas à vous permettre de manipuler le robot pour votre propre dessein?

— Certainement pas! rougit Ninheimer.

L'avocat éleva la voix :

— En fait, êtes-vous certain que les passages prétendument altérés n'étaient pas ceux que vous aviez écrits de votre propre main?

Le sociologue se leva à demi :

— C'est... euh... ridicule! Je possède par-devers moi les épreuves...

Il éprouvait quelque difficulté à parler et l'avocat du demandeur se leva pour placer en douceur :

— Avec votre permission, j'ai l'intention de présenter comme pièces à conviction le jeu d'épreuves remis par le Dr Ninheimer au robot E Z-27 et celui expédié par le robot E Z-27 à l'éditeur. Je le ferai dès à présent si mon honorable collègue le désire, et s'il est d'accord pour demander une suspension d'audience afin de comparer les deux jeux d'épreuves...

231

L'avocat de la défense agita la main avec impatience.

— Ce n'est pas nécessaire. Mon honorable adversaire pourra présenter ces épreuves au moment qu'il choisira. Je suis certain qu'elles feront apparaître toutes les dissemblances annoncées par le plaignant. En revanche, ce que je voudrais savoir, c'est si les épreuves du *Dr Baker* se trouvent également en sa possession.

— Les épreuves du Dr Baker?

Ninheimer fronça les sourcils. Il ne possédait pas encore une maîtrise entière de lui-même.

— Oui, professeur! C'est bien des épreuves du Dr Baker que je parle. Vous avez témoigné vous-même que le Dr Baker avait reçu un jeu d'épreuves séparé. Je demanderai à l'huissier de vouloir bien lire votre témoignage si vous êtes un amnésique de type sélectif. Ne serait-ce pas plutôt que les professeurs sont, comme vous le dites, gens notoirement distraits?

— Je me souviens des épreuves du Dr Baker, dit Ninheimer. Elles n'étaient plus nécessaires dès l'instant où l'ouvrage était remis à la machine correctrice...

— C'est pourquoi vous les avez brûlées?

— Non, je les ai jetées dans la corbeille à papier.

— Brûlées ou jetées aux ordures, cela revient au même. Il n'en reste pas moins que vous vous en êtes débarrassé.

— Je ne vois pas ce qu'il y a là de répréhensible... commença faiblement Ninheimer.

— Rien de répréhensible? tonna l'avocat de la défense. Rien de répréhensible, sauf qu'il nous est

232

actuellement impossible de vérifier si, en certains passages cruciaux, vous n'avez pas substitué une innocente épreuve vierge provenant de la collection du Dr Baker pour remplacer la vôtre que vous aviez délibérément altérée afin de contraindre le robot à...

La partie civile éleva une furieuse objection. Le juge Shane se pencha en avant; son visage de lune faisait de louables efforts pour arborer une expression de colère correspondant à l'intensité de l'émotion qui soulevait son âme.

— Possédez-vous des preuves, maître, corroborant l'extraordinaire accusation que vous venez de proférer? demanda le juge.

— Pas de preuve directe, Votre Honneur, répondit calmement l'avocat. Mais je voudrais souligner que, vus sous l'angle convenable, la soudaine abjuration par le plaignant de son anti-roboticisme, son intérêt subit pour la robotique, son refus de vérifier les épreuves ou de permettre à quiconque de les vérifier, la négligence préméditée qui l'a conduit à ne permettre à qui que ce soit de lire l'ouvrage immédiatement après publication, tous ces faits conduisent clairement à...

— Maître, interrompit le juge avec impatience, ce n'est pas le lieu ni le moment de vous livrer à des déductions hasardeuses. Le plaignant n'est pas l'accusé. Vous n'êtes pas davantage chargé de faire son procès. Je vous interdis de suivre plus avant cette ligne d'attaque, et je ne puis vous faire remarquer que le désespoir qui vous a conduit à tenter cette manœuvre sera préjudiciable à votre cause. S'il vous reste encore des questions légitimes à poser, vous pouvez poursuivre votre contre-interrogatoire. Mais je vous déconseille vivement de vous livrer à une autre exhibition semblable.

— Je n'ai plus aucune question à poser, Votre Honneur.

— A quoi servira cet esclandre, pour l'amour du ciel? demanda Robertson en un murmure hargneux, au moment où l'avocat de la défense rejoignait sa table. A présent le juge vous est complètement hostile.

— Peut-être, mais Ninheimer est désarçonné pour de bon. Nous l'avons préparé pour l'estocade que nous allons lui porter demain. A ce moment-là, il sera mûr.

Le reste de l'audience fut assez terne en comparaison. Le Dr Baker comparut à la barre et confirma la plus grande partie du témoignage de Ninheimer. Puis ce fut le tour des Drs Speidell et Ipatiev qui décrivirent de manière émouvante leur surprise et leur consternation à la lecture de certains passages de l'ouvrage du Dr Ninheimer. Tous deux furent d'accord pour déclarer que la réputation professionnelle du Dr Ninheimer avait été sérieusement compromise.

Les épreuves furent produites comme pièces à conviction, de même que des exemplaires de l'ouvrage terminé.

La défense ne procéda pas à de nouveaux contre-interrogatoires ce jour-là. La partie adverse prit du repos et le procès fut remis au lendemain matin.

Le second jour, la défense prit sa première initiative dès le début de la séance. Elle demanda que le robot E Z-27 fût admis à l'audience en qualité de spectateur.

La partie civile souleva immédiatement une objection et le juge Shane appela les deux contestants à la barre.

— Cette requête est évidemment illégale, déclara la partie civile hautement. Un robot n'a pas le droit d'accéder dans un édifice public.

— Ce tribunal, fit remarquer la défense, est ouvert à tous ceux qui ont un lien quelconque avec ce procès.

— Une énorme machine dont la conduite est notoirement erratique pourrait troubler mes clients et mes témoins par sa seule présence et transformerait les débats en spectacle de foire.

Le juge semblait pencher pour cet avis. Il se tourna vers l'avocat de la défense et dit d'un ton assez peu amène :

— Quelles sont les raisons de votre requête?

— Nous voulons faire apparaître, dit l'avocat, que le robot E Z-27 est incapable, de par sa construction même, d'accomplir les actes qui lui sont reprochés. Il sera nécessaire de procéder à quelques démonstrations.

— Je conteste la validité de cette expérience, Votre Honneur, répliqua la partie civile. Des démonstrations effectuées par des employés de l'U. S. Robots n'ont que peu de validité lorsque l'U. S. Robots est le défendeur.

— Votre Honneur, c'est à vous qu'il appartient de décider de la validité de la démonstration et non à la partie civile. C'est du moins ainsi que je le conçois.

— Votre conception est correcte, dit le juge Shane, qui ne supportait guère qu'on pût empiéter sur ses prérogatives. Néanmoins, la présence d'un robot dans cette salle soulève d'importantes difficultés légales.

— Pas au point, Votre Honneur, d'opposer une barrière infranchissable au déroulement de la justice. Si le robot n'est pas autorisé à comparaître, nous serons privés de notre unique moyen de défense.

Le juge prit un temps de réflexion :

— Reste à régler la question du transport du robot jusqu'à cette salle.

— C'est là un problème auquel l'U. S. Robots a fréquemment dû faire face. Un camion construit selon les prescriptions de la loi régissant le transport des robots est rangé devant le tribunal. Le robot E Z-27 se trouve actuellement enfermé dans une caisse à l'intérieur de ce camion, sous la garde de deux hommes. Les portes du camion sont munies des dispositifs de sécurité nécessaires et toutes les autres précautions ont été dûment prises.

— Vous me semblez bien certain, dit le juge Shane, avec un renouveau de mauvaise humeur, que la décision de la Cour, en l'occurrence, sera en votre faveur.

— Pas le moins du monde, Votre Honneur. En cas de refus, le véhicule rebroussera simplement chemin. Je n'ai présumé en quoi que ce soit de votre décision.

Le juge inclina la tête :

— La Cour fait droit à la requête de la défense.

La caisse fut transportée dans la salle sur un large berceau et les deux hommes l'ouvrirent. Un silence de mort plana sur le tribunal.

Susan Calvin attendit que les épaisses feuilles de celluforme se fussent abaissées, puis elle tendit la main :

— Venez, Easy.

Le robot tourna les yeux vers elle et tendit à son tour son vaste bras de métal. Il la dominait de soixante bons centimètres, mais ne l'en suivit pas moins fort docilement comme un petit enfant dans les jupons de sa mère. Quelqu'un laissa échapper un rire nerveux qu'un regard dur du Dr Calvin étouffa promptement dans sa gorge.

Easy s'assit avec précaution sur une vaste chaise que l'huissier venait d'apporter. Elle fit entendre d'inquiétants craquements, mais résista cependant.

— Lorsque la chose sera nécessaire, Votre Honneur, dit l'avocat de la défense, nous prouverons qu'il s'agit bien ici du robot E Z-27, celui-là même qui a été au service de l'Université du Nord-Est durant la période qui nous concerne.

— Bien, dit le juge. Cette formalité sera en effet nécessaire. Personnellement, je n'ai pas la moindre idée de la façon dont vous pouvez distinguer un robot d'un autre robot.

— Et maintenant, dit l'avocat, j'aimerais appeler mon premier témoin à la barre. Professeur Simon Ninheimer, je vous prie.

Le greffier hésita, tourna ses yeux vers le juge. Celui-ci demanda avec une surprise visible :

— C'est au *plaignant* que vous demandez de comparaître en qualité de témoin de la défense?

— Oui, Votre Honneur.

— Vous vous souviendrez, je l'espère, que tant qu'il demeurera votre témoin, vous ne pourrez prendre à son égard les libertés qui vous seraient permises en procédant au contre-interrogatoire d'un témoin de la partie adverse?

— Mon seul souci est de parvenir à faire éclater la vérité, répondit l'avocat. Il ne me sera d'ailleurs nécessaire que de lui poser quelques questions courtoises.

— Eh bien, dit le juge d'un air de doute, c'est votre affaire. Appelez le témoin.

Ninheimer monta à la barre et fut informé qu'il parlerait toujours sous la foi du serment. Il semblait plus nerveux que la veille et manifestait comme une sorte d'appréhension.

Mais l'avocat de la défense jeta sur lui un regard bienveillant.

— Donc, professeur Ninheimer, vous réclamez à mon client 750 000 dollars de dommages-intérêts.

— C'est en effet la... euh... somme. Oui.

— Cela fait beaucoup d'argent.

— Le préjudice que j'ai subi est énorme.

— Mais pas à ce point. L'objet du litige ne concerne que quelques passages d'un ouvrage. Sans doute étaient-ils assez malencontreux, néanmoins il n'est pas rare de trouver de curieuses erreurs dans des livres.

Les narines de Ninheimer frémirent :

— Cet ouvrage devait être le couronnement de ma carrière! Au lieu de cela il me fait apparaître sous les traits d'un universitaire incompétent, qui trahit les vues émises par ses honorables amis et associés, et un fossile attardé dans des conceptions aussi ridicules que démodées. Ma réputation est irréparablement compromise! Désormais je ne pourrai plus garder la tête haute dans aucune assemblée d'universitaires, quelle que soit l'issue de ce procès. Je ne pourrai certainement pas poursuivre la carrière à laquelle j'ai consacré ma vie entière. Le but même de mon existence se trouve détruit... euh... foulé aux pieds.

L'avocat contemplait pensivement ses ongles sans faire aucune tentative pour interrompre ce discours.

Lorsque le professeur eut terminé, il dit d'une voix pleine de componction :

— Voyons, professeur Ninheimer, à votre âge vous ne pouvez espérer gagner — soyons généreux — plus de 150 000 dollars durant le reste de votre vie. Cependant vous demandez à la Cour de vous accorder le quintuple de cette somme.

— Ce n'est pas seulement ma vie présente qui est ruinée, répondit Ninheimer avec encore plus d'émotion. Durant combien de générations futures serai-je désigné par les sociologues comme un... euh... sot et un insensé? L'œuvre véritable de ma vie sera enterrée, ignorée. Je suis ruiné, non seulement jusqu'au jour de ma mort, mais pour tous les jours à venir, car il se trouvera toujours des gens pour refuser de croire qu'un robot s'est rendu coupable de ces altérations...

C'est à ce moment que le robot E Z-27 se dressa sur ses pieds. Susan Calvin ne fit pas un mouvement pour l'en empêcher. Elle demeura immobile, les yeux fixés droit devant elle. L'avocat de la défense poussa un léger soupir.

— J'aimerais expliquer à chacun, dit Easy de sa voix mélodieuse qui portait admirablement, que j'ai en effet introduit dans certaines des épreuves des modifications qui semblaient en contradiction avec le texte qui s'y trouvait précédemment...

Même l'avocat général fut trop interloqué par le spectacle d'un robot de plus de deux mètres, se levant pour s'adresser à la Cour, pour avoir la présence d'esprit de réclamer l'interruption d'une procédure à l'irrégularité aussi flagrante.

Lorsqu'il eut retrouvé ses esprits, il était trop tard.

Car Ninheimer venait de se lever au banc des témoins, le visage convulsé.

— Maudit engin! hurla-t-il. On vous avait pourtant ordonné de garder le silence sur...

Sa voix s'étrangla dans sa gorge; de son côté, Easy demeurait silencieux.

L'avocat général était debout à présent, réclamant l'annulation.

Le juge Shane martelait désespérément son pupitre :

— Silence! Silence! Toutes les conditions sont certes réunies pour accorder l'annulation, cependant, dans l'intérêt de la justice, j'aimerais que le professeur Ninheimer voulût bien compléter sa déclaration. Je l'ai distinctement entendu dire au robot que celui-ci avait reçu la consigne de se taire à propos d'un certain sujet. Or, votre témoignage, professeur Ninheimer, ne fait nulle mention de consignes qui auraient été données au robot de garder le silence sur quoi que ce soit!

Ninheimer regardait le juge avec un mutisme total.

— Avez-vous donné l'ordre au robot E Z-27 de garder le silence sur une question particulière? demanda le juge Shane, et si oui, quelle est la nature de cette question?

— Votre Honneur... commença Ninheimer d'une voix enrouée, mais il ne put continuer.

Le ton du juge se fit incisif :

— Lui avez-vous donné l'ordre d'altérer le texte de certaines épreuves et ensuite de garder le silence sur le rôle que vous avez joué dans cette opération?

La partie civile objecta vigoureusement, mais Ninheimer lança à tue-tête :

— A quoi bon le nier? Oui! Oui!

Après quoi il quitta la barre des témoins en courant. Il fut arrêté à la porte par l'huissier et s'effondra sur l'un des derniers bancs, en plongeant son visage dans ses mains.

— Il me semble évident que le robot E Z-27 a été amené dans cette salle en tant qu'artifice. Il est heureux que cet artifice ait eu pour résultat de prévenir un sérieux détournement des voies de la justice, sans quoi j'aurais infligé un blâme à l'avocat de la défense. Il apparaît clairement désormais que le plaignant a commis, sans aucune espèce de doute possible, une falsification qui me semble totalement inexplicable, puisque, ce faisant, il a sciemment ruiné sa propre carrière...

Le jugement fut, naturellement, prononcé en faveur du défendeur.

Le Dr Susan Calvin se fit annoncer à l'appartement du Pr Ninheimer dans les bâtiments résidentiels de l'Université. Le jeune ingénieur qui avait conduit sa voiture lui offrit de l'accompagner, mais elle lui jeta un regard de dédain.

— Croyez-vous donc qu'il va se livrer sur moi à des voies de fait? Attendez-moi ici.

Ninheimer n'était guère en humeur de se livrer à des voies de fait sur quiconque. Il préparait ses valises en hâte, anxieux de quitter les lieux avant que le verdict défavorable du procès fût connu du public.

Il accueillit le Dr Calvin d'un regard de défi :

— Etes-vous venue pour me notifier des contre-poursuites? Dans ce cas vous n'obtiendrez rien. Je n'ai pas d'argent, pas de situation, pas d'avenir.

Je ne pourrai même pas régler les frais du procès.

— Si c'est de la sympathie que vous recherchez, vous vous trompez de porte, dit le Dr Calvin froidement. Ce qui vous arrive est votre faute. Néanmoins, il n'y aura pas de contre-poursuite intentée ni à vous ni à l'Université. Nous ferons même tout notre possible pour vous éviter d'être emprisonné pour parjure. Nous ne sommes pas vindicatifs.

— C'est donc pour cela que je ne suis pas encore incarcéré pour violation de serment? Je me posais des questions. Mais après tout, ajouta-t-il amèrement, pourquoi vous montreriez-vous vindicatifs? Vous avez obtenu ce que vous désiriez.

— En partie, en effet, dit le Dr Calvin. L'Université conservera Easy à son service contre un prix de location considérablement plus élevé. De plus, une certaine publicité en sous-main concernant le procès nous permettra de placer quelques autres modèles E Z dans diverses institutions, sans qu'il faille craindre la répétition d'incidents du même genre.

— Dans ce cas, pour quelle raison êtes-vous venue me voir?

— Parce qu'il manque encore des pièces à mon dossier : je voudrais savoir pourquoi vous haïssez les robots à ce point. Même si vous aviez gagné votre procès, votre réputation eût été ruinée. L'argent que vous auriez pu obtenir n'aurait pas compensé une telle perte. L'assouvissement de votre haine pour les robots aurait-il comblé le déficit moral?

— Serait-ce que vous vous intéressez à l'âme *humaine*, docteur Calvin? demanda Ninheimer avec une ironie cinglante.

— Dans la mesure où ses réactions concernent

le bien-être des robots. Pour cette raison, je me suis quelque peu initiée à la psychologie humaine.

— Suffisamment en tout cas pour être capable de me vaincre par la ruse !

— Ce ne fut pas bien difficile, répondit le Dr Calvin en toute simplicité. Le plus compliqué était d'y parvenir sans endommager Easy.

— Cela vous ressemble bien de vous intéresser davantage à une machine qu'à un être humain.

Il lui jeta un regard de sauvage mépris. Elle demeura de glace :

— En apparence seulement, professeur Ninheimer. C'est seulement en s'intéressant aux robots que l'on peut vraiment comprendre la condition de l'homme du XXIe siècle. Vous le comprendriez si vous étiez roboticien.

— J'ai suffisamment étudié la robotique pour savoir que je ne désire pas devenir roboticien !

— Pardon, vous avez lu *un* ouvrage de robotique. Il ne vous a rien appris. Vous avez acquis des notions suffisantes pour savoir que vous pouviez donner l'ordre à un robot d'exécuter diverses besognes, y compris falsifier un livre, en vous y prenant convenablement. Vous avez appris suffisamment pour savoir que vous ne pouviez lui enjoindre d'oublier complètement certains détails sans risquer de vous faire prendre, mais vous avez cru qu'il serait plus sûr de lui ordonner simplement le silence. Vous vous trompiez.

— C'est ce silence qui vous a permis de deviner la vérité ?

— Il ne s'agissait pas de divination. Vous étiez un amateur et vous n'en connaissiez pas suffisamment pour couvrir complètement vos traces. Le seul problème qui se posait à moi était d'en faire la preuve

243

devant le juge, et vous avez été assez bon pour nous apporter votre concours sur ce point, dans votre ignorance de la robotique que vous prétendez mépriser.

— Cette discussion présente-t-elle un intérêt quelconque? demanda Ninheimer avec lassitude.

— Pour moi, oui, dit Susan Calvin, car je voudrais vous faire comprendre à quel point vous avez mal jugé les robots. Vous avez imposé silence à Easy en l'avertissant que, s'il prévenait quiconque des altérations que vous aviez pratiquées sur votre propre ouvrage, vous perdriez votre situation. Ce fait a suscité dans son cerveau un certain contre-potentiel propice au silence, et suffisamment puissant pour résister aux efforts que nous déployions pour le surmonter. Nous aurions endommagé le cerveau si nous avions insisté.

» Cependant, à la barre des témoins, vous avez vous-même suscité un contre-potentiel plus élevé. Du fait que les gens penseraient que c'était vous-même et non le robot qui aviez écrit les passages contestés du livre, avez-vous dit, vous étiez assuré de perdre davantage que votre emploi, c'est-à-dire votre réputation, votre train de vie, le respect attaché à votre personne, vos raisons de vivre et votre renom dans la postérité. Vous avez ainsi suscité la création d'un potentiel nouveau et plus élevé — et Easy a parlé.

— Dieu! dit Ninheimer en détournant la tête.

— Comprenez-vous pourquoi il a parlé? poursuivit inexorablement Susan Calvin. Ce n'était pas pour vous accuser, mais pour vous *défendre*! On peut démontrer mathématiquement qu'il était sur le point d'endosser la responsabilité complète de votre faute, de nier que vous y ayez été mêlé en quoi que ce soit.

La Première Loi l'exigeait de lui. Il se préparait à mentir — à son propre détriment — à causer un préjudice financier à une firme. Tout cela avait moins d'importance pour lui que la nécessité de vous sauver. Si vous aviez réellement connu les robots et la robotique, vous l'auriez laissé parler. Mais vous n'avez pas compris, comme je le prévoyais et comme je l'avais affirmé à l'avocat de la défense. Vous étiez certain, dans votre haine des robots, qu'Easy agirait comme un être humain aurait agi à sa place et qu'il se défendrait à vos dépens. C'est pourquoi, la panique aidant, vous lui avez sauté à la gorge — en vous détruisant du même coup.

— J'espère qu'un jour vos robots se retourneront contre vous et vous tueront! dit Ninheimer d'un ton pénétré.

— Ne dites pas de sottises! dit Susan Calvin. A présent je voudrais que vous m'expliquiez pourquoi vous avez monté toute cette machination.

Ninheimer grimaça un sourire sans joie :

— Il faudra donc que je dissèque mon cerveau pour satisfaire votre curiosité intellectuelle, n'est-ce pas, si je veux obtenir le pardon de mon parjure?

— Prenez-le de cette façon si vous préférez, dit Susan Calvin imperturbablement, mais expliquez-vous.

— De manière que vous puissiez contrer plus efficacement les attaques anti-robots à l'avenir? Avec davantage de compréhension?

— J'accepte cette interprétation.

— Je vais vous le dire, répondit Ninheimer, ne serait-ce que pour constater l'inutilité de mes explications. Vous êtes incapable de comprendre les mobiles humains. Vous ne comprenez que vos damnées machines, parce que vous n'êtes vous-même qu'une machine à l'intérieur d'une peau humaine.

Il parlait sans hésitation, le souffle court, sans rechercher la précision. Apparemment, elle était désormais superflue pour lui.

— Depuis deux cent cinquante ans, la machine a entrepris de remplacer l'Homme en détruisant le travail manuel. La poterie sort de moules et de presses. Les œuvres d'art ont été remplacées par des fac-similés. Appelez cela le progrès si vous voulez! Le domaine de l'artiste est réduit aux abstractions; il est confiné dans le monde des idées. Son esprit conçoit et c'est la machine qui exécute. Pensez-vous que le potier se satisfasse de la seule création mentale? Supposez-vous que l'idée suffise? Qu'il n'existe rien dans le contact de la glaise elle-même, qu'on n'éprouve aucune jouissance à voir l'objet croître sous l'influence conjuguée de la main et de l'esprit? Ne pensez-vous pas que cette croissance même agisse en retour pour modifier et améliorer l'idée?

— Vous n'êtes pas potier, dit le Dr Calvin.

— Je suis un artiste créateur! Je conçois et je construis des articles et des livres. Cela comporte davantage que le choix des mots et leur alignement dans un ordre donné. Si là se bornait notre rôle, notre tâche ne nous procurerait ni plaisir ni récompense.

» Un livre doit prendre forme entre les mains de l'écrivain. Il doit voir effectivement les chapitres croître et se développer. Il doit travailler et retravailler, voir l'œuvre se modifier au delà du concept original. C'est quelque chose que de tenir les épreuves à la main, de voir leur physionomie imprimée et de les remodeler. Il existe des centaines de contacts entre un homme et son œuvre à chaque stade de son élaboration... et ce contact lui-même est générateur de plaisir et paie l'auteur du travail qu'il consacre à sa création plus que ne pourrait le faire aucune autre récompense. *C'est de tout cela que votre robot nous dépouillerait.*

— Ainsi font une machine à écrire, une presse à imprimer. Proposez-vous de revenir à l'enluminure manuelle des manuscrits?

— Machines à écrire et presses à imprimer nous dépouillent partiellement, mais votre robot nous dépouillerait totalement. Votre robot se charge de la correction des épreuves. Bientôt il s'emparera de la rédaction originale, de la recherche à travers les sources, les vérifications et contre-vérifications de textes, et pourquoi pas des conclusions. Que restera-t-il à l'érudit? Une seule chose : le choix des décisions concernant les ordres à donner au robot pour la suite du travail! Je veux épargner aux futures générations d'universitaires et d'intellectuels de sombrer dans un pareil enfer. Ce souci m'importait davantage que ma propre réputation, et c'est pour cette raison que j'ai entrepris de détruire l'U. S. Robots en employant n'importe quel moyen.

— Vous étiez voué à l'échec, dit Susan Calvin.

— Du moins me fallait-il essayer, dit Simon Ninheimer.

Susan Calvin tourna le dos et quitta la pièce. Elle fit de son mieux pour ne point éprouver un élan de symphatie envers cet homme brisé.

Nous devons à la vérité de dire qu'elle n'y parvint pas entièrement.

Science-fiction et Fantastique

extrait du catalogue *Dos violets*

ALDISS Brian W.

Le monde vert (520★★★)
Dans les frondaisons d'un arbre gigantesque, des colonies de créatures humaines tentent de survivre.

L'autre île du Dr Moreau (1292★★)
Qui poursuit aujourd'hui les expériences du Dr Moreau ? Inédit.

ANDERSON Poul

La reine de l'Air et des Ténèbres (1268★★)
Ce n'est qu'une légende indigène, pourtant certains l'auraient aperçue. Inédit.

ANDREVON Jean-Pierre

Cauchemar... cauchemars ! (1281★★)
Répétitive et différente, l'horrible réalité, pire que le plus terrifiant des cauchemars. Inédit.

Le travail du furet à l'intérieur du poulailler (1549★★★)
Les furets détruisent les malades. Inédit.

ASIMOV Isaac

Les cavernes d'acier (404★★★)
Dans les cités souterraines du futur, le meurtrier reste semblable à lui-même.

Les robots (453★★★)
D'abord esclaves, ils deviennent maîtres.

Face aux feux du soleil (468★★)
Sur Solaria, les hommes ne se rencontrent jamais ; pourtant un meurtre vient d'y être commis.

Tyrann (484★★★)
Les despotes de Tyrann veulent conquérir l'univers. Sur la Terre, une poignée d'hommes résiste encore.

Un défilé de robots (542★★★)
D'autres récits passionnants.

Cailloux dans le ciel (552★★★)
Un homme de notre temps est projeté dans l'empire galactique de Trantor.

La voie martienne (870★★★)
Une expédition désespérée.

Les robots de l'aube (1602 ★★★ et 1603★★★)
Ce roman conclut à la fois Les robots *et* Les cavernes d'acier.

BAKER Scott

L'idiot-roi (1221★★★)
Diminué sur la Terre, il veut s'épanouir sur une nouvelle planète. Inédit.

Kyborash (1532★★★★)
Dans un monde archaïque, une histoire épique de possession et de vengeance. Inédit.

La danse du feu (1849★★★★)
Une adolescente aux prises avec des sortilèges et des épreuves rituelles. Inédit.

BELFIORE Robert

Une fille de Caïn (1800★★★)
L'arrivée d'une femme sur cette planète isolée pouvait la transformer en paradis... ou en enfer.

BLATTY William Peter

L'exorciste (630★★★★)
A Washington, de nos jours, une petite fille vit sous l'emprise du démon.

BLOCH Robert
La quatrième dimension (1530★★)
Le domaine mystérieux de l'imaginaire où tout peut arriver.

BOGDANOFF Igor et Grishka
La machine fantôme (1921★★★)
Un recueil des meilleures nouvelles des deux animateurs de « Temps X ».

BRUNNER John
Tous à Zanzibar
(1104 ★★★★ et 1105★★★★)
Surpopulation, violence, pollution : craintes d'aujourd'hui, réalités de demain.
Le troupeau aveugle
(1233 ★★★ et 1234★★★)
L'enfer quotidien de demain.
Sur l'onde de choc (1368★★★★)
Un homme seul peut-il venir à bout d'une société informatisée ?
A l'ouest du temps (1517★★★★)
Est-elle folle ou vient-elle d'une région de l'univers située à l'ouest du temps ?

CHAYEFSKY Paddy
Au delà du réel (1232★★★)
Une terrifiante plongée dans la mémoire génétique de l'humanité. Illustré.

CHERRYH C.J.
Les adieux du soleil (1354★★★)
L'agonie du soleil est le symbole du crépuscule de la civilisation sur Terre. Inédit.
Les seigneurs de l'Hydre (1420★★★)
Ils pourchassent les humains. Inédit.

Chanur (1475★★★★)
A bord d'un vaisseau extra-terrestre, une femme-chat découvre un humain. Inédit.
L'opéra de l'espace (1563★★★)
Chez les marginaux de l'espace, une aventure épique dont l'amour n'est pas absent. Inédit.
La pierre de rêve (1738★★★)
Qui la vole partage les rêves de qui la possédait. Inédit.

CLARKE Arthur C.
2001 – l'odyssée de l'espace
(349★★)
Ce voyage fantastique aux confins du cosmos a suscité un film célèbre.
2010 – Odyssée 2 (1721★★★)
Enfin toutes les réponses.
L'étoile (966★★★)
Une nouvelle anthologie des meilleures nouvelles d'Arthur C. Clarke.
Rendez-vous avec Rama (1047★★★)
Pour la première fois dans l'histoire de l'humanité, un vaisseau spatial étranger pénètre dans le système solaire.
Les fontaines du paradis (1304★★★)
Le début de l'Ère interplanétaire exige le sacrifice d'une montagne sacrée occupée par des moines fanatiques.

COMPTON D.G.
La mort en direct (1755★★★)
L'homme-caméra suit chaque phase de l'agonie de Katherine.

CURVAL Philippe
L'homme à rebours (1020★★★)
La réalité s'est dissoute autour de Giarre : sans le savoir, il a commencé un voyage analogique. Inédit.

Cette chère humanité (1258 ★★★★)
L'appel désespéré du dernier montreur de rêves.

Y a quelqu'un ? (1850 ★★★)
Un complot menace l'humanité entière.

DEMUTH Michel

Les Galaxiales (996 ★★★)
La première Histoire du Futur écrite par un auteur français.

Les années métalliques (1317 ★★★★)
Les meilleures nouvelles de l'auteur.

DICK Philip K.

Loterie solaire (547 ★)
Un monde régi par le hasard et les jeux.

Le Maître du Haut Château (567 ★★★★)
L'occupation des U.S.A. par le Japon et l'Allemagne après la victoire de l'Axe en 1947.

Simulacres (594 ★★★)
Le pouvoir est-il électronique ?

A rebrousse-temps (613 ★★★)
Les morts commencent à renaître.

Ubik (633 ★★★)
Le temps s'en allait en lambeaux. Une bouffée de 1939 dérivait en 1992.

L'homme doré (1291 ★★★)
L'essentiel de l'œuvre du nouvelliste.

Le dieu venu du Centaure (1379 ★★★)
Palmer Eldritch : on connaît ses yeux factices, son bras mécanique... qui est-il ?

Blade Runner (1768 ★★★)
Rick Decard est un tueur d'androïdes mais certaines sont aussi belles que dangereuses.

DISCH Thomas

Génocides (1421 ★★)
Pour l'envahisseur, les hommes ne sont guère plus que des insectes.

Camp de concentration (1492 ★★)
Là une drogue provoque le génie, puis entraîne la mort.

FARMER Philip José

Les amants étrangers (537 ★★)
Un Terrien avec une femme non humaine.

Des rapports étranges (712 ★★★)
Sur une planète isolée, un géant barbu, qui ressuscite les morts, déclare être Dieu.

Le soleil obscur (1257 ★★★★)
Sur la Terre condamnée, des voyageurs cherchent la vérité. Inédit.

　　Le Fleuve de l'éternité :
- Le monde du Fleuve (1575 ★★★)
- Le bateau fabuleux (1589 ★★★★)
Les morts ressuscitent le long des berges.

FORD John M.

Les fileurs d'anges (1393 ★★★★)
Un hors-la-loi de génie lutte contre un super réseau d'ordinateurs. Inédit.

FOSTER Alan Dean

Alien (1115 ★★★)
Avec la créature de l'Extérieur, c'est la mort qui pénètre dans l'astronef.

Le trou noir (1129 ★★★)
Un maelström d'énergie les entraînerait au delà de l'univers connu.

Le choc des Titans (1210 ★★)
Un combat titanesque entre les dieux de l'Olympe. Inédit, illustré.

Outland... loin de la Terre (1220 ★★)
Sur l'astéroïde Io, les crises de folie meurtrière et les suicides sont quotidiens. Inédit, illustré.

Starman (1854★★★)
Tous les extraterrestres ne sont pas gentils comme E.T.

FOX MAZER Norma
Supergirl (1720★★)
Les aventures cocasses et haletantes de la cousine de Superman.

GILLILAND Alexis A.
La révolution de Rossinante (1634★★★)
Un homme et un robot luttent pour sauver un monde de la faillite. Inédit.
Objectif : Rossinante (1826★★★)
Un ordinateur assume l'identité et le rôle de Susan Brown, l'héroïne de Rossinante. Inédit.

HALDEMAN Joe
La guerre éternelle (1769★★★)
Une guerre absurde où les combattants vieillissent d'une centaine d'années à chaque saut dans le temps.

HAMILTON Edmond
Les rois des étoiles (432★★★)
John Gordon a échangé son esprit contre celui d'un prince des étoiles.

HAYES, MILLER et HANNANT
Mad Max 2 (1533★)
La violence déchaînée d'un univers post-holocauste atomique. Inédit. Illustré.
(Pour Mad Max 3, voir à VINGE)

HEINLEIN Robert A.
Étoiles, garde-à-vous ! (562★★★)
Dans la guerre galactique, l'infanterie, malgré ses armures électroniques, supporte les plus durs combats.
Vendredi (1782★★★★)
De retour d'une mission dans l'espace, Vendredi est capturée et violée. Inédit.

HOWARD Joseph
Damien, la malédiction-2 (992★★★)
Damien devient parfois un autre, celui qu'annonce le Livre de l'Apocalypse.

HOWARD Robert E.
Conan (1754★★★)
Les premières aventures du géant barbare qui régna sur l'âge hyborien.
Conan le Cimmérien (1825★★★)
Bélit a envoûté Conan mais que peut-elle contre la force brutale du barbare ?
Conan le flibustier (1891★★★)
Crucifié contre un arbre, Conan attend la mort.
Conan le barbare
Voir SPRAGUE DE CAMP.

KEYES Daniel
Des fleurs pour Algernon (427★★★)
Charlie est un simple d'esprit. Des savants vont le transformer en génie.

KING Stephen
Carrie (835★★★)
Ses pouvoirs supra-normaux lui font massacrer plus de 400 personnes.

Shining (1197★★★★)
La lutte hallucinante d'un enfant médium contre les forces maléfiques.

Danse macabre (1355★★★★)
Les meilleures nouvelles d'un des maîtres du fantastique moderne.
Cujo (1590★★★★)
Un monstre épouvantable les attend dans la chaleur du soleil.
Christine (1866★★★★)
Une Plymouth Fury 1958 est possédée par le diable.

KLEIN Gérard
Les seigneurs de la guerre (628★★)
Un homme seul face au Monstre, la plus terrible machine de guerre de notre temps.

La loi du talion (935★★★)
Elle seule régit ce monde où s'affrontent cinquante peuples stellaires.

KOTZWINKLE William
E.T. l'extra-terrestre (1378★★★)
Egaré sur la Terre, un extra-terrestre est protégé par des enfants. Inédit.

LEM Stanislas
Le congrès de futurologie (1739★★)
Un congrès fou qui débouche sur un monde hallucinant.

LEVIN Ira
Un bébé pour Rosemary (342★★★)
Satan s'empare des âmes et des corps.
Un bonheur insoutenable (434★★★)
Programmés dès leur naissance, les hommes subissent un bonheur insoutenable à force d'uniformité.

LOVECRAFT Howard P.
L'affaire Charles Dexter Ward (410★★)
Echappé de Salem, le sorcier Joseph Curwen vient mourir à Providence en 1771. Mais est-il bien mort ?
Dagon (459★★★★)
Le retour du dieu païen Dagon, et de nombreux autres récits de terreur.

McINTYRE Vonda N.
La colère de Khan (Star Trek II) (1396★★★)
Le plus grand défi lancé à l'U.S. Enterprise. Inédit.
Le serpent du rêve (1666★★★★)
Elle guérit au moyen d'un cobra, d'un crotale et d'un serpent du rêve. Inédit.
La fiancée de Frankenstein (1892★★★)
Une version modernisée du mythe célèbre. Inédit.

MARTIN George R.R.
Chanson pour Lya (1380★★★)
Trouver le bonheur dans la fusion totale avec un dieu extra-terrestre. Inédit.

MATHESON Richard
La maison des damnés (612★★★★)
Des explorateurs de l'inconnu face à une maison maudite.

MERRITT Abraham
Les habitants du mirage (557★★★)
La lutte d'un homme contre le dieu-Kraken.
La nef d'Ishtar (574★★)
Il aime Sharane, née il y a 6 000 ans à Babylone...
Le visage dans l'abîme (886★★★)
Dans une vallée secrète des Andes, une colonie atlante jouit de l'immortalité.

MONDOLONI Jacques
Je suis une herbe (1341★★★)
La flore, animée d'une intelligence collective, peut-elle détruire la civilisation humaine ? Inédit.

MOORCOCK Michaël
Le chien de guerre (1877★★★)
Ulrich Von Beck découvre le pied-à-terre de Satan lui-même.

MOORE Catherine L.
Jirel de Joiry (533★★★)
De son château moyenâgeux, Jirel se transporte au delà du temps et de l'espace.

!ORRIS Janet E.
'ère des Fornicatrices
La Grande Fornicatrice de Silistra
245★★★)
Le vent du chaos (1448★★★★)
Le trône de chair (1531★★★)
stri vit toutes les aventures : un éro-
sme fantastique et des pouvoirs
ns cesse menacés. Inédits.

ELOT Pierre
es barreaux de l'Eden (728★★)
Communiquer avec les morts est une
onsolation pour les travailleurs
oprimés. Inédit.
arabellum tango (1048★★★)
'n régime totalitaire peut-il être
branlé par une chansonnette subver-
ve ? Inédit.
id Jésus (1140★★★)
est toujours dangereux de prendre
* tête d'une croisade. Inédit.*
os armes sont de miel (1305★★★)
près mille ans passés dans le non-
emps, ils parviennent enfin au but.
nédit.

OHL Frederik
a Grande Porte (1691★★★★)
'est la richesse ou un sort pire que
* mort.*
es pilotes de la Grande Porte
814★★★★)
a science des Hommes Morts
ermettra-t-elle de résoudre l'énigme
es Heechees ?

PRIEST Christopher
e monde inverti (725★★★★)
rrivé à l'âge de 1 000 km, Helward
ntre dans la guilde des Topographes
u Futur.

RAY Jean
Malpertuis (1677★★)
Les dieux de l'Olympe sont-ils encore
parmi nous ?

SADOUL Jacques
   Les meilleurs récits de :
« Astounding Stories » (532★★)
« Unknown » (713★★)
« Famous Fantastic Mysteries »
(731★★)
« Startling Stories » (784★★)
« Thrilling Wonder Stories »
(822★★)
« Fantastic Adventures » (880★★)
« Weird Tales-3 » (923★★)
Ces anthologies présentent la quin-
tessence des revues de S-F qui, de
1910 à 1955, ont permis le succès de
ce genre aux Etats-Unis.

SILVERBERG Robert
L'homme dans le labyrinthe
(495★★★)
Depuis 9 ans, Muller vivait au cœur
d'un labyrinthe parsemé de pièges
mortels.
L'oreille interne (1193★★★)
Télépathe, il sent son pouvoir décliner.
Les chants de l'été (1392★★★)
Silverberg est un maître de la nou-
velle. Inédit.
Les chemins de l'espace (1434★★★)
La superstition religieuse ouvre-t-elle
la route des étoiles ? Inédit.
Le château de Lord Valentin
(1905★★★★ et 1906★★★★)
Valentin est-il un simple saltimban-
que ou le maître de la planète Maji-
poor ?

SIMAK Clifford D.
Demain les chiens (373★★★)
Les hommes ont-ils réellement existé ? se demandent les chiens le soir à la veillée.

Dans le torrent des siècles (500★★★)
Comment tuer un homme qui est déjà mort ?

Le pêcheur (609★★★)
Il sait projeter son esprit dans l'espace ; un jour il ramène une fraction d'entité extraterrestre.

Chaîne autour du soleil (814★★★)
La Terre est-elle unique ou n'y a-t-il pas une succession de terres autour du soleil ?

Au carrefour des étoiles (847★★)
Sur terre, une station secrète où transitent les voyageurs de l'espace.

Projet Vatican XVII (1367★★★★)
Curieuse entreprise pour des robots sans âme : créer un pape aussi électronique qu'infaillible. Inédit.

Au pays du Mal (1781★★★)
Là où rôdent des choses d'épouvante, gardée par des trolls et des licornes, l'âme d'un magicien est captive d'un diamant. Inédit.

SPIELBERG Steven présente
Gremlins (1741★★★)
Il ne faut ni les exposer à la lumière, ni les mouiller, ni surtout les nourrir après minuit. Sinon… Inédit.

E.T. l'extraterrestre (1378★★★)
Egaré sur la terre, un extraterrestre est protégé par des enfants. Inédit.

Goonies (1911★★★)
Des adolescents doivent trouver un trésor pour sauver leur village.

SPRAGUE DE CAMP et CARTER
Conan le barbare (1449★★★)
L'épopée sauvage de Conan le Cimmérien face aux adorateurs du Serpent. Pour les autres tomes **Conan**, *voir* HOWARD Robert E.

STEINER Kurt
Ortog et les ténèbres (1222★★)
La science permet-elle de défier la mort ?

STRIEBER Whitney
Wolfen (1315★★★★)
Des êtres mi-hommes mi-loups guettent leurs proies dans les rues de New York. Inédit, illustré.

Les prédateurs (1419★★★★)
Elle survit depuis des siècles mais ceux qu'elle aime meurent lentement sous ses yeux. Inédit.

STURGEON Theodore
Les plus qu'humains (355★★★)
Ces enfants étranges ne seraient-ils pas les pionniers de l'humanité de demain ?

Killdozer – le viol cosmique (407★★★)
Des extra-terrestres à l'assaut des hommes et de leurs machines.

Les talents de Xanadu (829★★★)
Visitez le monde le plus parfait de la galaxie.

VANCE Jack
Cycle de Tschaï :
1 - **Le Chasch** (721★★★)
2 - **Le Wankh** (722★★★)
3 - **Le Dirdir** (723★★★)
4 - **Le Pnume** (724★★★)
Exilé sur la planète Tschaï, Adam échappe à bien des dangers.

Un monde magique (836★★)
Sur la Terre moribonde la science abandonne.

arune : **Alastor 933** (1435★★)
a lui a tout volé, jusqu'à son identité.

ullion : **Alastor 2262** (1476★★)
es intrigues se nouent dans l'amas
laire.

yst : **Alastor 1716** (1516★★★)
ne société vouée au plaisir et à la
volité.

ialto le Merveilleux (1890★★★)
a extraordinaire duel de magiciens
us.

AN VOGT A.E.

monde des A (362★★★)

s joueurs du A (397★★★)

fin du A (1601★★★)
sseyn n'existe plus : il lui faut
onquérir son identité, dans ce siè-
lointain.

la poursuite des Slans (381★★)
s Slans sont beaux, intelligents,
érieurs aux hommes : c'est pour-
oi ils doivent se dissimuler.

faune de l'espace (392★★★)
cœur d'un désert d'étoiles, le
sseau spatial rencontre des êtres
uleux.

mpire de l'atome (418★★★)
ccession au pouvoir suprême du
gneur Clane Linn, le mutant aux
uvoirs fabuleux.

sorcier de Linn (419★★★)
Terre conquise, c'est l'univers
stile des extra-terrestres qui
ppose désormais au Seigneur
ne, le mutant génial.

s armureries d'Isher (439★★★)
rsque McAllister entra dans la
utique d'armes, il se trouva dans
futur.

s fabricants d'armes (440★★★)
Guilde a condamné à mort Robert
drock, mais il était immortel.

Le livre de Ptath (463★★★)
*Après sa mort, le capitaine Peter
Holroid se réveille dans le corps du
dieu Ptath.*

La guerre contre le Rull (475★★★)
*Seul Trevor pouvait sauver l'huma-
nité du Rull.*

Destination univers (496★★★)
*De la Terre jusqu'aux confins de la
Galaxie.*

Ténèbres sur Diamondia (515★★★)
*Il était le colonel Morton, mais aussi
des milliers d'autres personnes, y
compris 400 prostituées.*

Créateur d'univers (529★★★)
*La jeune femme qu'il avait tuée
l'année précédente l'invita à prendre
un verre.*

Des lendemains qui scintillent
(588★★)
*Une invention extraordinaire pourra-
t-elle vaincre un pouvoir totalitaire ?*

L'homme multiplié (659★★)
*Il pouvait échanger son esprit con-
tre celui d'une infinité de créatures
humaines.*

Invasion galactique (813★★★)
*Deux races galactiques s'affrontent
sur la Terre.*

Rencontre cosmique (975★★★)
*Celle d'un vaisseau corsaire de 1704
et d'un astronef du futur.*

L'été indien d'une paire de lunettes
(1057★★)
*Dans ce monde, les hommes sont
soumis à la tyrannie des femmes.
Mais pourquoi les obligent-elles à
porter des lunettes ?*

Les monstres (1082★★)
*Des créatures venues d'outre-espace
menacent l'homme.*

A la conquête de Kiber (1813★★)
*Contre sa volonté, il devait tenter de
conquérir Kiber, la planète aquatique.*

Achevé d'imprimer sur les presses de l'imprimerie Brodard et Taupin
58, rue Jean Bleuzen, Vanves. Usine de La Flèche,
le 28 novembre 1985
1247-5 Dépôt légal novembre 1985. ISBN : 2 - 277 - 12542 - 3
1er dépôt légal dans la collection : juin 1974
Imprimé en France

Editions J'ai Lu
27, rue Cassette, 75006 Paris
diffusion France et étranger : Flammarion

542
★★★